해외 한국학의 형성과 확산

글쓴이

장윤희(張允熙, Jang Yoonhee) 인하대학교 한국어문학과 교수

김태우(金泰佑, Kim Taewoo) 부산대학교 국어국문학과 조교수

박노자(朴露子, Vladimir Tikhonov) 오슬로대학교 문화연구 및 동방언어학과 교수, 서울대 규장각 국제한국학센터 초빙연구원

연재훈(延哉勳, Yeon Jaehoon) 런던대학교(SOAS) 한국학과 명예교수, 한국학중앙연구원 초빙교수

최태원(崔泰源, Choi Taewon) 도쿄대학 교양학부 특임준교수

증천부(曾天富, Tseng Tien-fu) 대만 동오대학(東吳大學) 언어교육센터 교수

동아시아한국학 연구총서 31

해외 한국학의 형성과 확산

초판 인쇄 2021년 8월 20일 **초판 발행** 2021년 8월 31일

엮은이 인하대학교 한국학연구소 **펴낸이** 박성모 **펴낸곳** 소명출판 **출판등록** 제13-522호

주소 서울시 서초구 서초중앙로6길 15, 2층

전화 02-585-7840 **팩스** 02-585-7848 **전자우편** somyungbooks@daum.net **홈페이지** www.somyong.co.kr

값 18,000원

ISBN 979-11-5905-662-8 94810
ISBN 978-89-5626-835-4 (세트)

이 저서는 2019년 대한민국 교육부와 한국연구재단의 지원을 받아 수행된 연구임(NRF-2019S1A5C2A02081047).

동아시아한국학 연구총서 31

해외 한국학의 형성과 확산

The Formation and Diffusion of Korean studies outside of Korea

인하대학교 한국학연구소 엮음

간행사

인하대학교 한국학연구소는 2007년부터 10년간 '동아시아 상생과 소통의 한국학'을 주제로 인문한국HK 사업을 수행하였다. 상생과 소통을 위한 동아시아한국학이란, 우선 동아시아 각 지역과 국가의 연구자들이 자국의 고유한 환경 속에서 축적해 온 한국학을 각기 독자적인 한국학으로 재인식하게 하고, 다음으로 그렇게 재인식된 복수의 한국학이 서로 생산적으로 소통할 수 있는 방법을 구성해 내는 한국학으로 정의할 수 있다.

본 연구소에서는 한국학 연구에 뿌리 깊이 각인된 민족주의 이념과 서구중심적 방법론을 극복하고자 '동아시아한국학'이라는 연구방법론을 창안하고 세계 각지의 한국학 연구가 화성和聲을 창출하는 복수의 한국학 연구를 10년간의 인문한국HK 사업을 통해 수행하였다. 그러나 연구 대상의 시간적 범위가 전통 및 식민지 시대에 한정되고 공간적 범위도 동아시아를 넘지 못하였으며, 담론 중심의 연구로 인한 추상성과 세계 학술 중심부와의 소통 부족이라는 한계점이 발견되었다.

이러한 동아시아한국학 연구의 문제점을 해결하고 동아시아한국학의 심화와 확산을 위해서는 공간적으로는 동아시아 너머의 세계를 포함하고 시간적으로는 냉전 시대 전후를 포괄할 필요가 있었다. 이를 위해서는 해외 각 지역의 구체적인 한국학 자료와 인물 정보를 수집하여 구체성을 확보하고, 나아가 해외 한국학 연구진들과 소통함으로써 동아시아한국학에 대한 학문적 관심을 세계 학술 중심부로 확산시키는 일이 수행되어야 한다. 본 연구소에서는 이러한 과업을 달성하기 위해서는 해외 한국학의 집단전기학에 대해 연구할 필요성이 있다고 판단하였다.

한국학의 형성 무대와 주체는 한국과 한국인들만이 아니다. 중국과 일본을 포함하여 중앙아시아, 유럽과 미국에서도 다양한 방식으로 한국학 연구가 이루어졌다. 그럼에도 불구하고 해외 한국학은 지금까지 국내 한국학의 주변부로만 인식되어 연구의 의의와 가치가 평가절하되어 왔다. 해외 각 지역의 한국학은 그 지역의 일정한 문화적, 사상적 배경 아래 형성된 것인 만큼, 그 의의와 가치가 온전히 밝혀지고 그 결과가 각 지역의 한국학과 소통될 필요가 있다. 바로 여기에 상생과 소통을 통한 복수의 한국학을 표방하는 동아시아한국학 연구의 의의가 있다.

그동안 해외 한국학 연구에서는 각 지역 한국학이 지닌 해당 지역에서의 의의와 가치가 분명하게 드러났다고 보기 어렵다. 한국학의 일국주의를 지양하는 동아시아한국학 연구를 통해 각 지역 한국학과 소통하여 상생할 수 있는 복수의 한국학을 연구하고 이들과의 소통을 추구하는 연구가 필요하다. 본 연구소는 이러한 연구의 필요성을 인식하고 해외 한국학에 대하여 집단전기학적 분석을 통해 본격적으로 현지 한국학 연구를 수행하고자, 2019년부터 '동아시아한국학의 심화와 확산을 위한 해외 한국학의 집단전기학'을 의제로 한국연구재단의 지원을 받아 '인문사회연구소지원사업'을 수행해 오고 있다. 이 과제는 지난 10년간 수행해 온 인문한국HK 사업을 보다 발전시켜 계승한 것이다.

이러한 연구 사업의 일환으로 본 연구소에서는 2021년 1월에 '해외 한국학 집단의 형성과 발전'이라는 주제로 국제학술회의를 개최하였다. 이 학술회의를 통해 영국, 소련·러시아, 대만, 일본에서 이루어진 한국학 연구의 역사와 전망을 되돌아보았으며, 특히 사회주의라는 사상 아래에서 배태된 소련·러시아의 한국학의 양상을 심도 있게 논의하여 정치사상이 학문에 끼친 영향과 함께 이들 연구와 이후 이 지역에서 발전된 한국학 연구와의 상관관계를 살펴보았다. 이 책에 수록된 여섯 연구자들의 글은 주로 이 국제학술회의에서 발표된 원고를 깁고 다듬은 것들이다.

본 연구소에서는 해외 한국학의 집단전기학 연구를 통해 동아시아한국학의 심화를 이룸과 동시에 그 성과들을 시민들과 공유함으로써 연구 결과의 확산도 도모하고 있다. 본 연구총서의 발행은 이러한 목적 하에서 이루어진 것이다. 모쪼록 이 총서가 동아시아한국학의 심화와 확산이라는 큰 목표를 이루는 데 일조할 수 있기를 기대한다.

인하대학교 한국학연구소

| 서문 |

인하대학교 한국학연구소에서는 2019년부터 '동아시아한국학의 심화와 확산을 위한 해외 한국학의 집단전기학'을 주제로 한국연구재단의 '인문사회연구소지원사업'을 수행해 오고 있다. 이번에 간행하는 『해외 한국학의 형성과 확산』은 이에 대한 연구사업 수행의 일환으로 2021년 1월에 '해외 한국학 집단의 형성과 발전'이라는 주제로 개최한 국제학술회의의 주제반표 원고를 모아 엮은 것이다.

첫 번째 글은 장윤희의 「동아시아한국학의 심화·확산과 해외 한국학의 집단전기학」이다. 이 글은 동아시아한국학이 무엇인지 살펴보고 그 동안 수행되어 온 동아시아한국학 연구의 한계점을 해결하기 위해서는 해외 한국학의 집단전기학이 필요함을 역설하고 있다. 이를 위해서 해외 한국학을 '일본 한국학', '서구권 한국학', '사회주의권 한국학'으로 권역을 구획하고 각 지역 한국학 주체와 제도, 사상 또는 문화적 측면을 중심으로 집단전기학을 기술해야 함은 물론, 시간적으로는 냉전 이전과 이후를 구분하여 각 시기의 현지 한국학의 전개 과정상 특징을 밝혀야 함을 언급하고 있다. 필자는 이를 통해 '복수의 한국학'으로 존재하는 해외 각 지역 한국학은 물론 국내 한국학의 정체성을 파악할 수 있을 것이라고 주장하며, 이는 궁극적으로 동아시아한국학의 발전과 심화뿐만 아니라 한국학을 당당한 세계 학술의 하나로 발전시키는 길이 될 것이라고 보고 있다.

두 번째 글은 김태우의 「상트페테르부르크대학 한국어문학의 성립과

A.A. 홀로도비치」이다. 이 글에서는 1930~1950년대 상트페테르부르크 대학레닌그라드대학에서 이루어진 한국어문학의 연구 상황을 A.A. 홀로도비치를 중심으로 살펴보고 있다. 상트페테르부르크대학은 러시아에서 최초로 한국어 강좌가 시작된 곳으로, 1930년대 이후 한국어문학과는 점차 체계화인 모습을 띠게 된다. 필자는 이 과정에서 1930년대부터 1950년대까지 한국어문학과의 대부분의 수업을 담당하였던 A.A. 홀로도비치가 큰 역할을 하였음을 논증하였다. 아울러 그가 학교를 떠난 이후에는 한국어문학과의 쇠퇴도 뒤따랐다고 기술하고 있다.

세 번째 글은 박노자의 「모스크바에서의 한국사 연구」이다. 이 글에서는 주로 소련 시기1917~1991를 중심으로 모스크바에서 이루어진 한국사 연구를 거시적으로 살펴보고 있다. 특히 필자는 지금까지 잘 다뤄지지 않았던 모스크바 학파의 기원과 역사 연구의 전개를 비롯하여 차후 계승의 문제까지도 기술하고 있다. 이에 따르면, 모스크바 학파는 제정 러시아 '동방학'의 전통대로 『삼국사기』 등 원전 번역 사업을 계속해 나갔다. 또한 식민지 시대 맑시스트 연구자들의 전통을 이어받아 근대 자본가 계급의 '종속성' 문제를 비롯하여 고대사에 있어서의 '사회-경제적 형태'의 문제까지 맑스주의의 '보편 법칙'을 감안하는 한국사 전반의 해석 작업에도 몰두하였다. 특히 필자는 이에 따른 '식민지형 예속 자본주의론'이나 '고대 한반도의 국가적 봉건제론' 등은 사실적 근거가 잘 구비된 결론이라고 볼 여지가 크다고 강조하고 있다. 아울러 서구의 오리엔탈리즘이 비서구를 타자화시켜 그 '열등성'을 부각시킨 것과 달리 모스크바 학파의 한국사 연구의 중점은 한국사의 '보편성'에 있었다고도 평가하고 있다. 그리나 모스크바 학파는 소련 몰락 이후에 급속히 쇠락하여 과거와는 달리 현재로서는 국제적인 한국사 연구 중심지에서 주변부로 전락할 가능성이 매우 높을 것으로 전망하고 있다.

네 번째 글은 연재훈의 「영국 한국학의 발생과 발전－인물과 교육기관을 중심으로」이다. 이 글에서 필자는 런던대학교 소아스를 중심으로 영국의 한국학 발생과 발전에 대해 살펴보았으며, 추가적으로 셰필드대학, 옥스포드대학, 센트럴 랑카셔대학 등 영국 지역의 한국학의 발생과 발전에 대해서도 언급하였다. 이후 유럽 한국학의 개척자라고 할 수 있는 빌 스킬렌드 교수를 비롯한 인물과 교육기관을 중심으로 한국학의 발전 과정을 살펴보고 있다. 필자는 영국에서 한국학이 19세기 말과 20세기 초 식민지의 효율적인 경영이나 국제 정보 획득을 위한 전략적인 육성 정책으로 시작되었으며, 20세기 중반 이후 지역학으로서의 발전 시기를 거쳐 21세기를 맞아 새로운 전기를 맞고 있다고 보고 있다. 특히 기존의 인문학적 지식의 관심과 흥미 대신 대중문화 중심의 관심과 흥미가 점점 자리를 잡아가고 있고 정치, 경제, 사회 등 사회과학 사례연구의 일환으로서 지역학이 연구·학습되는 추세로 가고 있다고 평가하고 있다.

다섯 번째 글은 최태원의 「전후 일본에서의 조선근대문학연구의 성립과 전개－'조선문학의 회'를 중심으로」이다. 여기에서는 '조선문학의 회朝鮮文学の会'를 중심으로 일본에서 일본인의 한국근대문학연구가 어떻게 시작되었는지 살펴보고 있다. '조선문학의 회'는 1970년에 결성된 조직으로, 식민주의 중심의 조선학에서 벗어나 외국문학이라는 관점에서 한국문학을 본격적으로 번역하고 연구한 집단이다. 이들은 한국문학을 대하는 자세가 비주체적이었던 메이지시대 이래의 일본인들을 비판하면서 한국문학을 직접 번역하고 그 가치도 스스로 판단할 수 있어야 함을 강조했

으며, 나아가 남북한 문학연구의 분단과 그로 인한 문학사의 결락에 대한 인식을 바탕으로 남북의 이념 대립으로 인한 공백을 메우려는 노력을 아끼지 않았다. 이들의 일부는 축적한 학술적 기초를 바탕으로 1970년대 말에 대학교원으로 부임하기도 하였다. 필자는 이러한 결실이 한국근대문학연구가 일본 학술제도 안에서 그 존재가치를 인정받은 것으로 평가할 만하다고 언급하고 있다.

마지막 여섯 번째 글은 증천부曾天富의 「대만의 한국학 연구 상황과 미래 전망」이다. 이 글에서 필자는 해방 후 대만의 한국학 상황을 크게 3개의 시기로 구분한 후, 각 시기의 연구 경향과 특징을 비롯하여 앞으로의 전망에 대해서 기술하고 있다. 필자에 따르면, 냉전 시기인 1950~70년대에는 한국과 대만의 반공연구의 필요성에 의해 사료를 중심으로 한 한국고대사 연구를 비롯하여 근대항일독립운동에서의 한국과 중국의 관련성에 연구의 초점이 있었다고 한다. 이후 1980~2000년에는 한국어문학과에서 양성된 전문 인력들에 의해 한국어와 한국문학에 대한 연구가 시작되었고, 한국과 대만의 경제 발전 양상의 유사성으로 인해 양국의 경제 상황에 대한 비교연구가 활발하게 이루어졌음도 소개하고 있다. 마지막으로 2000년대 이후에는 한류의 급속한 전파로 촉발된 한국어 학습 수요로 인해 한국어 교육과 한국의 문화산업에 대한 전반적인 연구가 주를 이루고 있다고 기술하고 있다.

본 연구총서에는 이렇게 동아시아한국학의 심화와 확산을 위해 해외 한국학의 집단전기학에 대한 연구가 시작될 필요성이 있다는 글에서부터, 소련과 영국을 비롯하여 일본과 대만에서 이루어진 한국학 연구의 역사와 전망 등을 다룬 총 여섯 편의 글이 실렸다. 이 책에서 다룬 국가 이외에도 미국과 중국을 비롯하여 다양한 나라에서도 한국학 연구가 시작되었으며 현재 또 발전해 나가고 있다. 앞으로 이들이 어떠한 목적 하에서 한국학을 태동시켰으며 또 어떠한 발전 과정을 거쳐 현재에 이르게 되었는지 살펴볼 필요가 있을 것이다. 그리고 이를 바탕으로 복수의 한국학이 서로 생산적으로 소통할 수 있는 방법을 구상해 냄으로써, 한국학이 향후 세계 학술의 중심부 중 하나로 자리매김할 수 있는 토대를 마련할 필요가 있다. 이 연구총서의 발간이 이러한 큰 목적을 달성하는 데 일조하는 하나의 초석이 될 수 있기를 기대한다.

2021년 8월

인하대학교 한국학연구소

연구교수 문현수

동아시아한국학의 심화 · 확산과 해외 한국학의 집단전기학*

장윤희

1. 여는 말

최근 한국의 언어와 문화에 대한 전 세계적 관심이 높아지고 있다. 이는 물론 대중문화의 확산에 따른 측면이 있고 그 관심이 대중문화 등 몇몇 분야에 국한된 것이라는 한계가 있기는 하지만, 20~30년 전과 비교해 볼 때 관심의 절대량이 폭발적으로 늘었음은 부인하기 어려울 것이다. 전 세계에서 이러한 관심을 지닌 사람들에게 한국을 보다 깊이 있고 정확하게 이해할 수 있도록 이끌 수 있는 새로운 한국학의 연구와 교육이 시급히 요구되는 이유가 여기에 있다.

이러한 인식의 결과 현재 해외의 한국학 연구 및 교육 기관에 대해 많은 지원이 이루어지고 있는 것이 사실이다. 특히 지난 10여 년 동안에는 한국학진흥사업단을 통해 해외 한국학 중핵대학 육성 사업, 해외 한국학

* 이 글은 인하대 한국학연구소 간행의 『한국학연구』 제61집, 181~196쪽에 같은 제목으로 수록되었던 글을 그대로 가져온 것이다.

씨앗형 사업, 한국학 세계화 랩 사업 등 해외 한국학 진흥을 위한 다양한 지원이 이루어진 바 있다. 그러나 지원을 받은 해외 연구 집단들이 지원 사업 종료 뒤까지 자생력을 갖춘 고등 연구 및 교육 기관으로서의 확고한 지위를 유지하고 있는 경우는 많다고 하기 어려운 것이 현실이다. 여기에는 여러 이유가 있겠으나, 해외 현지의 문화적 · 사회적 상황의 특성을 고려하지 않은 채 국내 한국학을 일방적 확산을 위한 성과 위주의 획일적 지원 방식에 문제가 있는 것은 아닌지 반성해 볼 필요가 있다. 특히 지원을 통해 해외 현지에 뿌리내릴 수 있는 '한국학'이 어떠한 성격의 것인지에 대한 고민이 크지 않았던 듯하다.

'한국학의 세계화'를 기치로 해외 한국학에 대해 본격적으로 관심을 기울이기 시작한 1990년대 이후, 해외는 국내 한국학의 이식과 확산의 대상이었다. 이 과정에서 해외 각 지역의 한국학 전통과 배경은 그리 중시되지 않았다. 물론 해외 현지의 주목되는 성과에 대한 관심이 전혀 없는 것은 아니었으나, 주목의 대상은 그 성과 자체일 뿐 그것이 도출될 수 있었던 사회적, 제도적, 학문적 배경에 대해서는 깊이 있는 성찰이 미흡했던 것이 사실이다. 이와 관련된 관심의 대상은 해외 현지의 한국학 교육의 현황 및 체제, 연혁 정도에서 그치는 경우가 많았던 것이다.[1] 이러한 상태에서 세계 학문의 주변부에 있어 현지에서도 주변으로 받아들여지고 있는 한국학에 대한 관심을 높이고 연구자를 확대하기 위한 방안, 효율적인 지원 방안 등이 중점적으로 논의되었을 뿐이다.

이렇듯 해외 현지 한국학의 전통과 계보, 성격 등에 대한 관심이 적었

1 이 자리는 기존의 해외 한국학에 대한 연구나 지원 방식 등을 비판하기 위한 것이 아니므로 기존의 구체적인 연구나 견해는 보이지 않기로 한다.

던 것은 국내 한국학이 한국학의 중심이고 해외 한국학은 한국학의 주변이라는 인식이 작용했던 데 원인이 있는 것으로 보인다. 국내 한국학 수준으로 해외 한국학을 진흥시키기 위해서는 해외 한국학의 성격이 어떠하든 국내의 지원을 통해 국내 한국학에 근접하게 만들 필요가 있다는 인식이 작용했다는 것이다. 그러나 해외 각 지역의 한국학은 그 지역의 일정한 문화적, 사상적 배경 아래 형성된 것이다. 이렇게 형성된 해외 한국학이 가지는 특성 및 의의나 가치는 물론 특정한 결과물이 나타날 수밖에 없었던 해외 현지 한국학의 전통 등을 면밀히 파악할 필요가 있다. 바로 이러한 사실을 바탕으로 해외 각지의 한국학에 적합한 지원이 가능할 수 있을 것이기 때문이다.

이러한 문제의 해결을 위해 제안된 학문적 기치이자 방법론이 바로 인하대학교 한국학연구소를 중심으로 제안된 '동아시아한국학'이다. 애초 동아시아한국학은 한국학의 정체성을 정립하고자 하는 의도에서 제안되었던 것이다.이영호(2006 : 16~17) 서구 학계에서 '이중의 주변'[2]에 있는 한국학이 지닌, 서양 한국학과 구별되는 정체성을 동아시아적 정체성에서 찾고자 한 것이다. 이러한 인식은, 한동안 세계의 주변으로서의 공통성을 지닌 동아시아 각 지역에서 이루어진 한국학에서 '소통적 보편성'백영서(2007 : 48)을 지닌 대상을 찾을 수 있다는 인식으로 나아가게 되었고, 여기에 서구 한국학과 우리의 한국학을 '중심-주변'의 관계로 볼 수 없듯이 국내 한국학과 동아시아 각국의 한국학 역시 '중심-주변'의 관계로 볼 수 없다는

2 백영서(2007 : 50)에서 한국학을 해외에서 주변화된 동아시아 지역학 속에서 다시 중국학이나 일본학에 비해 더 주변적인 위치에 있음을 '이중으로 주변화된 위치'로, 류준필(2015 : 594)에서는 '이중적 주변'으로 표현한 바 있다.

인식이 더해지게 되었다. 그 결과 동아시아 각국의 한국학은 국내 한국학의 주변이 아니라, 각각 고유한 학문적 전통과 방법론을 지닌 또 다른 중심이며 국내 한국학과의 발전적 교류를 하기에 충분한 '복수의 한국학'으로 존재하고 또 그러해야 한다고 보게 되었다. 따라서 국내 한국학을 중심으로 동아시아 각국의 한국학을 평가하거나 재단하지 않으며 오히려 이들 한국학과의 교류와 소통을 통해 국내 한국학의 발전을 도모할 수 있다고 보았다. 이른바 '상생과 소통의 한국학'인 것이다.

바로 이러한 동아시아한국학의 인식과 방법은 동아시아 너머의 세계까지 확장하여 적용할 수 있을 것이다. 세계 각지의 한국학이 복수로 존재하면서 상생하고 소통할 수 있는 또 다른 한국학일 가능성이 충분하기 때문이다. 물론 이러한 확장적 적용이 발전적인 것이기 위해서는 지금까지 이루어진 동아시아한국학의 성과에 대한 비판적 성찰이 우선되어야 할 것이다. 이 자리에서 살펴보고자 하는 바가 바로 그동안의 동아시아한국학의 성과에 대한 반성을 통해서 이를 세계 각지의 한국학으로 확산하기 위한 방안이다.

본격적인 논의에 앞서, 논의의 편의를 위해 우리가 결론적 대안으로 제시한 '해외 한국학 집단의 집단전기학'의 '집단전기학prosopography'에 대해 간략히 언급해 두기로 한다. 집단전기학은 사소해 보이는 문서들까지도 취합하고 종합하여 특정 집단의 인적 배경과 영향 관계를 분석함으로써 그 집단의 실체와 당대의 사회상을 파악하는 연구 방법이다.[3] 이러한 실증적 방법을 통해 해외 한국학의 형성과 발전에 관여한 인간과 그 한국

3 집단전기학적 방법을 활용한 실제 연구 등 자세한 내용은 나종일(1985)을 참조할 것.

학 형성에 작용한 제도 등의 환경, 사상 등을 종합적으로 검토해 봄으로써 해외 각 지역 한국학의 주체와 역사, 영향 관계 등 구체적 실상을 실증적으로 구명하고 그 결과들을 종합하여 세계에 존재하는 '복수의 한국학'의 형성 과정과 실상을 파악함으로써 한국학의 지평을 확대하고자 하는 것이 우리의 궁극적인 목적이다.

2. 동아시아한국학의 심화 · 확산과 해외 한국학 집단전기학

동아시아에서 복수로 존재하며 상생하고 소통하는 한국학으로서의 동아시아한국학은 2000년대 후반부터 주로 인하대학교를 중심으로 자리잡고 발전해 왔다. 동아시아한국학이 구호로 그치지 않기 위한 요건인 '제도화' 가능성백영서(2007 : 52)을 인하대학교에서는 BK, HK사업을 통해 융합학제인 대학원 한국학과와 한국학연구소라는 제도를 갖춤으로써 동아시아한국학의 정착과 발전을 도모할 수 있었다. 이 과정에서 특히 동아시아는 물론 베트남, 인도네시아 등의 지역을 아우르는 인적 · 학적 한국학 네트워크를 구축하고 교류함으로써 동아시아한국학이 가능태만으로 존재하는 것이 아님을 입증하고 발전시켜 왔다.

그 결과 도출된 의미 있는 성과들에도 불구하고 몇 가지 미흡한 점이 있었던 것도 사실이다. 동아시아한국학을 보다 심화하고 이를 동아시아 너머 세계로 확장하고자 하는 현시점에서 이러한 문제점들은 분명히 극복되어야 할 것이다. 아래에서 자세히 살펴볼 반성과 문제 해결 방안의 도출 과정을 통해서 '해외 한국학의 집단전기학'을 발전의 방안으로 제안하고자 한다. 동아시아 각국의 한국학 연구에서 확인해 보았듯이 동아시아 너머 세계 각 지역 한국학 역시 각각 '복수의 한국학'으로 존재할 수 있다는 사실을 확인하는 한편, 이를 통해서 한국학의 동아시아적 정체성이 보다 명확히 드러날 수 있을 것으로 기대하는 것이다.

1) 담론 중심에서 실증으로

그동안의 동아시아한국학 연구에서 발견되는 가장 큰 문제점은 그동안 담론 위주의 추상적 연구가 주를 이루었다는 점이다. 학술적 주제 위주로 이루어진 추상적 연구의 결과 이를 실증해 줄 수 있는 자료를 구축하는 데에는 미흡했던 것이다. 실증적 자료는 연구의 객관적 설득력을 확보함은 물론 발전적인 후속 연구를 위해서도 불가결한 것이라는 점에서 이 문제점은 반드시 극복되어야 할 필요가 있다. 또한 이렇듯 추상적인 담론 위주로 연구가 이루어지면서 연구의 대상이 주제에 따라 개별화되는 문제점도 발견된다. 이렇게 개별화되고 파편화한 대상을 다룸으로써 동아시아 각 지역 한국학의 주체와 제도, 계보 등의 전모를 파악하는 데 한계가 드러나기도 했다.[4]

이러한 문제와 한계점을 해결할 수 있는 방법론적 대안으로 '집단전기학'에 주목하고자 한다. 앞서 언급한 바와 같이 집단전기학은 문서 등 실증적 자료들을 통해서 특정 집단의 실체와 사회상을 파악하는 실증적 방

4 이는 비단 동아시아한국학에서의 문제만이 아니라 국내에서 이루어진 많은 해외 한국학 연구에서 발견되는 문제라 할 수 있다. 한편 그동안 이루어진 동아시아한국학 연구 가운데 연변 지역의 한국학 집단과 계보 등을 밝히고자 한 인하대 한국학연구소 편(2013ㄹ, 2017)은 연변 지역 한국학의 실체를 밝히기 위해 이른바 '연변학'의 주체들에 초점을 둔 차별성 있는 성과로 주목된다. 그러나 이들 각각의 주체들과 역사, 제도 등을 종합하여 '연변학'의 실체를 드러내는 데까지는 이르지 못한 점이 아쉽다.

법론이기 때문이다. 해외 현지의 각종 한국학 관련 자료를 수집하여 이를 바탕으로 해외 한국학의 주체와 계보, 사상과 제도 등을 실증적으로 살핌으로써 담론 위주 연구가 지닌 추상성을 제거할 수 있을 것이다. 또한 연구 과정에서 수집한 자료들을 축적함으로써 발전적인 후속 연구를 위한 기초 자료를 제공할 수 있게 된다. 이러한 사실들을 고려할 때 집단전기학의 방법이야말로 동아시아한국학의 담론 위주의 추상성 문제를 해결할 수 있는 효과적인 대안이라 할 수 있는 것이다.

2) 동아시아한국학 연구 대상의 시 · 공간적 확장

그동안 이루어진 동아시아한국학의 둘째 문제점은 연구의 대상이 시 · 공간적으로 지나치게 국한되어 있었다는 점이다. 시간적으로는 개항을 포함한 근대이행기로부터 일제강점기까지로, 공간적으로는 한국, 중국, 일본의 동아시아로 국한되어 있었다고 해도 과언이 아니다. 그러나 이 시기는 해외에서 한국학이 형성되어 자리 잡아 가는 시기일 뿐이며, 공간적으로도 한국학에 대한 관심이 기울여진 세계 한국학의 일부분일 뿐이다. 19세기 후반부터 유럽, 미국 등 세계 각 지역에서 한국학에 대한 관심이 싹트고 형성되기 시작하여 현재에 이르고 있으므로, 지금까지 관심의 대상이 되었던 해외 한국학의 시 · 공간은 지나치게 국한된 것이다. 따라서 그 연구 대상을 공간적으로는 동아시아 너머의 세계까지, 시간적으로는 현재까지 확장할 필요가 있다.

해외 한국학의 형성 무대와 관련하여 우선 중요하게 다루어야 할 지역이 영국과 프랑스, 러시아 등의 유럽 지역이다. 또한 해방 이후의 해외 한국학에서 중요한 지역으로 부각한 미국도 빼놓을 수 없다. 역사적, 지리적으로 밀접한 중국, 일본 등의 동아시아는 물론 그 너머 세계 각 지역의 한국학 집단의 형성과 계보를 통해 '복수의 한국학'으로서의 면모를 분명히 드러낼 때, 동아시아한국학은 대안적 한국학으로서의 위상을 공고히 할 수 있을 것이다.

물론 가장 이상적으로는 해외 각 지역 한국학의 형성부터 현재에 이르기까지의 기간을 모두 연구의 대상으로 삼아야 한다. 그러나 현실적으로는 현재 시점까지를 정밀하게 연구하기가 쉽지 않은 것이 사실이다. 시간의 두께만큼 다뤄야 하는 자료의 양과 규모가 엄청나기 때문이다. 따라서 형성 시기부터 현재에 이르는 시간을, 해당 지역 한국학의 변화 과정에서 의미 있는 시점을 기준으로 세분하여 각 기간 동안의 계보와 변화를 정밀하게 살피되 연구의 규모에 따라 대상 기간을 특정할 필요도 있다.

3. 해외 한국학 집단전기학 연구 방안

동아시아한국학의 심화와 확산을 위한 해외 한국학의 집단전기학 연구를 수행하기 위해서는 연구의 대상을 공간축과 시간축을 기준으로 구획할 필요가 있다. 이 연구의 목적이, 세계 각 지역에서 상이한 역사적 · 사회적 배경 아래 형성되고 존재하는 현지 한국학 각각의 특성을 파악하는 데 머물지 않고, 이들 복수의 한국학 사이의 보편성과 차별성을 파악하고 궁극적으로는 이를 통해 동아시아한국학의 정체성을 명확히 하는 데 있기 때문이다. 여기에 시간축을 기준으로 구획을 지어 각 지역 한국학의 변화 양상을 파악할 필요도 있다. 시간의 흐름에 따라 달라진 역사적 · 사회적·사상적 배경에 의해 한국학이 어떻게 전개되어 갔는지를 파악하는 일은 복수의 한국학은 물론 국내 한국학의 정체성 형성에 영향을 미친 결정적 요인 등을 분석할 수 있도록 해 주기 때문이다.

1) 해외 한국학 집단의 권역별 구획 – 일본 한국학, 서구 한국학, 사회주의 한국학

해외 한국학의 집단전기학을 위해서는 우선 세계 각 지역 한국학 집단을 권역별로 구획할 필요가 있다. 이를 위해 해외에서 한국학에 대한 관심이 상대적으로 높거나 연구와 교육이 어느 정도 이루어지고 있는 지역을 확인할 필요가 있다. 이러한 지역으로는 우선 공통의 한자문화권에 속해 있으면서 지리적으로 인접하여 역사적으로 교류가 빈번했던 중국, 일본 등의 동아시아가 포함됨은 물론이다. 또한 서구에서의 한국학의 성립 시기에 큰 역할을 한 영국, 프랑스, 러시아 등의 유럽 지역을 빼놓을 수 없다. 이들 지역에서는 19세기 초부터 한국학적 사실에 대해 관심을 기울이고 특히 19세기 말 20세기 초에는 한국학에 대한 이해가 어느 정도의 수준까지 도달했던 것으로 보인다.[5] 해방 이후에는 역사적으로 우리와 밀접할 수밖에 없었던 미국에서 한국학에 대한 관심이 다른 서구 지역에 비해 높았던 것은 당연한 일일 것이다.

이렇게 한국학적 전통이 확인되는 해외 각 지역을 단순히 지리적으로 구획하는 것은 문제가 있다. 한국학적 전통이 확인되는 지역 가운데 유럽의 러시아는 20세기 초에, 동아시아의 중국은 20세기 중반에 사회주의

5 19세기까지의 유럽 및 미국의 한국학에 대한 이해는 제정 러시아 대장성에서 간행한 『한국지(КОРЕИ)』(1900)에 집대성되어 있다. 물론 이 책의 간행은 학술적 관심보다는 정책적 관심에 의해 이루어진 것이다.

국가 체제로 변모하면서 사회주의 이데올로기가 지배하게 된다. 이는 자본주의 체제의 나머지 권역들과의 학문적 교류는 물론 소통조차 쉽지 않은 결과를 가져왔다. 여기에서 사회주의 이데올로기가 한국학에도 영향을 미쳤을 것임[6]을 충분히 추론할 수 있어 이들을 단순히 지역을 기준으로 하여 권역을 구획하기가 곤란한 것이다. 이에 해외 한국학의 집단전기학에서는 러시아와 중국의 한국학을 사회주의권 한국학으로 함께 묶어 특히 냉전 이후의 한국학의 전개 과정을 면밀히 살펴볼 필요가 있다. 이를 통해 사회주의 이데올로기가 과연 한국학에 영향을 미쳤는지, 영향을 미쳤다면 그 양상이 어떠한지 등이 드러날 수 있을 것이다.

또한 해외 한국학 가운데 일본의 한국학은 여타 지역과는 비교할 수 없을 정도의 위상을 지닌다. 근대이행기 이후는 물론 일제강점기를 거치면서 일본의 한국학은 오히려 국내 한국학 성립에 지대한 영향을 미쳤으며, 이러한 한국학의 전통이 해방 이후에도 유지되었다. 일본과 한국의 특수한 역사적 관계 때문에 그 연원이 깊고, 역사적 지층도 두터운 것이다. 이러한 일본 한국학을 다른 해외 한국학과 대등하게 다루기는 어렵다. 따라서 일본의 한국학은 별도의 권역으로 다루어 여타 지역의 한국학과 비교해 볼 필요가 있다.

나머지 서구 지역 가운데 유럽 각국과 미국은 한국학의 전개 과정이나 이해의 정도에 있어서 차이가 있음은 분명하다. 그러나 유럽과 미국의 한국학에 대한 관심이 애초 제국주의에 기초한 것이라는 공통성이 있음은 물론, 이들 국가는 학문적 교류가 활발한 하나의 학문 공동체로 묶일 수

6 과문한 탓이겠으나, 지금까지 이러한 사실은 명확히 규명되지 않은 것이 현실인 듯하다.

있다는 점에서, 이들을 서구 한국학 권역으로 함께 묶을 수 있을 것이다. 다만, 유럽은 전통적으로 동양학 연구의 전통이 있었다는 점이나 미국은 앵글로색슨주의와 개신교의 영향이 강했다는 점에서 이들이 한국학의 형성과 전개 과정에 영향을 미쳤을 가능성이 큰 만큼, 이들의 차이점을 밝히는 데에도 관심을 기울여야 할 것이다.

결국 해외 한국학을 일본 한국학, 서구권 한국학, 사회주의권 한국학으로 구획지어 각 지역 한국학의 주체인 인간, 제도, 사상 또는 문화의 측면에서 실증적으로 밝힐 필요가 있다.

2) 해외 한국학 발전 과정의 단계적 이해–냉전 전과 이후

주지하듯이 냉전은 세계사적으로 심대한 영향을 미쳤다. 해외 한국학의 전개 과정에서도 냉전 체제는 커다란 영향을 미쳤다고 할 수 있다. 냉전에 의한 분단을 경험한 국내 한국학은 물론이고, 특히 사회주의권 한국학과 미국 한국학에서 냉전은 한국학의 전개 과정에서 변수로 작용한 것이 사실이다. 더욱이 냉전의 시작이 해방과 겹친다는 점에서 일본 한국학의 전개 과정에서도 냉전은 지대한 영향을 미쳤다고 할 수 있다.[7]

이러한 사실을 고려할 때, 해외 한국학의 형성 이후 전개 과정을 살피는 데 있어서 냉전 전과 이후로 시기를 구분하여 각 시기의 특성을 비교해 볼 필요가 있다. 이는 특히 해외 한국학의 집단전기학을 이루는 요소 가운데 사상이 어떻게 한국학에 영향을 미쳤는지를 밝히는 데 크게 기여할 것으로 기대된다.

---

7 일제강점기의 재조선 일본 한국학자들이 해방 이후 일본으로 돌아가면서 덴리(天理) 대학 등에 재직하게 됨으로써 이들 대학이 일본 한국학의 주요 거점이 되기도 하였다.

4. 해외 한국학 집단전기학 연구 의의

1) 동아시아한국학의 리좀적 확산

동아시아한국학은 국내의 한국학과 해외 한국학을 중심 대 주변으로 바라보는 인식의 반성을 통해 제안된 것이다. 따라서 해외 각 지역 한국학이 복수로 존재할 수 있음을 밝히는 일은 기본적으로 해외 각 지역의 한국학이 또 다른 중심적 한국학으로서의 위상을 정립하는 일이기도 하다. 이렇게 해외 각 지역 한국학이 국내의 한국학과 중심/주변의 위계적 관계가 아니라 수평적이고 상생적인 관계로 소통하는 '복수의 한국학'으로 정립시키는 일은 결국 동아시아한국학을 그 지역에 확산하는 일이기도 하다. 결국 해외 한국학의 집단전기학은 동아시아한국학을 '리좀Rhizome'적으로[8] 확산함으로써 '복수의 한국학'의 탈위계적 네트워크를 구축하는 연구여야 할 것이다.

이러한 한국학의 리좀적 확산은, 해외 현지 한국학이 그 전통과 역사적·사회적 배경 속에서 지니게 된 특수성을 소통적 보편성과 결부시키는 일이라 할 수 있다. 이렇게 보면 해외 현지 한국학의 여건과 상황 등을 고려하지 않은 일방적이고 획일적인 지원은 타당한 지원 방법일 수 없다. 해외 각지의 상황과 한국학의 특수성을 살려 현지에서 자생하고 발전할 수 있도록 하는 지원책은 모두 다를 수밖에 없기 때문이다.

8 Deleuze·Guattari(1980)의 서론에서 제안된 개념이다. 『철학사전』(임석진 외, 2009)에 따르면, 리좀은 '근경(根莖)', 뿌리줄기 등으로 번역되는데, 줄기가 마치 뿌리처럼 땅속으로 파고들어 난맥(亂脈)을 이룬 것으로, 뿌리와 줄기의 구별이 사실상 모호해진 상태를 의미하는데, 수목(樹木)이 계통화하고 위계화하는 방식임에 비하여, 리좀은 욕망의 흐름이 지닌 통일되거나 위계화되지 않은 복수성과 이질 발생, 그리고 새로운 접속과 창조의 무한한 가능성을 보여 준다고 한다.

2) 한국학의 '이중적 주변성'

이러한 동아시아한국학의 연구 방법과 인식을 해외 한국학 집단과 공유·확산하는 일은, 지금까지 세계 학계의 '이중적 주변'으로 인식되어 온 한국학이 그 주변성을 떨쳐버릴 수 있는 길을 열어줄 것으로 기대된다. 해외 한국학이 국내 한국학의 주변이고 따라서 국내 한국학을 이식하고 지원해야 할 대상이라는 기존의 인식을 거부하는 동아시아한국학의 확산을 통해서 상생하면서 소통할 수 있는 또 하나의 중심으로 정위된 '복수의 한국학'들이 많아지는 일은 곧 한국학의 세계적 저변이 확대됨을 의미한다. 이렇게 폭넓은 지역에서 활발히 소통하는 한국학 연구가 활성화하여 '학술 한류'가 만들어진다면 궁극적으로는 서구권에서 영어권을 정점으로 서열화된 학문 평가백영서(2007 : 53)의 시각에서 '이중적 주변'으로 치부되던 한국학에 대한 인식도 달라질 수 있다. 서구의 학문이 중심이며 한국학은 학문의 주변이라는 서구 중심적 인식의 부당성이 널리 공유되어 왔음에도 국내 한국학의 한편에 여전히 남아 있던 '주변성'이라는 숙원을 해결할 수 있는 길이 해외 한국학의 집단전기학 연구를 통해서 열릴 수 있을 것으로 믿는다.

5. 맺는 말

우리는 그동안 이루어진 한국학 연구의 한계를 해결하고 이를 보다 심화·확산할 수 있는 대안으로서 상생과 소통의 동아시아한국학에 의한 해외 한국학의 집단전기학 연구를 제안한다. 해외 한국학을 국내 한국학의 주변으로 보는 인식을 부정하는 동아시아한국학의 시각과 방법을 통해 해외 각 지역 한국학의 실체를 파악해 봄으로써 이들 해외 한국학이 상생하고 소통하며 상호 발전할 수 있는, 국내 한국학과 대등한 '복수의 한국학'임을 밝힐 수 있다. 또한 그동안 이루어진 동아시아한국학 연구의 한계점이었던 시·공간적 제약, 담론 위주의 추상성 등의 문제에서 벗어나 보다 심화하고 확산된 연구로 발전시키기 위한 것이 바로 해외 한국학의 집단전기학 연구인 것이다.

이를 위해 구체적으로는 해외 한국학을 일본 한국학, 서구권 한국학, 사회주의권 한국학으로 권역을 구획하고 각 지역 한국학 주체와 제도, 사상 또는 문화적 측면을 중심으로 집단전기학을 기술할 필요가 있다. 이때 시간적으로는 냉전 이전과 이후를 구분하여 각 시기 현지 한국학의 전개과정상의 특징을 밝히고, 이를 시간과 권역의 차이에 따라 비교해 볼 수 있을 것이다. 이를 통해 '복수의 한국학'으로 존재하는 해외 각 지역 한국학은 물론 국내 한국학의 정체성을 파악할 수 있을 것이다.

이러한 연구는 동아시아한국학의 발전과 심화는 물론 한국학을 당당한 세계 학술의 하나로 발전시킬 수 있는 기초를 마련해 줄 수 있을 것으로 기대한다. 다만, 이러한 대안으로서의 한국학의 시도는 이전에는 가보지 않았던 길이라는 점에서 생각지 못했던 어려움도 예상된다. 당장 이러한 연구를 위해서는 해외 각지 한국학 현장의 전문가와의 교류와 현지 자료조사 등이 필수적인데, 예상치 못했던 코로나19 팬데믹으로 인해 지난 1년 넘게 이러한 학술 활동이 불가능하기도 했다. 그러나 우리의 해외 한국학의 집단전기학 연구가 분명히 의미가 있는 시도인 만큼 이러한 난관을 극복해 나갈 필요가 있다. 보다 많은 국내 및 해외 전문가 여러분의 관심과 성원이 있기를 바랄 뿐이다.

| 참고문헌 |

곽수민, 「해외한국학 동향 분석 및 발전요인 연구」, 『정신문화연구』 35-3, 한국학중앙연구원, 2012.

김경일, 「한국학의 기원과 계보-한국과 동아시아, 미국을 중심으로」, 『사회와 역사』 64, 한국사회사학회, 2003.

김진량, 「해외한국학의 현지화 연구-한국학중앙연구원 해외한국학 씨앗형사업 성과 사례를 중심으로」, 『정신문화연구』 42-1, 한국학중앙연구원, 2019.

나종일, 「집단전기학」, 『서양사연구』 7, 서울대 서양사연구회, 1985.

류준필, 「분단체제론과 동아시아론」, 백영서 · 김명인 편, 『민족문학론에서 동아시아론까지』, 창비, 2013.

______, 「한국학의 동아시아적 지평에 대하여-'흔들린 조공질서'와 '이성적 대화'를 중심으로-임형택, 『한국학의 동아시아적 지평』(창비, 2014)에 대한 리뷰」, 『비교한국학』 23-2, 국제비교한국학회, 2015.

박태균, 「세계 한국학의 발전을 위한 성찰적 접근」, 『국제 · 지역연구』 29-3, 서울대 국제대학원, 2020.

백영서, 「인문한국학이 나아가야 할 길-이념, 제도」, 『한국학연구』 17, 인하대 한국학연구소, 2007.

우경섭, 『조선중화주의의 성립과 동아시아』, 유니스토리, 2013.

이영호, 「한국학 연구의 동향과 동아시아한국학」, 『한국학연구』 15, 인하대 한국학연구소, 2006.

인하대 한국학연구소 편, 『동아시아 개항도시의 형성과 네트워크』, 글로벌콘텐츠, 2012.

__________________, 『동아시아한국학의 형성-근대성과 식민성의 착종』, 소명출판, 2013.

__________________, 『동아시아한국학의 분화와 계보-복수의 한국학들』, 소명출판, 2013.

__________________, 『러시아의 한국학과 북우 계봉우』, 소명출판, 2013.

__________________, 『연변학의 선구자들』, 소명출판, 2013.

__________________, 『근대이행기 동아시아의 자국어인식과 자국어학의 성립』, 소명출판, 2015.

__________________, 『연변학의 선구자들』 2, 소명출판, 2017.
최원식, 「탈냉정시대와 동아시아적 시각의 모색」, 『창작과 비평』 1993.봄(제79호), 1993.
한성우 편, 『근대이행기 동아시아의 언어지식』, 인하대 출판부, 2010.
Deleuze, G · Guattari, F, *Mille Plateaux : capitalisme et schizophrénie* 2, 1980[김재인 역, 『천 개의 고원-자본주의와 분열증』 2, 새물결, 2001].

상트페테르부르크대학 한국어문학의 성립과 A.A. 홀로도비치*

김태우

1. 서론

러시아에서 한국에 대한 연구와 교육은 다른 유럽 국가들보다 조금 일찍 시작되었다. 1860년 베이징 조약으로 인해 두만강을 경계로 조선과 러시아의 국경이 정해지고 1884년 조로 수호 통상 조약을 맺으면서 조선이라는 나라를 본격적으로 알아야 할 필요성이 생긴 것이 주된 이유였을 것이다. 그러나 19세기 중엽 이루어진 고려인의 이주 등으로 인해 이미 그 관심은 발아한 상태였다. 1874년 러시아 제국의 수도인 상트페테르부르크에서 푸칠로에 의해 발간된 『로한ᄌᆞ뎐』은 이 관심을 잘 보여준다. 이 사전에 대한 서평에서 팔라디는 조선의 문자인 한글이 세종대왕이 만든 것이라는 사실을 서양 학자로는 처음 언급하기도 했다.[1] 같은 해에 퍈코

* 이 논문은 『한국학연구』 60집에 실린 논문에서 어색한 표현과 오자 등을 수정한 것이다. 논문을 수록하는 것을 허락해 주신 『한국학연구』 편집위원회에 감사의 말씀을 전한다. 아울러 러시아어 표기와 번역을 검수해주신 인하대 한국학연구소의 칼리나 선생님께 감사의 말씀을 전한다. 그럼에도 불구하고 남은 잘못은 모두 필자의 것이다.

프는 『한글 철자책』을 발간했다.[2] 19세기 중반을 넘어서며 이미 한국어에 대한 서적이 나오기 시작한 것이다.

이러한 관심은 1900년 발간된 『한국지Кореи』에서 정점에 달한다. 『한국지』는 러시아 재무부에서 편집한 세 권으로 이루어진 한국에 대한 백과사전으로, 한국의 역사·지리·문화·종교·언어·정치·사회 전반을 망라한 제정 러시아 한국학의 총체였다.[3] 이보다 조금 앞선 1897년 상트페테르부르크에서는 첫 한국어 수업이 시작되었다. 뒤이어 카잔과 블라디보스토크에서도 한국어 수업이 시작되었다. 이들 교육 기관에서는 자체적인 교재를 제작하여 수업을 진행하였다. 이를 통해 당시의 수업을 엿볼 수 있고 또 한편으로는 당시의 한국어 그 자체를 연구할 수도 있다.[4]

본고는 러시아는 물론 유럽에서 가장 먼저 한국어 수업을 개설한 상트페테르부르크대학의 한국어문학 교육과 연구에 대해서 살펴보려는 시도이다. 1917년 이후 중지되었던 한국어의 교육은 1934년 재개되었다. 이때부터 독일-소련 전쟁 기간을 제외하고 약 25년 동안 상트페테르부르크대학에서는 한국어문학에 대한 교육이 지속적으로 이루어졌는데, 이 때 등장하는 이름이 홀로도비치А. А. Холодович이다. 그는 극동언어학과의 학과장, 한국어문학과의 학과장 등으로 있으며 상트페테르부르크대학 한국어문학과의 기틀을 잡았다. 또 그는 통찰력을 지닌 한국어 연구자이기도 했

1 고송무, 「제정 러시아에서의 한국어 및 한국 연구」, 『한글』 169, 1980, 427쪽 참조.

2 이 책에 대해서는 홍지인, 「러시아제국의 한국어 교육에 관하여」, 『Acta RussIana』 2, 2010, 135~137쪽 참조.

3 『한국지』는 1984년 한국정신문화연구원에서 완역하였다. 한국정신문화연구원 역, 『(國譯)韓國誌』, 한국정신문화연구원, 1984.

4 대표적인 연구로는 곽충구, 『함북 육진방언의 음운론－20세기 초 러시아의 Kazan에서 간행된 문헌자료에 의한』, 1994, 태학사; King, *Russian Sources on Korean Dialects*, Ph. D. Dissertation, Harvard University, 1991 등이 있다.

다. 현대한국어뿐 아니라 중세한국어·고대한국어에 대한 연구를 수행하였고 그 연구 결과를 이미 1940년대 후반부터 강의하였다고 한다. 비록 1960년대 이후 다른 임무를 위해 한국어문학과 멀어지게 되었으나 한국어에 대한 홀로도비치의 이론과 통찰은 그의 제자들에 의해 계승·발전되었다. 이런 사실을 고려하여 본고에서는 1950년대까지를 상트페테르부르크대학 한국어문학과의 성립기이자 부흥기로 규정하고 한국어문학과 성립의 역사를 살펴본다. 또 여러 가지 자료를 종합하여 당시의 한국어문학 수업이 어떻게 이루어졌는지를 확인한다. 마지막으로 이러한 토양을 일군 한국어문학과의 학과장 홀로도비치의 한국어 연구 업적을 검토하며 당시 러시아의 한국어학의 성과를 검토해 본다.

2. 1947년까지의 상트페테르부르크대학의 한국어문학과

1) 상트페테르부르크대학 동양학부의 역사[5]

러시아에서 동양 언어의 강의는 모스크바대학과 카잔대학에서 1804년 11월 5일 처음 이루어졌다. 상트페테르부르크대학에서 첫 동양 언어의 강의는 1818년 3월 31일 아랍어과와 페르시아어과가 설치되면서 시작되었다.[6] 동양학부의 가장 중요한 두 가지 임무는 동양어학과에서 동양어를

5 여기에서 서술하는 상트페테르부르크 동양학과의 역사는 Кононов, А. И., “Восточный факультет ленинградского университета”, *Востоковедение в Ленинградском университете*(Ученые записки ЛГУ No.296. Серия востоковедческих наук, вып. 13), Изд-во Л, 1960, pp.3~31과 상트페데르부르크대학 아시아·아프리카 학부 영문 홈페이지(https: //en.orient.spbu.ru/index. php/en/)를 참조한 것이다.

6 상트페테르부르크대학은 1724년 1월 28일 개교 후 1803년에 폐교한다. 이후 상트페

교육하는 것과 아시아 박물관을 운영하는 것이었다. 이후 터키어, 몽골어, 타타르어, 그루지아어, 아르메니아어 등도 교육 과정에 추가되었다. 그러나 동양학부는 1840년대에 접어들며 그 목표와 방향성의 모호함으로 인해 중대한 위기에 직면하게 되었다. 이 상황은 1845년 6월 20일자로 기록된 학교 관계자의 아래와 같은 기록에서 잘 드러난다.

> 동양 언어의 교육은 동양의 언어, 문학, 역사의 철저하고 세밀한 분석이라는 목표를 전혀 달성하지 못하고 있고, 단순히, 그리고 불행하게도 학생들의 학위 취득의 수단이 되었을 뿐이다. 학교를 졸업하는 젊은이들은 동양 언어에 대한 적절한 지식과 해당 분야에 대한 애정이 결여되어 있으며 그들이 4년 동안 배운 내용을 몇 주만에 모두 잊고 만다. 또한 대학에서 배운 것과 전혀 관련 없는 분야에서 일을 하게 된다.[7]

테르부르크 신학대학(Петербургская учительская семинария екатерининских)은 1803년 페테르부르크 교육 연구소(Педагогический институт), 1816년 12월 23일 주 교육 연구소(Главный педагогический институт)를 거쳐 1819년 2월 8일 상트페테르부르크대학으로 재편된 후 지금까지 계속되고 있다.

7 원문은 다음과 같다(앞의 글, p.9에서 재인용).
"Преподавание восточных языков в здешнем университете вовсе не достигает цели, т. е. основательного и подробного изучения языков, истории и литератур ы Востока, а служит только, к сожалению, средством получить кое-как звание дейс твительного студента или степень кандидата. Оставив университет, молодые люди, поступившие туда без надлежащих в восточных языках сведений и без всякой любви к предмету, забывают в несколько недель все, что выучили в четыре года, и опр еделяются в департаменты или канцелярии, не имеющие ничего общего с предметом их университетского образования. Здешний восточный разряд для пользы государственн ой службы, для чести С.-Петербургского университета и для преуспевания самой на уки должен быть преобразован на других началах, с другим, направлением и в обши рнейшем размере. В настоящем же положении оставлять его нельзя, полезнее было б ы вовсе его упразднить."

하지만 공교롭게도 1850년대에 접어들며 카잔 대학 동양학부가 쇠퇴하면서, 이를 타개하기 위해 상트페테르부르크대학과 카잔 대학의 동양학부를 합치려는 노력이 시작되었다. 결국 1854년 10월 22일 니콜라이 1세의 칙령에 따라 1855년 8월 27일 상트페테르부르크대학의 동양어학과 отделения는 카잔대학의 동양학부와 합쳐지며 5개의 분과에서 9개의 언어를 교육하는 동양어학부факультет восточных языков로 승격되었다.[8] 1855년에는 아프간어, 1858년에는 산스크리트어 등의 수업이 개설되며 점차 모습을 갖추어가게 되었다. 이후 몇 차례의 학과 체제 개편을 통해 일본어, 한국어, 티벳어, 힌디어 등이 추가되어 상트페테르부르크대학 동양어학부는 명실상부히 러시아 최고의 동양학 교육 기관이 된다.

2) 한국어문학의 교육

한국어의 교육은 1897년부터 이루어지기 시작했다. 동양어학부의 학부장이던 바실리예프В. П. Васильев는 1882년 동양어학부 내에 티벳어, 한국어, 힌디어 수업을 개설할 필요성을 느꼈고[9] 1888년 당시 총장이던 블라디슬라블레프М. И. Владиславлев에게 러시아에서의 필요성을 충당하기 위해 이들 일본어,[10] 한국어, 힌디어 교육이 필요하다는 요지의 제안서를 제출하였다. 이 요청은 교육부 장관인 델리야노프И. Д. Делянов에게 전해졌고 승인되

8 앞의 글, p.11. 1분과 : 페르시아어, 터키-타타르어, 2분과 : 몽골어-칼믹어, 타타르어, 3분과 : 중국어, 만주어, 4분과 : 유대어, 아랍어, 5분과 : 아르메니아어, 그루지아어, 타타르어로 이루어져 있다.

9 앞의 글, p.18.

10 앞의 글, p.17에 따르면 동양어학부에 일본어 강좌 도입이 최초로 요청된 것은 1870년 5월 30일이고 이 요청은 같은 해 10월 10일에 재가가 되었다고 한다. 이후 중국-만주-몽골학과에서 일본어 수업이 이루어졌다.

었다. 그러나 이 제안이 실현된 것은 십여 년 후였다. 일본어의 수업은 곧 시작되었으나 중국-만주학과에서 개설된 것이었고, 한국어 수업은 9년이 지난 1897년에서야 같은 학과에서 선택 수업으로 개설될 수 있었기 때문이다.[11] 일본어학과의 설립이 허가된 것은 1898년 2월 25일의 일이었다.[12]

잘 알려져 있듯이 첫 한국어 수업은 러시아 황제 니콜라이 2세 대관식의 전권공사로 파견되었던 민영환의 통역을 맡았던 민경식과 김병옥에 의해 시작되었다. 상트페테르부르크대학에서는 이 둘을 초청하여 한국어 수업을 맡겼던 것이다. 그러나 민경식은 얼마 지나지 않아 한국으로 귀국하고 김병옥이 혼자 수업을 맡게 되었고 1899년까지 김병옥은 두 권의 한국어 교재를 집필한다.[13] 그러나 김병옥의 한국어 수업은 정규 수업은 아니었던 것인지 간헐적으로 열렸다고 하며 수업이 열리지 않는 기간도 길었다고 한다.[14] 1917년까지 김병옥의 실용 한국어 수업은 중국-만주학과의 커리큘럼에 포함되어 있었지만[15] 한국어 수업의 수가 늘어나고 한국

---

11 Васильев, А. Г. · Г. Е. Рачков, "Из истории преподавания и изучения и Корейского языка в Санкт-Петербургском университете", *Вестник центра корейского языка и культуры* 2, 1997, p.8 参조.

12 Кононов, А. И., 앞의 글, p.18 参조.

13 1898년의 *Корейские Тексты*(한국어교본)와 1899년의 *Пособие Кизучению Корейского Языка*(한국어 학습 교과서)이다. 전자는 편집된『춘향전』텍스트이고 후자는 간략한 문법서이다. 전자에 대해서는 허경진 · 이숙, 「19세기 러시아에서 출판된 조선어독본춘향전에 대한 연구」,『한국민족문화』45, 2012, 3~24쪽을, 후자에 대해서는 King, R., 「Korean language studies in the USSR」,『이중언어학회지』8, 1991, pp.59~61을 참조할 수 있다.

14 Холодович, А.А. "Кафедра Корейской филологии", *Востоковедение в Ленинградском университете*(Ученые записки ЛГУ No.296. Серия востоковедческих наук, вып. 13), Изд-во Л, 1960, p.42 参조.

15 Васильев А. Г. · Г. Е. Рачков, 앞의 글, pp.9~10 参조. 한편 김병옥이 1917년까지 러시아에 있었는지에 대해서는 명확하지 않은 면이 있다. 예를 들어 홍지인, 앞의 글, 137쪽에서는 김병옥이 1901년 한국으로 돌아갔다고 보고 있으나 한편으로는 1917년까지 상트페테르부르크대학에서 한국어 강좌를 했다는 견해도 있다고 한다(홍지인, 앞의 글,

어학과가 생겨나는 결과로 이어지지 못했음은 물론이다. 1914년 1월 30일 상트페테르부르크 제국대학 총장에게 전달된 당시 동양어학부 학장 마르Н. Я. Марр의 제안서는 이런 사정을 잘 보여준다.

> 동양어학부의 어문학 분야의 불완전함은 오랜 동안 지적되어 왔다. 현재 극동언어 분야의 중대한 결함은 특히 심각하다. 티벳어학과와 한국어학과 개설을 위한 청원이 지난 세기에 수차례 이루어졌고 1903년에도 있었다. 동양어학부에 학과를 증설하고 강사들을 충원하려는 계획이 있었던 1901년에도 그러했다.[16]

러시아 교육부에서는 1914년 콘라드Н. И. Конрад에게 한국어를 전공하게 하여 한국어문학과를 준비하겠다는 제안서를 재가하지만, 결과적으로 콘라드는 한국어문학과가 아니라 일본어문학과의 학과장이 된다.[17] 이런 사

138쪽 각주 10 참조; 허경진 · 이숙, 앞의 글, 22쪽 참조). 『고종실록』에는 러시아주재 공사관 서기생(公使館 書記生) 김병옥의 귀국 비용으로 1,100원의 예산이 재가되었다는 내용이 있는데(『고종실록』 39년 2월 13일 양력 2번째 기사) 이 기사가 전자의 견해를 뒷받침한다. 그런데 최근 Курбанов 교수의 연구에 의하면 김병옥은 1917년까지 러시아에서 한국어를 가르친 것이 분명한 것으로 보인다. 자세한 내용은 Курбанов, С., "Первый преподаватель Корейского языка в Санкт-Петербурге Ким Пёнок : Вчера и сегодня", *Россия XXI век Консул* 1(59), 2020, pp.27~30 참조. 한편 이 논문에서 김병옥 선생의 러시아인 아내의 이름이 Мария Матвеева라고 되어 있는데, 쿠르바노프 교수는 개인 서신을 통해 아내의 이름이 Мария Матвеевна[Ким]으로 고쳐져야 한다는 사실을 전해왔다.

16 이 제안의 원문은 다음과 같다(Васильев А. Г. · Г. Е. Рачков, 앞의 글, p.9에서 재인용). В преподавании ряда филологических дисциплин на факультете Восточных языков давно отмечена неполноте : особенно остро чувствуется в настоящее время существенный пробел в дальневосточной ветви востоковедения. О кафедрах тибетского и корейского языков факультетом возбуждалось ходатайство неоднократно еще в прошлом столетии и в 1903 г; их интересы имелись в виду и в 1901 г,, когда предполагалось увеличение числа кафедр и преподавательских сил на факультете.

정으로 인해 1917년 10월 혁명 이후 동양학부에서 한국어 교육은 중단되게 된다.

한국어와 한국에 관한 교육이 다시 시작된 것은 1930년 이후이다. 1919년 소련 인민교육위원회Наркомпрос의 결의에 따라 상트페테르부르크대학[18]에 사회과학부факультета общественных наук, ФОН를 창설한다. 1925년 사회과학부에서 경제학부와 법학부를 제외한 나머지 학과는 언어 · 물질문화역사학부Ямфак로 재편된다. 1929년 언어 · 물질문화역사학부는 이름을 역사 · 언어학부историко-лингвистический факультет, ФИЛ로, 1930년에는 다시 레닌그라드 역사 · 언어 연구소Ленинградский историпко-лингвистический институт, ЛИЛИ로 개명한다. 이는 다시 1933년 레닌그라드 역사 · 철학 · 언어 연구소Ленинградский историко-философско-лингвистический институт, ЛИФЛИ로 개편된다.[19] 중단되었던 한국학 연구는 레닌그라드 역사 · 언어 연구소와 레닌그라드 역사 · 철학 · 언어 연구소 시기 일본학을 연구하던 콘라드, 스클리야로프Д. М. Скляров, 코레안Л. К. Кореян 등에 의해 연구되기 시작했다.[20]

1934년 이후 한국어 강좌가 다시 시작되게 된다. 이때부터 한국어를 가르치기 시작한 것은 극동언어학부의 학부장이던 콘라드와 같은 학과 소속의 홀로도비치А. А. Холодович이다.[21] 1934년부터 레닌그라드 역사 · 철학 · 언어 연구소의 중국 · 일본어학과 아래에 한국어과가 개설된 것이다.

---

17 Васильев А. Г., "Александр Алексеевич Холодович(1906~1977)", in Ванин, Ю. В.(ed.), *Жизнь и труд посвятившие Корее : Российские корееведы 2-й половины XX века*, Москва : Институт Востоковедения Российской Академии Наук, 2004, p.224 참조.

18 이 당시 이름은 '페트로부르크대학(Первого Петроградского университета)'이다.

19 Кононов, А. И., 앞의 글, pp.24~25 참조.

20 Елисеев, Д. Д. · М. И. Никитина, "Корееведение", *Азиатский музей – Ленинградское отделение Института востоковедения АН СССР*, М. : Наука, ГРВЛ, 1972, p.202 참조.

21 Холодович, А.А. 앞의 글. p.42 참조.

1936년 4월 2일, 중국・일본어학과에 있던 콘라드는 한국의 역사와 언어를 가르치기 위해 동양학부 학장 사모일로비치Л. Н. Самойлович에게 최소 두 명의 직원과 두 명의 한국학 대학원생을 채용해달라고 요청하였다.[22] 또 1938년부터 1942년까지의 계획을 수립하며 연구보조원으로 홀로도비치를, 대학원생으로 김인섭을 고용하려고 했다.[23]

1937년 5월 26일 회의에서 홀로도비치는 앞으로의 한국어 연구 계획을 수립하였는데, 과학적 문법 연구, 사전 편찬, 방언 연구 등을 포함한 한국어의 이론적 연구와 극동 지역으로의 방언 답사라는 실용적인 연구, 두 가지 연구 방향을 설정했다. 또한 여기에는 한국어 연구의 마지막 단계로 15세기 문헌어에 대한 연구가 포함되어 있다.

이 계획을 완수하기 위해 1938년부터 홀로도비치는 한국어 사전 편찬 준비를 시작하였고 또 1940년부터 학과의 권유로 한국사에 대한 집필도

---

22 요청의 원문은 다음과 같다. Елисеев, Д. Д.・М. И. Никитина, 앞의 글, p.203에서 재인용.
"обращаю Ваше внимание и на то, что в Японском кабинете, носящем официальное название Японо-корейского кабинета, изучение Кореи совершенно не поставлено. Это является тем более нетерпимым, что не только в системе академии, но и вообще в СССР научное изучение Кореи не ведется. Необходимо положить начало научному корееведению и привлечь не менее двух сотрудников и двух аспирантов по лингвистике и истории(공식적인 명칭이 일본-한국학과인 일본학과에는 한국어 연구가 완전히 부재하고 있다는 사실을 상기시키고 싶습니다. 한국에 대한 과학적 연구는 학계에서도, 소련에서도 이루어지지 않고 있기 때문에 유감스럽습니다. 한국학에 대한 과학적 연구를 시작하고 두 명의 직원과 두 명의 대학원생을 언어학과 역사학에 종사하도록 하는 것이 필요합니다)."
이 결정은 학과가 타슈켄트로 피신해 있던 1943년 재가된 것으로 보인다. p.204 참조.

23 Елисеев, Д. Д.・М. И. Никитина, 앞의 글, p.202 참조. 이 시기에 홀로도비치는 동양학부와 계약이 되어 있지는 않았으나 "한국어의 문법"이라는 주제로 연구를 이미 수행 중이었다고 한다. 이 연구는 홀로도비치가 동양학부에 임용된 이후 1937년 『한국어 문법-제1부 형태론(Грамматика корейского языка : часть I морфология)』이라는 이름으로 발간되었다. 또 이 요청 이후 김인섭을 극동 지역으로 보내 다양한 한국어 문헌을 사오도록 했다고 한다.

병행하였다. 독일-소련 전쟁 기간에 사라토프로 피신하여 한국어에 대한 수업은 하지 않았다.[24] 하지만 홀로도비치는 일본어를 가르치는 일은 계속 하였던 것으로 보이는데, 일본어학과의 신입생들도 계속 받았다고 한다.[25] 한국어학과의 첫 졸업생은 1938년에 배출되었다.[26] 하지만 이 이후로 1947년까지 한국어를 전공하는 신입생은 더 이상 없었다.

한국어를 전공하는 신입생이 다시 입학한 것은 상트페테르부르크대학에서 첫 한국어 수업이 열린 1897년으로부터 꼭 50년이 지난 1947년이었다. 일본어문학과 아래에 한국어문학과가 설치되고 극동역사학과 아래에 한국역사학과가 설치된 것이다. 한국어문학과의 학과장은 일본어문학과의 학과장이던 홀로도비치가 겸임하였고 한국역사학과의 학과장은 큐네르Н. В. Кюнер가 맡았다.[27] 이 때 한국어문학과에 들어온 학생은 20명또는 21명이었는데 이들 중 절반은 중앙아시아의 한인이었다고 한다.[28] 이렇게 1947년 가을부터 홀로도비치는 레닌그라드대학 동양학부에서 처음으로 한국어 문법에 대한 강의를 개설했다. 한국어 회화 수업은 소련계 한국인인 Lee, A.가 담당하다가 북한의 유학생에게 넘겨주었다고 한다.[29]

첫 졸업생이 나오기까지 한국어문학과의 어학과 문학 수업은 대부분은

24 Елисеев, Д. Д. · М. И. Никитина, 앞의 글, p.204 참조.

25 Петрова, "О. П. Кафедра Японской филологии", *Востоковедение в Ленинградском университете*(Ученые записки ЛГУ No. 296. Серия востоковедческих наук, вып. 13), Изд-во Л, 1960, p.53 참조.

26 Холодович, А.А. 앞의 글, p.42 참조. Рачков, Г. Е. · Яхонтов, С. Е., "Александр Алексеевич Холодович", *Народы Азии и Африки* 3, 1966, p.213에는 첫 졸업이 1939년에 이루어졌다고 전하고 있다.

27 Васильев А. Г. · Г. Е. Рачков, 앞의 글, p.11 참조.

28 Троцевич А. Ф., "Мой учитель Александр Алексеевич Холодович", *Вестник Центра корейского языка и культуры* 16, 2014, p.28 참조.

29 Васильев А. Г. · Г. Е. Рачков, 앞의 글, p.11 참조.

홀로도비치가 담당했다.[30] 이 당시 한국어문학과의 수업은 이용할 수 있었던 교육적 자료가 매우 부족했던 것으로 보인다. 한국어문학과에서 문학을 전공하고 후에 같은 학과에서 강의를 한 트로체비치는 당시의 수업을 다음과 같이 회상한다.

> 1947년에 우리—미래의 역사학자와 어문학자들—들은 같이 공부했다. 우리에게는 단 하나의 과목, 텍스트 읽기만이 있었다. 우리는 수업을 위해 개량된 텍스트로 한국어 공부를 시작하지 않았다. 그런 것이 없었기 때문이다. 홀로도비치는 짧은 이야기, 일제강점기 시절의 오래된 잡지의 역사적·문학적 비평 등 그가 찾을 수 있는 아무 것이나 들고 왔다. 그리고 고학년이 되어서 우리는 김태준의 『조선소설사』를 읽었다.[31]

또 다른 학생인 바실리예프와 라치코프도 비슷한 이야기를 전한다.

> 사실상 당시 수업 교구는 없었다. 처음에 홀로도비치는 '한국어 텍스트초급' 수업의 읽기 자료로 소련 군부가 북한에서 발간한 『조선신문』을 사용할 수밖에 없었다. 들뜬 종이에 흐릿하게 인쇄된 신문은 주로 소련 언론의 기사를 한국어로 번역한 것을 담고 있었다. 이 단점은 학생들에게는 축복이었다. 최소한 한국어 텍스트의 내용을 도서관에서 소련 신문을 보는 것으로 (당시에는 존재하지도 않았던) 사전 없이 이해할 수 있었기 때문이다. 이듬해 대

---

30 Троцевич, А. Ф., 앞의 글, p.28 참조. 트로체비치는 '보든' 수업을 홀로도비치가 담당했다고 했으나 바실리예프와 라치코프의 논문을 참고하여 수정하였다.

31 Троцевич, А. Ф., 앞의 글, p.29의 일부를 의역한 것이다.

학 출판부에서 북한 초등학교의 교과서를 재인쇄해 주었다. 이 책은 홀로도비치가 한-러 사전과 함께 공수한 것이다.[32]

이 외에도 한국인 연구자들이 쓴 논문을 읽었다고 하며 전통소설 언어의 특수성을 보이기 위해 1935년 출간된 『만고렬녀 특별무쌍춘향전』을 함께 강독했다고도 한다.[33] 이 외에도 강경애, 이기영, 최서해, 나도향 등의 소설이 수업 자료로 사용되었다.[34]

더욱 흥미로운 것은 이들이 한국어 문법 수업을 들은 적도 없으며 사전도 이용할 수 없는 처지에 있었다는 것이다.

우리는 한국어 문법에 대한 특별한 이론적 수업을 받은 적이 없었다. 우리는 텍스트로부터 문법을 알아갔다. (…중략…) 같은 방식으로 홀로도비치는 텍스트를 따라서 고어古語의 문법, 문자, 음성학을 가르쳤다. 그는 우리와 1447년 인쇄된 조선의 건국주를 찬양하는 『용비어천가』를 강독하였다.

한국어 사전은 없었다. 수업 시간에 홀로도비치가 단어를 알려주면 우리는 그것을 노트에 받아 적었다. 우리가 "성장"하고 나서 카드를 사용하는 것이 더 편리하다는 것을 깨달았다. 이렇게 우리는 자신만의 한-러 사전을 가지게 되었다. 집에서 (다음 수업 시간의) 번역을 준비하는 것은 더 어려웠다. 하지만 다행스럽게도 당시의 한국책에는 한자가 병기되어 있어서 중국어 사전과 일본어 사전을 이용할 수 있었다.[35]

32 Васильев А. Г. · Г. Е. Рачков, 앞의 글, p.12 참조.
33 Троцевич, А. Ф., 앞의 글, p.31 참조.
34 Васильев А. Г. · Г. Е. Рачков, 앞의 글, p.12 참조.
35 Троцевич, А. Ф., 앞의 글, pp.30~31의 일부를 의역한 것이다.

한국어 사전이나 한국어 문법서 하나 없이 텍스트를 읽으면서 한국어를 "탐색적으로" 공부한 것이다. 한국어를 처음 배우는 외국인에게 이와 같은 방식의 수업은 매우 어려운 것이었을 것임을 짐작할 수 있다. 홀로도비치가 한국어 사전의 편찬을 서두르고 뒤이어 방대한 분량의 한국어 문법서인 『한국어 문법 개요』를 발간한 이유를 짐작할 수 있게 한다.

이런 열악한 상황에도 불구하고 수업은 상당히 수준 높게 진행되었다.

> 한국어를 가르칠 때 홀로도비치는 먼저 텍스트를 제시하고 우리는 그와 함께 읽고 번역했다. 수업은 다음과 같았다. 집에서 텍스트의 한 문단을 번역하는 숙제가 모두에게 주어졌다. 교실에서 번역의 질을 평가했다. 홀로도비치는 우리 중 한 명을 불러서 첫 번째 구를 먼저 한국어로 읽게 하고 (이것이 항상 쉬운 것은 아니었다. 왜냐하면 텍스트에는 한자가 포함된 경우가 있었는데 우리는 이를 정확한 한국어 발음으로 소리 내어야 했기 때문이다) 러시아어로 번역하도록 했다. 그리고 나서 전원이 이 번역에 대해 토론하였고 모든 사람에게 제시된 번역에 동의하는지, 또는 자신만의 번역을 제시할 것인지 말하도록 했다.[36]

이와 같은 상황에서 한국어문학과의 초석을 다진 것 또한 당시의 학과장이었던 홀로도비치였다. 한국어문학과의 첫 졸업생은 1952년 배출되었고 이 때 한국어문학과 일본어문학과로부터 독립하였다.[37] 첫 졸업생이

36 Троцевич, А. Ф., 앞의 글, p.31 참조.

37 Васильев А. Г. · Г. Е. Рачков, 앞의 글, p.14; Оглоблин А.К., "А.А. Холодович (К 70-летию со дня рождения)", *Вестник Ленинградского Университета 2 : История, язык, литература* 1, 1977, p.167 참조.

배출된 이후 말하기와 쓰기 강사로 림수가, 한국어학 개론 강사로 라치코프Г. Е. Рачков가 임용되었고 러시아의 한국문학 연구의 선구자라 할 수 있는 니키티나М. И. Никитина와 트로체비치А. Ф. Троцевич가 대학원에 입학하여 홀로도비치를 대신하여 한국문학사 강좌를 함께 개발한다.

1947년 이후 1960년까지 레닌그라드대학 한국어문학과의 커리큘럼은 다음과 같았다. 한국어문학과에서는 한국어학, 문학, 지리학, 역사 등에 대한 개론적 수업을 제공했는데, 어학 분야의 필수 수업으로는 현대 한국어 문법, 중세·고대 한국어 문법, 한국어의 역사, 러시아어와 한국어의 비교 문법, 한국어 회화와 글쓰기, 실용적 글쓰기가 있었고, 문학 분야의 필수 수업으로는 고전 문학사와 현대 문학사가 있었다.[38] 한국어문학과가 독립한 이후에도 홀로도비치는 한국어를 더 효율적으로 가르칠 수 있는 교수법과 강의를 개발하고 싶어 했다.

홀로도비치는 매달 두 번씩 학과 회의를 열어 여러 가지 문제를 논의했다.[39] 홀로도비치는 학생들이 한국어의 정확한 발음법을 익힐 수 있도록 1학년에 음성학 수업을 배워야 한다고 생각하여 '언어들 사이의 음성학적 차이'라는 제목의 수업을 직접 진행하였다. 또 실제로 사용할 수 있는 회화를 배워야 한다는 생각 하에 다양한 상황에서 실제로 사용할 수 있는 실용적인 표현들을 중심으로 회화 수업을 개량하였다. 또 한국어를 러시아 문법 구조에 맞게 이해하기 위해 '러시아어와 한국어의 비교 문법'이라는 강의도 개설했다.[40]

38 Холодович, А.А., 앞의 글, pp.42~44 참조.

39 Васильев А. Г. 앞의 글, pp.229~230 참조. 그런데 실제로 회의에서는 학과 현안보다는 연구에 관한 이야기가 더 많았다고 한다.

40 Васильев А. Г., 앞의 글, p. 229 참조.

한국어의 역사와 관련된 수업이 1940년대 말~1950년대 초부터 이루어지고 있었다는 사실은 특기할 만하다. '중세한국어의 음운과 문법'이라는 제목의 한국어사 수업은 홀로도비치가 담당했는데 『훈민정음』, 『용비어천가』, 『월인석보』, 『금강경언해』, 『두시언해』 등을 연구 분석한 결과를 바탕으로 중세한국어를 가르치고 최현배의 『한글갈』, 『용비어천가』 등을 강독했다고 한다. 이후의 수업에서는 시조와 향가도 함께 다루었다.[41] 이 수업은 서양에서 처음으로 이루어진 국어사 수업일 것이다. 이 수업의 내용은 다음과 같았다.[42]

총 시수	주제	주제별 시수	내용
42시간	일반론	6시간	1. 중세한국어의 정의 2. 한글 창제의 역사, 한글 창제의 목적 3. 중세어 문헌(주로 용비어천가) 요약 4. 중세한국어 문헌의 분류
	음성학	18시간	1. 중세한국어의 음운 체계 2. 모음 체계. 모음의 변화 3. 이중모음 체계 4. 모음 체계의 변화 5. 자음 체계 6. 자음 체계의 변화 7. 음절 구조 8. 모음조화 9. 모음조화의 역사
	형태론	12시간	1. 체언 : 격 체계, 비자동적 교체, ㅎ 말음 체언, 후치사 2. 용언 : 어기, 불규칙 용언, 어미
	실습	6시간	강독 : 훈민정음, 용비어천가, 월인석보, 금강경, 두시언해

41 Васильев А. Г. · Г. Е. Рачков, 앞의 글, pp.13~14 참조.

42 이 내용은 Холодович, А.А., Материалы по грамматике корейского языка XV века. Морфология. Приложения. *Предварительные публикации Отдела языков 6*. Москва : Наука, 1986, pp.56~62에서 가져온 것이다. 각 항목에 대한 자세한 내용은 이 논문을 참조할 수 있다. 이 커리큘럼은 1959년에서 1960년 사이 홀로도비치가 직접 쓴 것이라고 한다. 단, 형태론 부분은 1953년 6월 1일자 원고의 수정본이라고 한다.

1950년임에도 불구하고 아주 체계적인 수업 계획이 잡혀 있다는 사실을 확인할 수 있다. 이 수업은 1958년까지 홀로도비치에 의해 이루어졌고 이후 한국어사 수업은 라치코프가 담당하다가 1962년부터는 바실리예프A. Г. Васильев에게 넘어가게 된다. 홀로도비치의 마지막 수업은 한국어문학과의 강사와 대학원생을 위한 특별 세미나 수업으로, 양주동, 홍기문, 오구라 신페이小倉進平 등의 저술에 나타난 10세기 한국어의 음운 체계와 문법 구조를 비판적인 관점에서 분석하는 것이었다.[43] 이 수업은 1950년대 이후 레닌그라드대학에서 이루어진 많은 문학 번역의 씨앗이 되었다. 홀로도비치로부터 이 시기에 한국어 고어를 배운 바실리예프, 니키티나, 라치코프, 트로체비치는 레닌그라드를 대표하는 한국어 번역가들이다.[44]

비정기적인 특수 과정과 세미나도 개최되었다. 홀로도비치는 방언학에 대해, 보로비예프는 한국 물질 문화사에 대해, 니키티나는 시조에 대해, 트로체비치는 춘향전에 대한 강의를 하였고, 시제나 비유적 표현 등 한국어와 관련된 주제별 세미나도 이루어졌다. 그러나 1962년 홀로도비치가 레닌그라드 언어학 연구소 소장이 되어 학과를 떠난 후 레닌그라드대학의 한국어 강좌는 폐지되었다고 한다.[45]

1962년 홀로도비치가 한국어문학과를 떠나며 폐지되었던 한국어 강좌는 얼마 지나지 않아 바실리예프와 라치코프에 의해 다시 개설되었다. 이

43 Васильев А. Г., 앞의 글, p.228 참조.

44 최인나, 「러시아에서의 한국고전문학－러시아어로 번역의 역사에 관하여」, 『한국학논집』 35, 2007, 264~265쪽 참조.

45 쿠르바노프, 「세르게이 쿠르바노프 상트페테르부르크 국립대학교 한국학센터 소장 인터뷰」, 한국국제교류재단 참조.
(https://www.kf.or.kr/?menuno=3304&type=view&evnt_no=2385&pageIndex=1&searchevnt=)

후 1992년부터는 한국사 교육 과정이 재정립되었고 한국어와 한국사를 전공하는 학생들이 정기적으로 입학할 수 있게 되었다.[46] 또한 2017년 7월부터는 아시아·아프리카학부에 한국학과가 독립 설치되어 많은 수의 학생들을 받고 있다고 한다.[47]

3. 홀로도비치–러시아 한국어문학의 선구자

제2장에서 살핀 바와 같이 상트페테르부르크대학의 한국어문학과는 1940~1950년대 러시아의 한국어문학 연구를 이끌었다. 그 중에서도 한국어학은 A.A. 홀로도비치라는 1인에 의해 주도되었다. 로스 킹 교수는 홀로도비치가 처음 한국어에 관련된 논문을 발표한 1935년부터 1986년 유작이 나올 때까지 50년에 걸쳐 러시아 한국어학계를 지배해 왔다고 평가했다.[48] 이 장에서는 홀로도비치의 생애와 한국어 연구자로서의 업적을 간략히 조망하고자 한다.

홀로도비치는 1906년 크론시타트에서 출생하였다. 이후 아버지를 따라 이르쿠츠크와 블라디보스토크에서 학창 시절을 보내고 17살이던 1923년 극동대학 동양학부에 입학하여 일본어를 공부하였다. 1924년 레닌그라드대학으로 옮겨와 계속 일본어를 공부하였고 1927년 학부를 졸업

46 쿠르바노프, 위의 기사.
47 상트페테르부르크대학 아시아·아프리카 학부 한국학과 소개 웹페이지(https: //en.orient.spbu.ru/index.php/en/about-faas/departments/item/116-department-of-korean-studies) 참조.
48 King, R., 앞의 글, p.151 참조.

하였다.[49] 그의 지도교수는 다른 일본어 전공자들과 마찬가지로 콘라드였다. 이후 1932년부터 중국 · 일본어학과에 근무하며 고대 일본어와 현대 일본어에 대한 수업을 담당하였다. 이때부터 홀로도비치는 한국어를 독학하였던 것으로 보인다.[50] 1934년 레닌그라드 역사 · 언어 연구소에 한국분과를 만들고 1937년에는 후에 박사논문이 되는 『일본 군대 언어의 통사론』이라는 제목의 책을 발간한다. 이때부터 홀로도비치는 한국어를 집중적으로 연구하기 시작했다.

홀로도비치가 한국어를 연구하게 된 이유는 명확하지 않다. 그의 지도교수였던 콘라드나 마르[51]의 권유였을 수도 있고 일본어를 공부하는 과정에서 한국어에 관심이 생겼을 수도 있다. 어쨌든 1930년대 중반부터 홀로도비치는 한국어에 대한 연구 결과를 내어놓기 시작했다. 한국어와 관련된 첫 논문은 한글의 로마자화의 원칙을 논의한 것[52]이었고 뒤이어 1937년 『한국어 문법－제1부 형태론』[53]을 출간하였다. 『한국어 문법－제1

49 Троцевич, А. Ф., 앞의 글; Васильев А. Г., 앞의 글에 따른다. Алпатов, В. М. "Ранние Работы А. А. Холодовича", *Изучение япон. языка в России и СССР*, 1988, p.104에서는 1926년 졸업하였다고 했다.

50 Рачков, Г. Е. · С. Е. Яхонтов, 앞의 글, p.213; Васильев А. Г., 앞의 글, p.223 참조.

51 홀로도비치의 학부 지도교수는 콘라드였고 대학원 과정의 지도교수는 마르였다. Khraskovsky, V. · A. Ogloblin, "The Kholodovich School of linguistic typology : 1961~1991", *The Petersburg Journal of Cultural Studies* 1(2), 1993, pp.128 ~129 참조.

52 Холодович, А.А., "О латинизации корейского письма", *Советское языкознание* 1, 1935, pp.147~161.

53 Холодович, А.А., *Грамматика корейского языка. Часть I : Морфология*, Москва : Московский Институт Востоковедения, 1937. 이 책은 모스크바 동양학연구소(Московский Институт Востоковедения)에서 간행한 것으로 되어 있다. 모스크바의 동양학연구소라고 하면 보통은 소련과학아카데미의 동양학연구소(Институт Востоковедения Российской Академии Наук)를 떠올린다. 소련과학아카데미 동양학연구소는 1930년 레닌그라드에서 러시아 과학아카데미 산하 아시아 박물관을 중심으로 동양학 위원회, 불교 문화 연구소, 투르크학 연구소를 합쳐 만들어진 것이다. 이후 1950년 모스크바로 옮겨가게 된다. 현재는 러시아 과학아카데미에 속해 있다(https:

부 형태론』은 한국어 동사에 표현되는 문법 범주를 시제·법·태·상·인칭 다섯 가지로 나눈 최초의 업적으로 평가된다.[54] 같은 해 『소비에트 대백과사전』의 '한국어' 항목[55]도 집필하였다.

1년 후에는 『한국어의 구조』[56]라는 문법서를 발간한다. 이 책은 40페이지의 소책자로 한국어와 문자, 발음, 어휘, 형태론, 통사론 등을 간략하게 설명하고 마지막으로 한국어 텍스트를 두 페이지에 걸쳐 수록해 놓았다. 이 책은 레닌그라드대학에서 출간하던 세계의 언어 시리즈의 하나로 제작된 것이기 때문에 문법에 집중하지 않고 한국어를 전체적으로 조망한 것으로 보인다. 이 때문에 『한국어 문법－제1부 형태론』과 비교하여 한국어와 문자 관련 항목이 추가되었고 통사론에 대한 기술도 포함되어 있다. 그러나 통사론 항목의 절반 이상은 앞선 책에서 형태론으로 다루었던 어미와 조사, 후치사 등을 설명하는 데 할애하고, 문장에 관한 이야기는 많지 않다.

//www.ivran.ru/ 참조). 그런데 홀로도비치가 책을 간행한 동양학연구소는 이 동양학연구소가 아니라 1921년 모스크바의 동양학 관련 교육 기관들을 통합해서 설립된 Московский Институт Востоковедения (МИВ; MIV)이다. 이곳은 1954년 전문가 부족을 이유로 모스크바 국제관계연구소(Московский Государственный Институт Международных Отношений; МГИМО)로 통합된다.

54 管野裕臣 譯, 「蘇聯의 韓國語學」, 『아세아연구』 42, 1971, p.190; 이 책의 내용에 대해서는 김태우, 「A.A. 홀로도비치의 현대한국어 연구－『한국어 문법 : 제1부 형태론』과 『한국어 문법 개요』의 비교 연구」, 『한국학연구』 58, 2020, 265~296쪽 참조. 다만 콘체비치 교수는 『한국어 문법－제1부 형태론』에 대해 '일본어 문법을 따라한 것'이라고 보고 있다는 점은 언급해 둔다(Л. Р. Концевич, 앞의 글, 2008, pp.21 ~22 참조). 정확한 의미를 파악하기는 쉽지 않으나 책의 체계가 일본어 문법서의 체계와 동일하다는 점을 지적하고 있는 것으로 보인다.

55 Холодович, А.А., "Корейский язык", *Большая советская энциклопедия* 34. Москва, 1937, pp.265~266.

56 Холодович, А.А., *Строй корейского языка*, Ленинград : Ленинградский Государственный университет, 1938.

홀로도비치는 한국어와 일본어의 계통에 관해서도 관심이 많았는데 이에 대한 논문이 1941년 발표된 「일본어학의 역사로부터-교착어 가설과 일본어의 친연성 문제에 대하여」[57]이다. 그는 한국어와 일본어가 동계의 언어라는 여러 일본인 학자들의 주장을 검토하고 그들의 주장이 성립될 수 없음을 보이고 있다. 예를 들어 가나자와 쇼자부로는 어휘 비교를 통한 한국어-일본어 동계설[58]에 대해 이 주장에 사용된 근거는 전혀 언어학적이지 않고 정치적인 주장으로 언어학적 타당성이 결여되어 있다고 강하게 비판하였다. 특히 한국어와 일본어의 역사를 모른 채 무작위적인 어휘 비교를 하였다는 대목에서 홀로도비치가 한국어와 일본어의 역사에 대해 상당한 수준의 지식을 갖추고 있었다는 사실을 알 수 있다. 이 논문에서 주된 비판의 대상이 된 것은 오구라 신페이小倉進平의 공통 특질설,[59] 그 중에서도 교착어라는 특질에 대한 것이었다. 오구라 신페이는 한국어와 일본어는 우랄-알타이어와 마찬가지로 모음조화, 자음 변동, 두음 법칙, 음절말 자음군의 부재, SOV 어순, 관계대명사·성gender 범주·관사의 부재, 교착어적 특성 등이 공통된다고 하였다. 홀로도비치는 이 중에서 교착어라는 분류에 대해 다양한 각도에서 비판을 하였는데, 간단히 말해 교착어라고 분류된 언어에도 굴절 과정이 있으며 굴절어라고 분류된 언어에도 교착 과정이 있으므로 이는 언어의 계통 분류의 근거가 될 수 없다는

57 Холодович, А.А., "Из истории японской лингвистики агглютинативная теория и проблема родственных связей японского языка", *Известия Академии Наук Союза СС Р : Отделение литературы и языка* 1, 1941, pp.79~98.

58 Kanazawa, S. *The Common Origin of the Japanese and Korean Languages*, Sanseido, 1910; Kanazawa, S. *Uber die Kultur Japans und Koreas im alten Zeiten, vom Standpunkt der Sprachvergleichung aus Betrachtet*, Tokio, 1913.

59 小倉進平, 『國語及朝鮮語のため』, ウツボヤ書籍店, 1920. 홀로도비치의 논문에는 1921년으로 인용되어 있다.

것이다. 그러면서 이러한 논의는 정치적인 것일 뿐이며, 진정한 언어학자라면 우랄-알타이 가설을 따라서는 안 된다고 비판하고 있다.

1938년부터 시작된 한국어 사전 편찬 프로젝트는 1951년에 일단의 결실을 맺게 된다. 『조로사전Корейско-Русский Словарь』이 간행된 것이다. 그러나 이 사전에 만족스럽지 않던 홀로도비치는 제2판을 위한 작업에 들어가 1958년 6만 단어 규모 『조로사전—6만 단어Корейско-русский словарь : Около 60,000 слов』[60]로 확장하였다. 이 사전은 '한글—키릴 문자—러시아어 뜻풀이'의 순서로 이루어져 있다. 이 사전의 서문에서 홀로도비치는 사전학의 관점에서 한국어의 한자어에 대해 수준 높은 논의를 하고 있다. 한국어의 어휘는 고유어, 한자어, 일본어 차용어의 세 층위로 이루어져 있는데, 이 중 한국어 한자어를 1음절로 이루어진 단순어제1그룹와 여러 개의 음절로 이루어진 복합어로 나누고, 복합어는 몇 개의 한자가 결합하였든 두 개의 직접구성성분으로 이루어졌다고 보았다. 그리고 이들을 다시 네 개의 범주로 나누었는데, 2음절 한자어끼리의 결합인 '무산 계급 독재[(2+2)+2], 인민 민주주의 국가[(2+(2+2))+2]' 등은 제2그룹, 1음절 한자어와 2음절 한자어의 결합인 '녹지대[1+2], 독약학[2+1]' 등은 제3그룹, 1음절 한자어가 두 번, 2음절 한자어가 한 번 나타나는 '대기업소[(1+2)+1], 미균학자[(2+1)+1]' 등은 제4그룹, 각각의 그룹들 사이의 혼합인 '무궤도 전차[(1+2)+2], 신인선 모집 위원회[((1+2)+2)+(2+1)], 비식민지 국가[(1+(2+1))+2]' 등은 복합 형성 그룹으로 분류하였다. 그리고 제2그룹은 의미가 조합성을 가지지 않기 때문에 사전에 등재

60 Холодович, А.А., *Корейско-русский словарь : Около 60,000 слов (Издание второе, пе репаботанное)*, Москва : государственное издательство иностранных и национальных сл оварей, 1958.

하는 반면 제3, 4그룹은 중요한 몇 가지만 등재하는 것을 원칙으로 하였다. 복합 형성 그룹은 첫 번째 단어를 표제어로 하고 그 예시로 제시한다고 하였다.

세 개의 직접구성성분으로 나누어야 하는 예도 소수 있다고 하며 '연월일, 견여금석堅如金石, 노이무공勞而無功' 등의 단어를 제시하고 있다. 또 제2그룹에 속하지만 사전에 등재할 수 없는 예들로 '수數, 제第' 등이 들어간 수사, 단위성 의존 명사가 포함된 단어 등 여섯 유형을 들고 있다.

한편, 이 사전의 마지막에는 한국어 맞춤법의 혼란에 대한 이야기를 짧게 하는데, 같은 해에 나온 「1949년 맞춤법 개정에 대한 질문」[61]에서 맞춤법과 관련된 논의를 자세히 하고 있다. 이 논문은 1949년 북한에서 나온 『조선어 문법』[62]에 시도된 소위 '조선어 신철자법'에 대한 평가로, 홀로도비치는 이 논문에서 한국어의 철자법에 대해 깊은 이해를 보여준다. 한국어의 철자법이 형태음소적으로 바뀌면서 '동일 형태소-동일 형태'의 원칙을 수립했으나 비자동적 교체를 보이는 용언에서 그 원칙이 무너졌음을 지적하고, 이를 보완하기 위해 만들어진 것이 주시경의 기본 정신을 살린 1948년의 '조선어 신철자법'이라는 것이다. 그는 이 철자법이 트루베츠코이[63]의 '원음소archiphoneme' 개념과 유사하다는 사실을 지적하면서, 이는 소리를 표기한 것이 아니라 소리들 사이의 관계를 표기한 것이라고 하였다. 그러면서 한국어의 비자동적 교체홀로도비치의 용어로는 '역사적 교체'는

61 Холодович, А.А., "О проекте реформы корейской орфографии 1949 г.", Холодович, А.А. (ред.), *Вопросы корейского и китайского языкознания*, Ленинград : Издательство Ленинградского университета, 1958, pp.19~31.

62 조선 어문 연구회, 『조선어 문법』, 평양시, 1949. 이 책은 김수경이 대부분을 쓴 것으로 알려져 있다.

63 Trubetzkoy, N.S., *Grundzüge der Phonologie*, Prague, 1939.

심리적으로 실재하는 현상이므로 이 사실을 반영하여 교체를 모두 표기에 반영하는 1933년 철자법을 옹호하고 있다.

사전을 깁고 더하는 사이에 『소비에트 대백과사전』 제2판에 '한국어' 항목[64]을 대폭 보완해서 다시 쓰고, 홀로도비치 한국어 연구의 집대성이라고 할 수 있는 『한국어 문법 개요』[65]를 출간한다. 『한국어 문법 개요』는 러시아 문법의 관점에서 한국어를 분석한 것으로, 품사의 설정, 격 체계, 한국어 동사의 활용 범주, 중동태의 설정, 증거성의 범주 설정, '은/는'에 대한 정보 구조적 관점에서의 접근 등 한국어에 대한 선구적인 논의를 하고 있다.[66] 이 책은 러시아어로 쓰인 한국어 문법서 중 아직까지 학술적 가치를 지니고 있는 유일한 문법서로 평가되고 있다.[67] 1963년에는 한국어와 일본어 자료에 근거해서 한정 동사와 비한정atelic 동사에 대해 논의하였다.[68] 이때는 홀로도비치가 이미 언어학 연구소의 소장이 되어 언어 유형론에 투신하고 있을 시기이다. 따라서 이 논문은 한국어와 일본어에 대한 개별언어학적인 논의라기보다는 일반언어학적인 논의로 분류할 수 있을 것이다.

국어와 관련된 그의 마지막 연구 논저는 1986년 그의 사후 콘체비치 교수에 의해 발표된 두 편의 중세한국어에 대한 논문[69]이다. 『용비어천

64 Холодович, А.А., "Корейский язык", *Большая советская энциклопедия(Изд. 2)* 22, Москва, 1953, pp.575~578.

65 Холодович, А.А., *Очерк грамматики корейского языка*, Москва : Издательстово льнтературы на иностранных языках, 1954.

66 이 책에 대한 자세한 사항은 菅野裕臣 譯, 앞의 글, pp.190~191 · 203~209; 김태우, 앞의 글을 참조.

67 꼰쩨비치 편 · 김영일 역, 『러시아에서의 현대 한국어 연구』, 사람, 2000, 7쪽 참조.

68 Холодович, А.А., "О предельных и непредельных глаголах (по данным корейского и японского языков)", *Филология стран Востока*, Ленинград : Издательстово Ленинградского университета, 1963, pp.3~11.

가』를 바탕으로 하고 마에마 쿄사쿠의 『용가고어전』[70]과 류창선의 논문[71]을 참고하여 중세한국어를 분석한 글이다. 이 논문은 1940년대 후반부터 진행된 중세한국어 수업을 위해 이루어진 것으로 보이는데, 라치코프가 가지고 있던 홀로도비치의 원고의 결장 부분을 보빈이 가지고 있던 원고로부터 보충한 것이다. 여기에는 정확한 형태론적 분석, 속격/ㅣ/설정의 가능성 타진, 선어말어미 {-숩-}의 기능에 대한 정확한 판단 등 1950년대에 외국에서 이루어진 연구라고 보기 힘든 통찰력이 보인다.[72]

한편 이 논문의 앞에 붙은 콘체비치의 서문에는 라치코프가 중세한국어와 관련된 노트 외에도 다양한 노트를 기증했다고 한다. 여기에는 주시경, 최현배, 김두봉, 박승빈의 문법서에 대한 평가, 최현배의 『한글갈』의 번역, 전몽수의 1949년 논문 요약, 이극로의 『실험도해 조선어음성학』(추정) 요약, 김두봉의 『조선말본』 요약, 오구라 신페이 저서의 요약 및 번역, 향가에 대한 두 권의 노트, 토·구결·서기, 언해의 개념이라는 짧은 소논문 등이 포함되어 있었다고 한다. 논문 안에는 홍기문의 『정음발달사』로 추정되는 책이 인용되어 있다. 홀로도비치가 한국에서 발간된 다양한 한

69 Холодович, А.А., Материалы по грамматике корейского языка XV века : Фонетика. Приложения. *Предварительные публикации Отдела языков* 5. Москва : Наука, 1986, pp.1~35.; Холодович, А.А., Материалы по грамматике корейского языка XV века. Морфология. Приложения. *Предварительные публикации Отдела языков 6*, Москва : Наука, 1986, pp.1~62.

70 前間恭作, 『龍歌故語箋』, 東京 : 東洋文庫, 1924.

71 류창선, 「龍飛御天歌의 語學的 解釋 (1-끝)」, 『조선어연구 1(2-7)』, 1949.

72 이 논문은 1980년대 한국어학에 관한 가장 중요한 간행물로 손꼽힌다. King, R., 앞의 글, 1991, p.151; 마주르, 「러시아와 소련에서의 한국어학과 한국어교육」, 『이중언어학회지』 8, 1991, 34~35쪽 참조. 이 논문의 중세한국어 분석에 대해서는 김태우, 「20세기 전반기에 외국인들에 의해 이루어진 중세한국어 연구」, 『한국학연구』 61, 2021, 197~232쪽 참조.

국어학 관련 논저를 섭렵하고 있었다는 것을 보여주는 것이다.

그의 주된 연구 영역은 한국어였으나 한국문학에 대해서도 상당한 식견을 갖추고 있었다. 그가 한국문학에 대한 연구 논문을 쓴 사실은 확인되지 않지만 여러 문학 작품의 번역과 편집을 맡았다. 1938년에는 『동양인의 동화Сказки народов Востока』[73]라는 책에서 한국의 동화 세 편혹부리 영감, 중국 거울, 금도끼 은도끼을 번역하였고 1954년에는 「은혜 갚은 까치」, 「홍길동전」, 「춘향전」 세 편이 실린 『한국소설Корейские повести』[74]의 서문을 작성하였다. 1955년에는 강경애의 『인간문제』,[75] 1956년에는 『한국 시선Корейская классическая поэзия』[76]의 서문을 썼다. 이 외에도 몇 편의 한국문학과 관련된 책들을 번역하거나 편집하였다. 『한국 시선』의 서문에는 『삼대목』부터 향가, 금속 활자의 발명, 한글 창제, 시조의 형식과 작가·주제, 후대의 변화, 창가 등 한국문학의 역사를 간략하지만 빠짐없이 조망하고 있다.

홀로도비치는 1962년 레닌그라드 언어학 연구소의 소장이 되어 대학을 떠남으로써, 한국어와 일본어의 연구에서 점차 멀어지게 된다. 여기에서 그는 소련의 여러 언어학자들과 함께 '홀로도비치 학파' 또는 '레닌그라드 유형론 학파'를 창설하고 "집단 유형론"이라는 새로운 연구 방법을 창안하여 여러 권의 저서를 출간하였다.[77]

---

73 Холодович, А.А., "Корейские сказки(*Пер.*)", *Сказки народов Востока*, Москва, Ленинград : Издательство Академии Наук СССР, 1938, pp.136~144.

74 Холодович, А.А., "Сост., ред., вступ. статья и коммент", *Корейские повести*, Москва, 1954, pp.1~17·189~201.

75 Холодович, А.А., "Кан Кён Э. Проблемы человечества(*Ред.*). Пер. с кор", М., 1955.

76 Холодович, А.А., "Общая редакция, предисл. и примеч.— Корейская классическая поэзия. Пер. с корейского А. Ахматовой", Москва: Гослитиздат(2판), 1958, 14~16·293~307. 이 책은 레닌그라드 서점에 출간되자마자 매진되었다고 한다. Васильев А. Г., 앞의 글, p.231.

77 언어 유형론자로서의 홀로도비치에 대해서는 Khraskovsky, V.·A. Ogloblin, 앞의 글;

4. 결언

지금까지 본고에서는 러시아의 상트페테르부르크대학의 한국어문학과의 성립과 발전, 그리고 그곳에서 이루어진 한국어와 관련된 연구 성과를 살펴보았다. 이를 통해 우리는 체계적인 한국어문학의 수업이 최소한 1930년대에는 이루어졌으며 그 수준 또한 상당히 높았음을 알 수 있었다. 상트페테르부르크대학 한국어문학과에서 제공하는 수업의 종류와 내용은 굳이 당시의 시대적 상황을 고려하지 않고도, 그리고 이 수업이 이루어진 곳이 외국이라는 사실을 감안하지 않고도 한국어와 한국문학을 가르치는 학과에서 제공할 수 있는 최고 수준의 것이었음을 확인할 수 있었다. 이러한 사실의 배경에는 홀로도비치라는 한 명의 학자가 있었다. 그는 한국어 수업을 개량할 방법에 대해 깊이 고민하였고 또 한국어 연구에 큰 힘을 쏟았다. 1950년대에 이루어진 그의 현대한국어 연구는 아직까지도 고민할 거리를 던져주고 있으며, 같은 시기에 이루어진 중세한국어 연구는 당시까지 이루어진 중세한국어 연구를 종합하고 발전시킨 것이다. 아마 홀로도비치는 1950년대에 한국어를 언어학적으로 가장 잘 아는 사람 중 하나였을 것이다. 이런 중요성에 비추어 볼 때, 홀로도비치의 연구 업적이 카잔 자료라든지 오창환·게봉우 등의 고려인에 의해 이루어진 자료에 비해 많이 알려지지 않은 것은 안타까운 일이다. 여기에는 언어의 장벽이 큰 역할을 했을 것이다. 또 한 가지는 홀로도비치가 학과를 떠나면서 상트페

Khraskovsky, V.·A. Ogloblin, "The Kholodovich School of linguistic typology : 1961~1991", *The Petersburg Journal of Cultural Studies* 1(3), 1993, pp.113~126; Алпатов, В. М., "Александр Алексеевич Холодович", *Отечественные лингвисты XX века*, 2003, pp.95~105 참조.

테르부르크대학에서 한국어학으로 박사학위를 취득한 제자들의 수가 적었다는 사실을 지적할 수 있을 것이다. 1950년대부터 러시아 한국어학의 중심지가 모스크바 동양학연구소로 옮겨오게 되면서, 한국에서 마주르, 콘체비치 등의 연구는 부분적으로 알려진 반면 홀로도비치의 연구는 그만큼 주목을 받지 못한 것이다.

마지막으로 이 연구의 큰 한계점 한 가지를 스스로 자인하며 논문을 끝마치려 한다. 이와 같은 류의 연구는 1차 자료를 이용하여 지식을 생산해야 하는 종류의 작업이다. 그러나 이 연구를 시작하면서 코로나 바이러스로 인해 국가 간의 이동이 어려워지면서 상트페테르부르크대학에 당시의 자료가 꽤 남아 있다는 사실을 알고 있음에도 불구하고 한국에서 구할 수 있는 여러 가지 2차 자료를 이용할 수밖에 없었다. 이로 인해 나타나게 될 논문의 여러 오류들은 모두 필자의 것이다.

| 참고문헌 |

고송무, 「제정 러시아에서의 한국어 및 한국 연구」, 『한글』 169, 1980.

곽충구, 『함북 육진방언의 음운론－20세기 초 러시아의 Kazan에서 간행된 문헌자료에 의한』, 1994, 태학사.

김태우, 「A.A. 홀로도비치의 현대한국어 연구－『한국어 문법 : 제1부 형태론』과 『한국어 문법 개요』의 비교 연구」, 『한국학연구』 58, 2020.

______, 「20세기 전반기에 외국인들에 의해 이루어진 중세한국어 연구」, 『한국학연구』 61, 2021.

꼰쩨비치 편 · 김영일 역, 『러시아에서의 현대 한국어 연구』, 도서출판 사람, 2000.

류창선, 「龍飛御天歌의 語學的 解釋 (1-끝)」, 『조선어연구 1(2-7)』, 1949.

마주르, 「러시아와 소련에서의 한국어학과 한국어교육」, 『이중언어학회지』 8, 1991.

조선 어문 연구회, 『조선어 문법』, 평양시, 1949.

최인나, 「러시아에서의 한국고전문학－러시아어로 번역의 역사에 관하여」, 『한국학논집』 35, 2007.

한국정신문화연구원 역, 『(國譯)韓國誌』, 한국정신문화연구원, 1984.

허경진 · 이숙, 「19세기 러시아에서 출판된 조선어독본춘향전에 대한 연구」, 『한국민족문화』 45, 2012.

홍지인, 「러시아제국의 한국어 교육에 관하여」, 『Acta Russiana』 2, 2010.

小倉進平, 『國語及朝鮮語のため』, 1920, ウツボヤ書籍店.

管野裕臣 譯, 「蘇聯의 韓國語學」, 『아세아연구』 42, 1971.

前間恭作, 『龍歌故語箋』, 東京 : 東洋文庫, 1924.

Kanazawa, S., *The Common Origin of the Japanese and Korean Languages*, Sanseido, 1910.

__________, *Über die Kultur Japans und Koreas im alten Zeiten, vom Standpunkt der Sprachvergleichung aus Betrachtet*, Tokio, 1913.

Khraskovsky, V. · A., Ogloblin, "The Kholodovich School of linguistic typology : 1961-1991", *The Petersburg Journal of Cultural Studies* 1(2), 1993.

______________, "The Kholodovich School of linguistic typology : 1961-

1991", *The Petersburg Journal of Cultural Studies* 1(3), 1993.

King, R., "Korean language studies in the USSR", 『이중언어학회지』 8, 1991.

________, *Russian Sources on Korean Dialects*, Ph. D. Dissertation, Harvard University, 1991.

Trubetzkoy, N.S., *Grundzüge der Phonologie*, Prague, 1939.

Алпатов, В. М., "Ранние Работы А. А. Холодовича", *Изучение япон. языка в России и СССР*, 1988.

____________, "Александр Алексеевич Холодович", *Отечественные лингвисты XX века*, 2003.

Васильев А. Г., "Александр Алексеевич Холодович (1906~1977)", in Ванин, Ю. В.(ed.), *Жизнь и труд посвятившие Корее : Российские корееведы 2-й половины XX века*. Москва : Институт Востоковедения Российской Академии Наук, 2004.

Васильев, А. Г. · Г. Е. Рачков, "Из и стории преподавания и изучения и Корейского языка в Санкт-Петербургском университете", *Вестник центра корейского языка и культуры* 2, 1997.

Елисеев, Д. Д. · М. И. Никитина, "Корееведение", *Азиатский музей — Ленинградское отделение Института востоковедения АН СССР*, М. : Наука, ГРВЛ, 1972.

Кононов, А. И., "Восточный факультет ленинградского университета", *Востоковедение в Ленинградском университете (Ученые записки ЛГУ No. 296. Серия востоковедческих наук, вып. 13)*, Изд-во Л, 1960.

Кончевич, Л. Р., "Слово об Александре Алексеевиче Холодовиче", *Вестник Центра корейского языка и культуры* 10, 2008.

Курбанов, С., "Первый преподаватель Корейского языка в Санкт-Петербурге Ким Пёнок : Вчера и сегондня", *Россия XXI век Консул* 1(59), 2020.

Оглоблин А. К., "А.А. Холодович (К 70-летию со дня рождения)", *Вестник Ленинградского Университета 2 : История, язык, литература* 1, 1977.

Петрова, О. П., "Кафедра Японской филологии", *Востоковедение в Ленинградско*

м университете(Ученые записки ЛГУ No. 296. Серия востоковедческих наук, вып. 13), Изд-во Л, 1960.
Рачков, Г. Е. · С. Е. Яхонтов, "Александр Алексеевич Холодович", *Народы Азии и Африки* 3, 1966.
Троцевич А. Ф., "Мой учитель Александр Алексеевич Холодович", *Вестник Центра корейского языка и культуры* 16, 2014.
Холодович, А.А., "О латинизации корейского письма", *Советское языкознание* 1, Ленинград, 1935.
______________, *Грамматика корейского языка. Часть I : Морфология*. Москва : Московский Институт Востоковедения, 1937.
______________, *Строй корейского языка*, Ленинград : Ленинградский Государственный университет, 1938.
______________, "Из истории японской лингвистики агглютинативная теория и проблема родственных связей японского языка", *Известия Академии Наук Союза ССР : Отделение литературы и языка* 1, 1941.
______________, "Корейский язык", *Большая советская энциклопедия(Изд. 2)* 22, Москва, 1953.
______________, *Очерк грамматики корейского языка*, Москва : Издательстово льнтературы на иностранных языках, 1954.
______________, "О проекте реформы корейской орфографии 1949 г.", Холодович, А.А.(ред.), *Вопросы корейского и китайского языкознания*, Ленинград : Издательстово Ленинградского университета, 1958.
Холодович, А.А., "Кафедра Корейской филологии", *Востоковедение в Ленинградском университете*(Ученые записки ЛГУ No.296. Серия востоковедческих наук, вып. 13), Изд-во Л, 1960.
Холодович, А.А., "О предельных и непредельных глаголах(по данным корейского и японского языков)", *Филология стран Востока*, Ленинград : Издательстово Ленинградского университета, 1963.

모스크바에서의 한국사 연구*

소련 시기(1917~1991)를 중심으로

박노자

1. 들어가며

에드워드 사이드1935~2003의 『오리엔탈리즘』[1]이 1982년에 출간한 이후로는, 서방 국가들의 '동양학'의 역사적 계보는 대대적 반성의 대상이 됐다. 이 반성의 주된 방향은, '동방학'이 제공해온 '동방'에 대한 '지식'과 그 '동방'을 침략의 대상으로 삼아온 서방 '권력' 사이의 오래된 유착·결탁의 관계이었다. 침략에 필요한 구체적인 '정보'의 제공을 넘어서, '동양학'은 역사적으로 침략의 주체들이 필요로 했던 '담론'까지 제공해 침략과 식민 지배를 위한 지적인 인프라를 만들어주었다고 볼 수 있다. 국내에서 흔히 아는 근대 일본의 경우에는, 조선에 대한 그 악명 높은 '식민 사관'이

* 이 논문은 2018년 대한민국 교육부와 한국연구재단의 지원을 받아 수행된 연구임 (NRF-2018S1A3A2075204). 이 논문에 대한 심사를 진행해주신 세 분의 심사 평가자 분들께 심심한 감사를 드리며, 아울러 해외 한국학을 조명하는 이번 특집을 만들어주신 인하대 한국학연구소 관계자 여러분에게 감사의 뜻을 표한다.

1 국내에서의 최초 번역은 에드워드 사이드, 『오리엔탈리즘』, 교보문고, 2000.

나 천 년에 가까운 송나라 이후의 중국의 역사를 '정체성停滯性' 위주로 파악한 점[2] 등은 서방의 '동양학'이 맡아 온 역할과 본질적으로 다르지 않았다고 생각된다. 그렇다면 러시아의 경우, 그리고 제정 러시아의 영토나 일부 관료적 통치 방식을 계승했으면서도 이념적으로 제정 러시아를 부정한 것부터 시작된 소련의 경우는 어땠는가? 비록 세계 체제의 준주변부에 위치하고 있었지만,[3] 러시아는 엄연히 대대적인 '주변부 세계 침략'의 주체이기도 했다. 사실 일본과의 '침략의 경쟁'이라고 할 수 있는 러일전쟁에서의 패배는 러시아의 제1차 혁명1905~1907의 기폭제가 되는 만큼 이 침략의 역사는 러시아 국내 정치로서는 중추적으로 중요하기도 했다. 소련은 이념적으로 제정 러시아 시대의 침략사를 부정한 것부터 출발했지만, 스탈린 시대에 접어들어 또 하나의 제국형 민족/국민 국가로 재편된 것도 이미 학계에서 잘 알려진 사실이다.[4] 논문에서 논증하려고 하는 것은, 한국사 연구로 대표되는 러시아/소련의 '동양학'이 서방의 그것과 어떤 면에서는 일맥상통했지만, 또 어떤 면에서는 다르기도 했다는 점이다. 계통적으로는 물론 제정 러시아의 '동양학'은 서방과 그것과 그 뿌리가 그리 다르지 않았다. 밑에서 보여주는 것처럼, 서방 '동양학'의 기존 연구 성과를 크게 참고하기도 했고, 또 일부의 경우에는 그 논저를 불어나 독어로 발표하기도 했다. 서방의 경우와 마찬가지로, 다수는 외교관 내지 선교사 출신이기도 했다. 한데 소련 시기에는 결정적인 '단절'과 질적 변화가 일어났

---

2 Stefan Tanaka, *Japan's Orient : Rendering Pasts into History*, Berkeley and Los Angeles : University of California Press, 1993.

3 Boris Kagarlitsky, *Empire of the Periphery : Russia and the World System*, London : Pluto Press, 2008.

4 Vladislav M. Zubok, *A Failed Empire : The Soviet Union in the Cold War from Stalin to Gorbachev*, Chapel Hill : The University of North Carolina Press, 2007.

다. 1920~30년대 한국사 연구를, 대개 코민테른 계통의 조선 혁명가들이 맡았으며, '반제국주의' 차원에서 진행했다. 전체적으로도 특히 1920년대의 소련의 '동양학'에서 과거의 '동양학'이 제국주의 침략에 '봉사'했다는 점에 대한 활발한 자성의 운동이 벌어졌다.[5] 본문에서 논증할 것처럼, 전후의 모스크바에서의 한국사 연구자들은 비록 소련 지도부의 '국책'과 합치되는 방향으로 그 논지를 전개하는 경우들이 종종 있었지만, 또 한편으로는 한국사 전개의 흐름을 맑스주의적으로 이해되는 '세계 보편의 법칙'으로 설명하려는 보편주의적 태도도 역력하게 보였다. 즉 서방의 '동양학' 일반과 상당히 다른 면모도 내비쳤다고 말할 수 있다.

이와 같은 문제 의식의 차원에서는 본고에서는 제정 러시아에서의 한국사 연구의 뿌리, 소련 시절의 한국사 연구의 상황, 그리고 특히 모스크바에서 이루어진 한국사 연구의 성과를 중점적으로 조명할 것이다. 이 조명을 바탕으로 해서 모스크바에서의 한국사 연구의 주요 특징과 세계적인 한국사 연구에의 기여, 그리고 그 학술적 전통의 '계승'의 문제를 논할 것이다. 러시아의 한국학에 대해서는 국내에서는 이미 몇 편의 개괄적인 연구 논저들이나 특정 러시아 연구자들이나 한국사의 특정 사건에 대한 러시아 측 저술에 초점을 맞춘 논문 등이 출간된 바 있다.[6] 그렇지만, 비록

5 Vera Tolz, "European, National, and (Anti-)Imperial : The Formation of Academic Oriental Studies in Late Tsarist and Early Soviet Russia", *Kritika : Explorations in Russian and Eurasian History,* Vol.9, No.1, 2008, pp.53~81.

6 유. 와닌, 「현대 러시아 한국학의 탄생과 반전」, 『러시아의 한국 연구-한국 인식의 역사적 발전과 현대적 구조』, 풀빛, 1999, 119~156쪽; 권세은, 「러시아에서 한국학의 현황 및 과제」, 『아태연구』 13-2, 2006, 119~137쪽; 기계형, 「러시아의 한국전쟁 인식에 나타난 변화-전쟁 발발의 원인을 중심으로」, 『e-Eurasia』 25, 2010, 2~6쪽; 구자정, 「쿠르바노프의 『한국사강의』를 통해 본 러시아의 한국인식과 자기인식」, 『e-Eurasia』 25, 2010, 7~10쪽 등 참조.

한국사 연구에 있어서 '모스크바 학파'를 키워낸 미하일 박박준호, 1918~2009과의 인터뷰[7]가 일찍 국내의 영문 학술지에서 실린 바 있었음에도 불구하고, '모스크바 학파'의 기원과 역사 연구의 전개, 그리고 차후 계승의 문제를 다루는 전문적 논문은 아직 나오지 않았다. '모스크바 학파'의 구성원들이 이 문제를 다루긴 했지만, 스스로의 '역사'보다 '현황'과 '미래'에 더 중점을 두는 논저를 주로 발표했다.[8] 이와 같은 기존 연구의 공백을 메꾸어, 모스크바에서의 한국사 연구의 과거, 현재, 그리고 미래의 가능성에 대해 정리해보려는 것은 본고의 의도다.

2. 제정 러시아의 동아시아 진출과 '한국사' 연구의 기원

중국이나 일본, 조선을 '바다'를 건너 접하게 된 서방의 열강인 영, 미, 불, 독 등과 달리 제정 러시아의 '동점'은 '대륙'을 통해 이루어졌다. 주요 수출 품목인 '모피'를 찾아서 러시아의 농민과 사냥꾼, 그리고 관료들은 이미 17세기 중반에 태평양 연안에 도달하게 됐다. '감계勘界', 즉 러·중 대륙 국경을 정하는 문제와 육로 무역의 문제 등은 두 거대한 제국 사이의 '외교적 접촉'을 가져다주었다. 몰도바 출신의 러시아 외교관인 니콜라이 밀레스꾸 스파타리Nicolae Milescu Spathari, 1636~1708은 1675~78년에 러시아 사절단의 단장으로서 북경을 방문하여, 그 방문의 결과를 중국과 그 주

7 Vladimir Tikhonov, "An Interview with Mikhail Pak", *The Review of Korean Studies,* Vol.5, No.2, 2002, pp.133~161.

8 대표적으로는 Tatiana Simbirtseva, "Modern Korean Studies in Russia", *Journal of Korean Culture,* Vol.10, 2008, pp.81~100 등 참조.

변 지역에 대한 본격적 저서로 정리했다. 그 저서의 한 꼭지는 바로 조선을 다루었는데, 주로 서구의 야소회 선교사들의 기존의 조선 지리 관련의 저술에 의존하는 정도이었다.[9] 야소회 선교사들이 라틴어에 능통하는 스파타리의 주요 정보원이었다.[10] 즉, 이 단계에서는 러시아의 '동양학'의 맹아는 어디까지 서구 '동양학'의 궤도를 따르고 있었다.

서구의 경우와 마찬가지로, 초기의 러시아 '동양학자'들은 대개 학구적 지향의 선교사나 외교관들이었다. 그 연구가 한국사와 직접적 관련이 있는 사람들에게 초점을 맞추어서 이야기하자면 가장 대표성이 있는 두 명의 19세기~20세기 초의 외교관/선교사 겸 '동양학자'를 언급할 수 있다. 첫째, 선교사이었던 니키타 야코블레비치 비추린Nikita Yakovlevich Bichurin, 수사로서의 이름은 Iakinf, 1777~1853이다. 1808~21년에 북경에서 상주했던 학구적인 정교회 수사修士이었던 비추린은 유교 등 중국의 정신 문화에 대해서도 큰 관심을 보였지만, 한문 실력을 쌓아 중국 역사와 지리 등에 대한 기본적인 1차 자료의 러어 번역에 착수하기도 했다. 조선어 공부까지 시도한 것으로 알려진 비추린은,[11] 중국의 지리와 경제 통계 등을 다루는 저서에서도 '조선국'을 언급하기도 했지만, 본격적으로는 역대 중국 역사 기록의 중앙아시아 등의 '외국'에 대한 전傳이나 지志의 자료를 정리하면서

9 Спафарий Н. Г, *Описание первые части вселенныя, именуемой Азии, в ней же состоит Китайское государство с прочими его городы и провинции*. Киев, 1910. '조선' 관련 부분에 대한 연구로 Симбирцева Т.М., "Амурской нос. У истоков российско-корейских отношений", *Восточная коллекция*, No.4(31), 2007, C.12~20.

10 Ronald S. Love, ""A Passage to China" : A French Jesuit's Perceptions of Siberia in the 1680s", *French Colonial History*, Vol.3, 2003, pp.85~100.

11 Тихвинский С.Л. · Пескова Г.Н., "Выдающийся русский китаевед о.Иакинф (Бичурин) (к 220-летию со дня рождения)", *История Российской духовной миссии в Китае*. M, 1997, C.171.

『삼국지三國志』의 「동이전東夷傳」까지 러역·주해註解한 것은, 19세기 중반의 서구 세계의 '동양학'의 수준으로서는 상당히 선구적인 업적이었다. 둘째, 한국사에서 초대 주한 러시아 공사로 잘 알려진 칼 웨버Carl Friedrich Theodor von Weber, 1841~1910를 들 수 있다. 웨버에 대해 러시아와 한국, 양국에서 나름대로 연구된 바 상당히 있지만,[12] 대개 기존의 연구의 초점은 그의 학술 작업보다 아관파천 등 그가 주도적으로 개입한 각종의 외교·정치적 장면에 맞추어져 있다. 한데 그는 외교관임과 동시에 상트페테르부르그 황립대학의 동양학부를 1865년에 졸업한 '중국학자'이기도 했고, 한문에 능통한 사람이기도 했다. 아마도 한학에 그가 능통했다는 사실은 그와 고종 황제 사이의 '관계' 구축에 심리적으로 일정하게 역할했으리라고 추측해 볼 수 있다. 그는 본인이 직접 '참여 관찰'해온 고종 시대의 한국의 정치사에 대한 역사적 가치가 높은 기록도 남겼지만,[13] 이외에는 한국어, 그리고 한국어의 한자음에 대한 자신의 원고도 출판한 바 있었다.[14] 어문학과 역사, 정치에 대한 관심들을 동시에 겸비하는 것도 그 당시의 서구 선교사 내지 외교관 겸 학자와 웨버 사이의 공통점이기도 하지만, 그의 일부 중국학 관련 저술은 불어 등의 서구 언어로 돼 있기도 했다.[15] 그의 사례가 보여주듯이, 그 당시 제정 러시아의 '한국학'의 모태적 형태는 제국주의 전성

12 Пак Б. Б., *Российский дипломат К.И. Вебер и Корея*. М., 2013; 김종헌, 「러시아 외교관 베베르와 아관파천」, 『역사비평』 86, 역사비평사, 2009, 365~394쪽.

13 Вебер К.И., "Записка о Корее до 1898-го года и после. С предисловием О. Суковицыной", *Российское корееведение. Альманах. Вып 2.*, М., 2001, С.128~148.

14 Вебер К.И., *Пробная транскрипция всех городов Кореи (на правах рукописи)*, СПб., 1905; *О корейском языке и корейском чтении китайских иероглифов (на правах рукописи)*, СПб., 1908.

15 Ch. de Waeber, *Index de la section géographique de la grande encyclopédie chinoise,* T'ou-c-ho-u-tsi-tch'eng, Saint-Pétersbourg : Impr. de l'Académie impériale des sciences, 1907 등 참조.

시대 서구의 '동양학'과 긴밀히 연결돼 있었다.

제정 러시아는 비추린 이후로는 이미 상당한 수준으로 발달된, 서구 세계에서도 명망이 높은 중국학의 전통을 가지고 있었지만,[16] 역사 연구를 포함한 조선 연구는 1917년 이전까지는 걸음마 단계이었다. 특히 1905년에 일본에 패배를 당해 한반도에 대한 제국주의적 야망을 당분간 포기해야 했던 사정, 그리고 이 사정으로 인한 한반도에 대한 관심의 저하는 중요한 원인 중의 하나이었다. 대체로는 청일전쟁, 그리고 러일전쟁 그 당시에는, 부분적으로 한반도에서 수행되는 전쟁이 야기시킨 조선에 대한 관심이 잠시 고조되곤 했다. 그 관심을 충족시키기 위해 군 첩보계 관계자나 외교관 등이 조선의 근세사와 현황을 조명하는 책을 내곤 했는데,[17] 전쟁의 종식 이후에는 이런 관심도 점차 시들어 갔다. 아마도 이 시기에 나온 한국의—주로 근대 이후의—역사와 현황에 대한 가장 포괄적인 저서는, 니콜라이 와실레비치 큐네르Nikolai Vasilyevich Kyuner, 1877~1955라는 중국학과 일본학, 그리고 만주학, 티베트학까지 겸비할 수 있었던 당대 '동양학' 석학의, 일제에 의한 식민화 이후의 한국의 상황에 초점을 맞춘 한국 역사와 현황 관련의 개설서이었을 것이다.[18] 그러나 '식민지' 상황을

16 Richard N. Frye, "Oriental Studies in Russia," In *Russia and Asia : Essays on the Influence of Russia on the Asian Peoples*, Wayne S. Vucinich, ed. 30-51, Stanford : Hoover Institution Press, 1972.

17 Анучин Д.Н., "Очерк Кореи и ее отношений к Китаю и Японии, Землеведение", Кн.1, СПб., 1895, С.164~201; Покотилов Д. Д., *Корея и японо-китайское столкновение*, СПб., 1895; Россов П.В., *Очерк состояния Кореи в конце 1905 г. и в начале 1906 г.*, Харбин, 1906; Россов П.В., *Национальное самосознание корейцев*, СПб., 1906.

18 Кюнер Н.В., *Статистико-географический и экономический очерк Кореи, ныне японского генерал-губернаторства Циосен*, Вып. I. Ч.1-2., Владивосток, 1912. 이 책은 최근에 국역됐다. 뀨네르, 김종헌 역, 『한국개관』 1부, 동북아역사재단, 2012.

서술했던 이와 같은 저서들은, 제정 러시아도 결코 거리를 두지 않았던 '식민주의' 그 자체에 대한 비판적 관점을 현저히 결여했다. 이 점까지 포함해서 여기까지의 러시아 한국사 연구의 역사를 보면, 사이드가 전개한 '오리엔탈리즘'에 대한 비판으로부터 러시아의 '동방학'도 결코 완전히 자유로울 수 없었다. 중국을 오히려 흠모, 선망해서 당대인의 빈축까지 산 비추린과 같은 경우에는 이 '오리엔탈리즘'은 부정이 아닌 긍정 위주일 수 있었지만,[19] 좌우간에 '동양'은 '근대'의 세계와 본질적으로 이질적인, '서방'과 합쳐질 수 없는 존재론적, 인식론적 '타자'로 설정돼 있었다. 하지만, 1917년의 혁명에 의해서 이 상황은 대대적으로 역전됐다.

3. 소련 시기 모스크바에서의 한국사 연구
–맑스주의 이론과 국가의 제도 사이에서

1) '코민테른 한인'들의 연구 활동

사회주의를 지향한 1917년의 혁명이 초래한 변화는 일차적으로 제도적이었다. 종교(정교회)가 국가로부터 분리돼 국가에 의해서 이념적으로 부정됐기에 '선교사 겸 학자'라는 학자의 유형 자체가 소멸됐다. 학구적 외교관들이 종종 나타났지만, 외무 부문 관료 사회의 상층부를 과거 지하 혁명자 출신들이 장악했으며 그들의 정체성은 1930년대 말까지만 해도 차라리 '혁명가'에 더 가까웠다.[20] '대학'이나 '과학원소련과학원, Akademiya

19 David Schimmelpenninck van der Oye, "The Genesis of Russian Sinology", *Kritika : Explorations in Russian and Eurasian History,* Vol.1, No.2, 2000, pp.355~364.

Nauk'의 영역에서는 위에서 언급한 니콜라이 큐네르와 같이 '전통적' 방식의 한국학 연구를 계속 계승·발전하는 과거의 일부 전문가들은 남아 있었지만,[21] '한국학' 분야에서는 그들은 소수이었다. 무게의 중심은 코민테른 계열의 새로운 기구에 옮겨지고, 거기에서 종사하면서 한국사와 관련된 글을 남긴 거의 모든 혁명가들은 재소련 고려인이나 식민지 조선으로부터의 망명 혁명가들이었다. 그들에 의한 역사 서술은 자연히 근대사, 그리고 식민지 사회·경제나 노동·농민운동 중심이었다. 남만춘Pavel Nikiforovich Nam, 南萬春, 1891~1938의 『압박 받는 고려』(러어판은 1925년, 한국어 번역은 1926년에 각각 출판됐다)는 대표적으로 한국 근대사의 전개에 레닌의 제국주의 이론을 적용해 식민지 조선을 '일제의 원료 제공지와 일제 내지 완제품의 포획 시장, 그리고 일본 금융 자본에 초과 이윤을 가져다주는 종속 시장'으로 정의했다.[22] 그의 이와 같은 작업이 나중에 국내의 배성룡裵成龍, 1896~1964이나 박문규朴文奎, 1906~?, 이여성李如星, 1901~? 등 맑스주의자들에게 계승돼 우리가 현재 익히 아는 '식민지 수탈론'의 기반을 이루었다. 남만춘 이외에도 1920~30년대에 조선공산당의 주요 간부 출신의 망명객인 양명梁明, 필명은 이강, 1902~?과 연해주 고려인 출신의 최성우崔成宇, 1898~1937 등은 조선의 노동·농민운동과 천도교의 기원과 교리, 구성, 역할, 그리고 '민족 개량주의온건 민족주의' 세력의 사회적 배경과 이념 등에 대한 일련의 중요한 논문들을 남겼다.[23] 그러나 대부분의 고려인 혁명가와 망명객들이

---

20 Alastair Kocho-William, *Russian and Soviet Diplomacy, 1900-39*, New York : Palgrave Macmillan, 2012, pp.77~148.

21 뀨네르는 1929년에 소련 원동에서의 한인 이민자에 대한 개괄적인 논문을 발표하기도 했다. Кюнер Н.В., "Корейцы в Дальневосточном крае", Этнографическое обозрение No.4, 2004[1929], C.80~96.

22 Нам Манчхун, *Угнетенная Корея*, М., 1925; 『압박받는 고려』, 극동출판사, 1925.

거의 예외 없이 스탈린의 대숙청에 1936~38년에 희생되는 바람에[24] 이들의 코민테른 계열의 '혁명적 한국학'은 비록 후대를 위해 중요한 전통을 남겼지만, 학술적으로 보다 심화될 기회를 가지지 못한 측면이 있다.

2) '제도'로서의 1945년 이후 '한국학'의 설립과 '모스크바 학파'

그 외국인 활동가의 다수를 이미 1936~38년 숙청에 잃은 코민테른은, 1943년에 공식적으로 해산됐다. 코민테른의 해산이 소련에서의 '세계 혁명'을 지향했던 시대가 이미 종언을 고했음을 대내외적으로 선언한 거나 마찬가지였다.[25] 한데 급속히 국민국가화化의 과정을 밟고 있었던 소련은 '혁명'을 '국익 증진'으로 대체했지만, '한반도'는 1945년 8월 이후로는 이 '국익'에 있어서는 매우 중심적 역할을 갖게 됐다. 한반도의 해방, 그리고 미·소 분할 점령의 과정에서는 그 북반부는 소련 영향의 자장으로 흡수됐으며, 1946년 중·후반 이후로는 소련은 거기에서 '민주 개혁'을 진행하면서 점차 소련을 모델로 한 새로운 사회의 건설에 착수하려 했다.[26] 냉전이 깊어지고 '분단' 영구화의 그림자가 짙어지는 1946~48년 동안에는 한반도 북반부에 대한 소련의 국가적 '관심'도 장차 장기적이라는 판단도 함께 내려지게 됐다. '국익' 차원의 '관심'이 장기적인 만큼 전문가 양성이 시급해지고, 그 전문가 중의 일부는 '현재'를 설명해주고 합리화

23 주로 코민테른 계열의 잡지에서 게재되었던 그 논문들은 요즘 다시 출판됐다. Ванин, Ю.В., ред., *Колониальная Корея : из публикаций в СССР 1920-х-1930-х гг*, М, 2007.

24 Сон Ж.Г., *Российские корейцы : всесилие власти и бесправие этнической общности. 1920~1930*, М., 2013, С.252~318.

25 James R. Ozinga, *Communism : The Story of the Idea and Its Implementation*, Upper Saddle River, NJ. : Prentice-Hall, 1987, p.125.

26 Hak Soon Paik, *North Korean State Formation, 1945~1950*, Vol.1, Philadelphia : University of Pennsylvania Press, 1993, pp.423~426.

하는 '과거', 즉 '역사'의 영역으로 가야 한다는 것도 점차 확실해져 갔다. 스탈린의 치하에서 탈脫혁명화된 소련에서는 전문가 양성 및 전문 지식 생산의 역할을, 제정 러시아의 전통대로 '국립대학'으로 재편된 과거의 '황립대학'인 모스크바, 상트페테르부르그레닌그라드대학, 그리고 소련과학원이 된 과거의 황립 과학원이 맡았다. 차후 모스크바 국립대와 합쳐진 모스크바 동양학대학에서 이미 1945년에, 그리고 레닌그라드 국립대에서는 1947년에 각각 한국학 전공으로 신입생을 선발해 본격적 수업에 착수했다.[27] 본 논문의 주안점은, 이렇게 해서 설립된 소련의 새로운 한국학의 틀 속에서 특히 모스크바에서의 한국사 연구가 어떻게 이루어져 갔는가에 맞추어져 있을 것이다.

한편으로는 한국사 연구를 포함한 한국학의 중심은 1917년 이전처럼 다시 한 번 대학과 과학원으로 돌아갔지만, 또 한편으로는 그 인적 구성은 획기적 변화를 겪었다. 새로운 한국사 연구의 중심 인물이 된 미하일 박 교수에게는 소련이라는 '국가' 못지 않게 '민족'이나 '혁명', 그리고 '한국사에 대한 보편적인 맑스주의적 이해'가 중요했다. 고려인 3세인 미하일 박의 가정은 최재형崔在亨, 1860~1920 등 민족운동 지도자들과 가까운 관계에 있었으며,[28] 그의 아버지는 '부르주아 민족주의' 혐의로 스탈린의 대숙청에 희생됐다. 미하일 박 자신은 상해파 공산당의 주요 운동가이자 국학자인 계봉우로부터 1942년 카자흐스탄으로의 전시 피난 시절에 한문과 한국사로 개인적 수업을 받아[29] 그 역사 인식의 상당부분을 계승하기도

---

27 Концевич Л.Р., "Российское корееведение на современном этапе", *Российское к ореeведение. Альманах*. Вып.3., М., 2003, С.7~51.

28 Vladimir Tikhonov, "An Interview with Mikhail Pak", 2002.

29 Джарылгасинова Р. Ш., "Михаил Николаевич Пак—Творческая биография ученого",

했다. 미하일 박은 대숙청 이후에는 스탈린의 탄압으로 문화 소멸의 위기에 몰린 고려 민족의 자自역사 의식을 북돋우고 강화시키기 위해 한국사에 인생을 바치기로 하여, 1947년에 박사학위논문을 통과시키고 1949년에 모스크바 국립대학 역사 학부의 교수로 발령을 받았다. 거기에서 한국사를 전공하려는 1기의 학생들을 그 해에 선발하게 되었는데,[30] 그들과 그 후배들, 그리고 미하일 박의 영향을 크게 받은 타他 대학 출신의 후배들은 '미하일 박 학파', 내지 '모스크바 학파'의 핵심 집단을 이루었다.

3) '모스크바 학파'의 개화기 연구

이 학파의 주요 관심사들은 과연 무엇이었는가? 위에서 언급한 것처럼 1930년대 양명이나 최성우 같은 '코민테른 한인'의 연구 작업의 주요 방향 중의 하나는 '민족 개량주의', 즉 점차 친일화되어 가는 '온건파' 민족주의『동아일보』나 『조선일보』 계열, 안창호/흥사단과 수양동우회 계열 등에 대한 비판적 해부이었다. 이들은 공산주의자들의 입장에서는 '통일전선'에서의 파트너라기보다는 일제의 영향하에 있는 경쟁적 조직에 더 가까웠다. 미하일 박의 애당초의 관심사는, 이와 같은 '친제국 부르주아 집단'의 역사적 기원이었다. 그의 박사학위논문의 주제는 그래서 갑신정변과 그 주역인 개화당으로 정해졌다. 그가 차후 식민지 시기의 친일 관료나 기업인의 역사적 '선조'로 인식됐던 개화당이 '일제의 대리인으로 나섰다'라고 주장했으며, 나아가서는 제국주의 침략을 받는 주변부 국가에서는 근대 지향적 개혁

---

http://icfks-publishing.narod.ru/workers/Pak_M_N.htm 열람 가능(2021년 3월 10일 접속).

30 Ванин Ю.В., "Ведущий историк-кореевед России", *Корея. Сборник статей. К 80-летию со дня рождения профессора Михаила Николаевича Пака*, М., 1998, С.23~33.

을 추구하는 관료 세력이나 부르주아 세력들이 불가불 '매판화'되어 갈 수밖에 없다고, 세계사적 입장에서 이 결론을 보편화시켰다.[31]

한인 공산주의자들이 민족 내부의 적으로 생각했던 식민지 시대 '친일 엘리트'의 이와 같은 계보 만들기에 대해서는, 1960년대 초반, 중·소 분쟁 이후 북·소 관계가 다소 멀어졌을 때에는 북한의 학자들이 대대적인 반박에 나섰다. 그들이 문제 삼은 것은 '개인 주장'이라고 생각할 수 있는 미하일 박의 학위논문이나 논저들이라기보다는 '국가적 주장'이라고 볼 수 있는, 소련과학원이 출판해온 『세계사』 시리즈전 10권[32]에서의, 미하일 박과 그 제자들에 의한 이와 같은 서술들이었다. 북한 사학자들도 일제 시대 사회주의 운동의 전통을 이었다고는 할 수 있지만, 1950년대 중반 이후, 보다 자주적인 국민'인민' 국가의 건설을 지향하는 김일성에게는 개화당의 '친일성' 여부보다는 '조국 근대화' 프로젝트의 초기 담지자로서의 개화당의 근대주의적 긍정성은 더 중요했다. 김일성이 그 때부터 그리기 시작한 한국사의 새로운 '큰 그림'에서는 그 자신이 이끌었다고 보는 '사회주의 혁명'의 배경에는 바로 개화당의 '부르주아 혁명'의 시도가 있었다는 것이다.[33] 따라서 1963년에 북한을 대표하는 사학자라고 할 김석형金錫亨, 1915~1996과 김희일, 손영종 등은 소련판 『세계사』의 '왜곡과 오류'를 준엄하게 비판하면서 미하일 박의 생각과 정반대로 갑신정변의 주역들의 '애국성'과 부르주아 개혁의 구상, 그리고 정변 과정에 있어서의 '민

---

31 Пак М. Н., "Автореферат диссертации : Очерки из политической истории Кореи во второй половине XIX в.", *Доклады и сообщения исторического факультета МГУ*, вып. 8, 1948, С.88~97.

32 Жуков Е.М., ред., *Всемирная история в 10 томах*, М., 1955~1965.

33 신복룡, 「北韓 史學에 나타난 甲申政變의 吟味」, 『한국정치외교사논총』 1, 한국정치외교사학회, 1985, 61~90쪽.

중의 참여' 등에 중점을 두었다.[34] 이렇게 해서 근대사 서술의 핵심적 포인트에 있어서는 '모스크바 학파'와 북한 사학의 입장이 결정적으로 갈라지게 되었다.

연구 수준이 높아지고 자료 파악이 깊어짐에 따라 갑신정변에 대한 '모스크바 학파'의 시각에 있어서는 점차 다양한 뉘앙스들이 생겼다. 예컨대 1970년대 초반에 미하일 박의 영향을 다분히 받은 후배 사학자 중의 한 명인 갈리나 댜가이Galina Davydovna Tyagai, 1922~2006는 개화파를 '봉건 시기 후기의 진보적인 경향인 실학'과 연결시키는 한편 개화파의 계통을 이은 것으로 판단되는 독립협회나 그 후의 '애국계몽운동'에 대해 '부르주아 민족주의의 맹아적 형태'라고 기본적으로 파악하면서 이들이 비록 제국주의 이데올로기에 포섭된 상태에 있으며 제국주의 열강에 대한 저항에는 실패했지만, 적어도 주관적으로는 근대 민족 국가의 건설을 지향한 애국자들이었다고, 보다 균형 잡힌 평가를 내렸다.[35] 실학－개화당－독립협회－애국계몽운동과 같은 계통적 파악에 있어서는 같은 시기 북한 사학의 영향도 감지할 수 있었다. 미하일 박의 평가도, 시간이 흘러감에 따라 조금씩 복합적이며 포괄적인 것으로 변해 갔다. 2000년대 초반에는, 이미 남북한, 그리고 구미권 연구 성과를 다분히 섭렵한 그는 개화당의 성격에 있어서도 근대 민족 국가 지향을 지적한 한편, 그 후속 조직으로 파악되는 독립협회에 대해서도 '대중 집회의 문화를 발전시키며 근대적인

---

34 Ким Сэк Хен, Ким Хи Ир, Сон Ён Дён, *О серьезных ошибках в изложении истории Кореи во "Всемирной истории" изд. Академии наук СССР*, Пхеньян : Изд-во литературы на иностранных языках, 1963, С.29~33. 이 러어 소책자는 김석형, 김희일, 손영종, 「「전 세계사」(소련과학원 편) 조선 관계 서술의 엄중한 착오들에 대하여」, 『력사과학』 5, 력사연구소, 1963, 5~26쪽의 번역본이다.

35 Тягай Г.Д., *Общественная мысль Кореи в эпоху позднего феодализма*, М., 1971.

기본적 자유권, 그리고 국가적 자강을 지향한 조직'이라고 서술하면서 그 '친미·친서구적이며 반러시아적 성격'을 동시에 지적했다.[36] 즉, 제국주의 침략을 받는 세계 주변부에 있어서의 근대 지향적인 관료·부르주아 운동의 불가피한 일정한 '매판성性'에 대한 그의 애당초의 고민들을, 그가 2000년대에도 끝내 버리지 않았다고 볼 수 있다.연 이와 같은 고민들을, '유산계급의 민족주의'를 무조건 부정적으로 보려는 조선공산당 논객들의 후계자로서의 '극좌성'으로만 이해해도 될 것인가? 그렇지만 않은 것이고, 미하일 박과 그 제자들이 애써 지적하는 근대 한국 민족주의 전통에 있어서의 그 '반제反帝 의식과 운동의 한계성'은 충분히 사실에 기반을 둔 하나의 해석틀로 볼 여지가 크다. 미하일 박의 직접적 제자는 아니었지만, 미하일 박과 비슷한 사학적 궤도를 따랐던 동류의 고려인 사학자 보리스 박Boris Dmitrievich Pak, 1931~2012이 밝혀진 것처럼, 실제로 김옥균은 일제의 지원에만 의존한 것도 아니었다. 1886년, 일본 정부에 의해서 오기사와라제도로 유배 가기 직전에 그는 주駐일본 러시아 임시 대리 공사에게 '러시아의 보호', 그리고 본인의 블라디보스토크로의 이주에 대한 허가를 —별 성과 없이— 요청하기도 했다.[37] 즉, 개화당은 반反청 입장에 서서 국민 국가 만들기를 지향했지만, 고종 정권의 '이이제이以夷制夷' 전략과 크게 다르지 않게 이 반청 전략도 자국의 힘보다 타국의 힘을 빌려 추진해야 했던 것은 개화당을 포함한 그 당시 조선 정치인들의 (어떤 면에서는 불가피한) 한계이었다. 독립협회의 경우에는, 그 주도 세력이 된 개화당의 후계자들이 '독립'을 열강이 보장해주는, 불평등 조약의 테두리 안에서의 주

36 Пак М.Н., *История и историография Кореи. Избранные труды*, М., 2003, С.752.
37 Пак Б.Д., *Россия и Корея. Издание второе, дополненное,* М., 2004. С.138~183.

권 유지 정도로 인식한 것이나, 그 주역들의 매우 강한 친미적 태도 내지 일본에 대한 의존 성향 등에 대해서는 이미 1980년대 중반부터 한국 학계에서도 연구 성과가 나오기 시작했다.[38] '애국계몽운동'이라고 하지만, 그 당시 계몽주의적 매체들의 상당수가 『황성신문』처럼 일본발發 동양주의, (묵시적으로 일본을 맹주로 설정한) 황색인종 단결론 담론의 자장을 벗어나지 못해 일제 침략 심화의 현실을 간과한 것도 최근에 국내 학계에서도 인정한 사실이다.[39] 조선 내지 대한제국 정부 못지 않은 한국 개화·계몽 운동 주도층의 세계체제적 내지 지역적 차원에서의 비교적 취약한 입장으로 인한 이와 같은 한계성을 일찍 지적해 '매판성'으로 개념화한 모스크바 학파의 논리는, 어떤 면에서는 '문명개화'의 계통을 이은 한국 민족주의 전통에 대해 과거에 비해 훨씬 더 반성적인 최근 국내 학계의 분위기를 예견했다고도 할 수 있다.

4) '모스크바 학파'의 일제강점기 자산계급 연구

'애국계몽운동'의 비교적 온건한 갈래를 계승한 식민지 시기 온건'타협적' 민족주의에 대한 '모스크바 학파'의 입장 역시 양명이나 최성우 시대의 코민테른 한인의 견해 못지 않게 비판적이었다. 1954년부터 모스크바의 동양학 연구소에서 한국 근현대사와 한일 관계 등을 연구하면서 많은 저술을 남긴 빅토르 이바노비치 시파예브Viktor Ivanovich Shipaev, 1928~1994는, 1960년대 초·중반에 식민지 시기 민족운동에 있어서의 한국 유산 계급

38 주진오, 「독립협회의 대외인식의 구조와 전개」, 『학림』 8, 연세대 사학연구회, 1986, 69~105쪽.

39 박정심, 「황성신문의 동양(東洋) 인식에 관한 연구」, 『한국철학논집』 59, 한국 철학사연구회, 2018, 426~454쪽.

의 역할을 조명하면서 각종의 '실력 양성'이나 '물산 장려', '농촌 계몽'과 같은 운동들이 부르주아 '계급'에 유리한 측면이 다분히 있어도 '민족 해방'에 전혀 기여하지 않았다는 기본 입장에 서고 있었다. 그는 예컨대 '물산장려 운동'을 국내 자본이 생산해 내는 제품들에 대한 일종의 '판촉' 켐페인으로 인식하는가 하면, '민족지' 중심의 '재在만주 동포 수호' 켐페인이 결국 객관적으로는 일제의 만주 침략과 보조를 맞추고 그 침략에 이용된 측면이 컸다고 진단하고, '만보산 사건1931년7월초 식민지 조선 각지에서의 在朝 중국인에 대한 공격·학살 등'에 대한 일부의 책임을 '부르주아 민족주의자'들도 져야 했다고 판단했다.[40]

이와 같은 혹평은, 물론 구체적인 연구들이 진행됨에 따라 각종의 단서를 달게 되고 보다 다양한 늬앙스를 포함하게 됐다. 예컨대 모스크바 학파의 한국사론의 집대성이라고 할 수 있는 1974년의 『한국사』전2권 개설서에서는 한 때에 박헌영朴憲永, 1900~1956과 가까이 지냈던 것으로 유명한 소련 외교관 출신의 파냐 샤브시나Fanya Isaakovna Shabshina, 1906~1998[41]와 고려인 학자 중에서 가장 높은 보직과학원 산하 모스크바 동양학 연구소 부소장을 가졌던 게오르기 김Georgii Fyodorivich Kim, 1924~1989[42] 등은 식민지 시대의 '초기 민족 개량주의', 즉 1920년대 일부 『동아일보』와 『조선일보』, 내지 천도교 구파 계열의 '상대적인 진보성'을 인정해준다. 『동아일보』와 『조선

40 Шипаев, В. И., *Корейская буржуазия в национально-освободительном движении*, М., 1966.

41 그녀의 인생과 학술 활동에 대해 Ванин Ю.В., "Фаня Исааковна Шабшина(Куликова)(1906~1998)", *Жизнь и труд посвятившие Корее : Российские корееведы 2-й половины XX века*, М., 2004. С.236~258 등 참조.

42 그의 인생과 학술 활동에 대해 Тихвинский С.Л., Шаститко П.М, 「60-летие Г.Ф. Кима」, *Вопросы истории* No.10, 1984, С.115~117 등 참조.

일보』에서 박헌영을 비롯한 다수의 공산주의자들이 잠시나마 취직을 하고, 두 신문이 레닌이나 소련에 대해 1920년대 말까지 주로 긍정적인 서술을 하고 모스크바로 특파원도 파견하는 등 사회주의 운동에 일정 정도로 '손'을 내밀어준 부분을, 샤브시나와 김은 식민지의 부르주아 계층과 어느 단계에서는 임시적인 반제 운동에서의 동반자 관계 구축이 가능하다는 레닌과 코민테른 '통일전선' 테제를 뒷받침해주는 자료로 여겨 기술했다. 그러나 동시에 샤브시나와 김은 신간회 결성 및 운영 과정에서 '안광천과 같은 우파 기회주의적인 노선으로 인해서' 공산주의자들이 그 내부 헤게모니 장악 투쟁에 패배해 '진보성이 결여된 김병로1888~1964 같은 개량주의자'들이 결국 그 조직을 장악한 것을 '통일전선 구축의 과정에서 개량주의적 부르주아지에 제대로 맞서지 못했을 때에 생기는 사태'라고 파악하여 특히 1929년 세계 대공황의 도래 이후 국내 자본가층이 궁극적인 '완전한 친일화의 길'로 돌아섰다고 판단했다. 일제 보호막 속에서의 전시 특수를 노리고, 일제가 구축하려 하는 '대동아공영권' 속에서의 일정한 역할을 추구하려 하는 국내 부르주아들의 친일화 경향의 '예외'로서는, 샤브시나와 김은 '진보적인 부르주아 정치인'이 된 과거의 공산당원인 여운형呂運亨, 1886~1947이나 허헌許憲, 1885~1951, 홍명희洪命憙, 1888~1968와 같은 일각의 '양심적 부르주아 지식인 세력'만을 거론할 정도였다.[43] 민지시대의 공산주의 운동가들의 논리를 계승한 것으로 보이는 미하일 박이나 빅토르 시파예브, 파냐 샤브시나, 게오르기 김 등 모스크바 학파 계열의 한국사 전문가들의 식민지 시기 부르주아 계층에 대한 평가는 물론 숨

43 Гафуров Б.Г. и др., ред., *История Кореи*. Т.2, М., 1974, С.52~147.

김없이 당파적이며 이분법론적이라 할 수 있다. 독립 운동에의 기여와 식민지 체제와의 '거리'를 유일한 척도로 하는 이 평가 체제에서는, 식민지 시대의 부르주아나 중산계층 등은, 비록 그 일파가 일시적으로 해방 운동에 개입할 수 있었으며 일부 양심가들이 반체제 투쟁의 길에 들어설 수 있었지만, 전체적으로는 '계급적 이익 차원에서 식민지/제국주의 체제 유지'로 실失보다 득得이 더 많은 사회적 집단으로 판단된다. 과연 비非사회주의적 민족운동의 모든 계열에 이와 같은 일률적 논리가 적용이 가능한가라는 부분에 대해 회의해볼 수 있지만, 적어도 조선인 대자본가의 '매판성'을 입증할 만한 자료를 샤브시나와 김은 꽤나 풍부하게 제시한 것도 사실이다.

예컨대 한국의 매체에서도 최근에 '일제강점기 매판 자본'의 대명사처럼 일컬어지는 박흥식朴興植, 1903~1994에 대해서는 샤브시나는—아마도 본인이 1940~46년 사이에 경성의 소련 영사관에서 주재하면서 수집한 자료를 이용하여—그의 1944~45년 일군 전투기를 생산하기 위한 조선비행기공업주식회사의 책임 경영뿐만 아니라 그의 북선제지화학北鮮製紙化學과 조선석유朝鮮石油 등 일본 자본가들의 주식 회사들의 주식 매입과 이사회 참여 등을 사례로 들어 그와 일본 대기업 사이의 '유착 관계'를 고찰했다.[44] 그러나 최근에 국내 연구자들도 일본인 대자본가와의 관계 구축, 나아가서 상호 투자와 이사회, 감사역으로서의 참여, 그리고 일제 금융자본과의 관계 강화 등을 박흥식과 같은 식민지 시대 예속 자본가들의 기업 전략의 특징으로 거론한다.[45] 샤브시나는 일제의 침략 전쟁에 적극적으로

44 Гафуров Б.Г. и др., ред, *История Кореи*. Т.2, М., 1974, С.135.
45 오진석, 「일제하 박흥식의 기업가활동과 경영이념」, 『동방학지』 118, 연세대 국학연

부역한 '6대 매판 자본 족벌'로 경성방직의 김성수金性洙, 1891~1955와 김연수金秊洙, 1896~1979, 화신백화점의 박흥식, 주로 은행·보험업에 주력했다가 일제강점기 말기에 조선제련 회사朝鮮製鍊會社 등 여러 업체의 취체역으로 참여한 한상룡韓相龍, 1880~1947, 대지주이자 주요 기업 투자자로 참여한 민규식閔奎植, 1888~?, 대구 상업 회의소 회두이며 대구 지역의 부호인 장직상張稷相, 1883~1947, 그리고 호남의 은행가 현준호玄俊鎬, 1889~1950 등을 지목했다.[46] 이들 중에서는 한상룡은 일제말기에 '자본주'보다는 총독부와 일제 금융기관, 그리고 일본인과 국내인 실업가들을 연결시켜 주는 '브로커broker'에 더 가까웠지만,[47] 나머지를 서로 교차 투자하고 인적 네트워크 등으로 긴밀히 같이 연결된 종속 기업가로 보는 데에 있어서는 국내 주류 학계에서도 최근에 큰 이견은 없을 것이다.[48] 그러니까 '모스크바 학파'의 식민지 시대 자산가 엘리트에 대한 판단을 '이념적 도식주의' 아닌 '냉정한 평가'로 보는 게 더 합리적일 듯하다. 이 평가는, 미국 학계에서 1990년대에 제시된 '제국의 보호 속에서 성장된 기업'으로서의 경성방직에 대한 연구의 결과[49]와도 일맥상통한다고 볼 수 있다.

구원, 2002, 93~151쪽.

46 Гафуров Б.Г. и др., ред, *История Кореи*. Т.2, М., 1974, С.135.

47 김경일, 「한상룡 (韓相龍) – 친일 예속자본가의 전형」, 『한국학보』 19-2, 일지사, 1993, 60~91쪽.

48 1920년대 부르주아 민족주의와 같은 이데올로기를 제창한 김성수 계열의 산업 부르주아라 하더라도 '만주 특수'를 계기로 하여 일제와 그 거리를 지속적으로 좁혀왔으며 1930년대 말에 이르러서는 일제의 전시 파시즘 이데올로기를 공유하게 되었다는 것은 최근 국내 학계의 연구 결과이기도 한다. 이승렬, 「일제 파시즘기 조선인 자본가의 현실 인식과 대응–부르주아 민족주의의 민족관을 중심으로」, 『사회와 역사』 67, 한국사회사학회, 2005, 166~209쪽.

49 Carter J.Eckert, *Offspring of Empire : The Koch'ang Kims and the Colonial Origins of Korean Capitalism, 1876-1945*, Seattle : University of Washington Press, 1991.

5) '모스크바 학파'의 전통 시대 역사의 연구

개화기나 일제강점기의 '친親제국주의적 지배층'의 연구는, 소련 학자들에게는 친미 반공의 보루로서의 당대의 남한, 일제 말기의 기본틀을 이어받은 박정희 정권의 '국가 주도 자본주의'와 그 보호막 속에서 성장되는 '재벌 자본주의'를 분석하기 위해 필요했다.[50] 한데 미하일 박이나 그 많은 제자들의 1차적인 학술적 관심사는 1950년대 후반 이후로는 보다 '본격적인' 학문으로서의 고대, 중세, 근세사 연구이었다. 소련과학원의 '외국인 원사' 신분이었던 백남운白南雲, 1894~1979 등 식민지 시대 맑스주의 사학의 선구자나 초기 북한의 사학자들처럼 미하일 박도 '원시시대-노예제-봉건제-자본주의-사회주의'와 같은 그 당시 소련의 '맑스-레닌주의적인 5단계 분류법'이라는 이름의 '보편적 법칙'[51] 속에서의 조선의 '위치'를 규명하고자 했다. '단계 분류법'의 둘째 단계는—이 분류법을 체계화시킨 소련 학자들이 '보편적'인 것으로 오해한, 주로 고대 지중해 지역들의 역사적 경험에서 차용된—'노예제'이었는데, 『삼국사기』의 신라본기新羅本紀를 러어로 역주·출판한[52] 미하일 박인 만큼 한국 고대의 주된 직접 생산 담당자들이 '노예노비'가 아닌 양민良民이었다는 사실을 몰랐을 리가 없었다. 그는 그래서 이미 1956년에 고대 한반도 삼국三國을 '봉건제 국가'로 규정해놓았으며,[53] 차후 그의 고대 관련 저작에서 '국가 봉건제'와 같

---

50 Гафуров Б.Г. и др., ред., *История Кореи*. Т.2, М., 1974, С.413~420.

51 Семенов Ю. И., *Философия истории : общая теория, основные проблемы, идей и концепции от древности до наших дней*, М., 2003, С.231~235; Eduard Thaden, "Marxist Historicism and the Crises of Soviet Historiography", *Jahrbücher für Geschichte Osteuropas*, Bd.51, H.1, 2003, pp.16~34.

52 Ким Бусик, *Самгук саги*, Издание текста, перевод, вступительная статья и комментарии М. Н. Пака. Т.I. М., 1959.

53 Пак М. И, "О характере социально-экономических отношений в государстве Силла

은 개념을 활용해 왔다.[54] 1974년의 『한국사』에서도 고구려나 백제, 신라에서는 ‘잉여가치 수취’의 주된 방식으로서 국가가 양민들에게 거두는 ‘세금동시대 중국과 같은 租·庸·調’, 내지 귀족들이 국가가 내려준 ‘식읍食邑’ 등에서 농민들에게 거두는 지대라고 서술돼 있다.[55] 북한의 경우에는 1961년까지 삼국 시대를 노예제로 볼 것인가, 봉건제로 볼 건인가에 대한 토론을 몇 차례에 개최했는데, 결국 1961~62년 이후로는 삼국 시대와 그 뒤의 시기를 ‘봉건제’로 보는 데에 찬동하는 대신, 미하일 박 등 ‘모스크바 학파’와 달리 고조선을 이미 완성된 ‘노예제 국가’로 성격 규정한 것이었다.[56] 결국, 비록 유럽의 봉건제feudalism에서 따온, 다소 서구 중심주의적 색채가 짙은 ‘봉건제’라는 용어를 불가피하게 사용하게 됐지만, ‘모스크바 학파’는 국가 관료 체제와 그 체제 속에서의 귀족층 중심의 한국 고대·중세 국가들의 역사적 성격을 비교적 정확하게 짚을 수 있었다고 본다.

제임스 팔레James Palais, 1934~2006나 에드워드 와그너Edward Wagner, 1924~2001 등 미국 ‘하버드 학파’의 한국사에 대한 관심은 주로 조선 시대 양반 사회와 그 성리학 사상사로 집중돼 있었다면,[57] ‘모스크바 학파’에서는 전통 시대 전반을 상대로 한 한국사 서술의 작업을 몇 명의 연구자들이 나름대로 ‘분담’해서 골고루 해보려는 노력들은 더 돋보인다. 주로 삼국시대 및

(III—VI вв.)", *Вопросы истории* No.7, 1956, C.49~65

54 Пак М. И., "О возникновении и утверждении феодализма в Корее", *Историография стран Востока : Проблемы социально- экономической истории феодализма в странах Востока*, М., 1969, C.222~305.

55 Гафуров Б.Г. и др., ред, *История Кореи*. Т.1, М., 1974, C.49·57·66~67.

56 박성봉, 「南北韓의 古代史 時代區分論에 대하여」, 『국사관논총』 59, 국사편찬위원회, 1993, 63~80쪽.

57 마이클 D. 신, 「특집 미국의 한국사 연구－미국 내 한국학 계보」, 『역사비평』 59, 역사비평사, 2002, 76~98쪽.

통일신라 시대의 역사를 맡은 미하일 박은, 소련의 몰락 이후에도 한반도에서 3~6세기에 '봉건제'가 정착되었다는 자신의 기존의 학설을 고수했다. 그는 나아가서 나말여초羅末麗初 호족들의 발호를 (중세 유럽과 그 성격을 비교할 수 있는) '봉건제적 할거割據의 시기'라고 여기며, 고려초기나 조선초기에는 '중앙 집권적 봉건제 국가'가 강화되었다고 봤다.[58] 그의 수제자 중의 한 명인 유리 와닌Yuri Vasilyevich Vanin, 1930~2017은 (근현대사도 겸비해 왔지만) 주로 고려 시대사를 맡았다. 1974년의 『한국사』에서 고려 관련 서술을 맡은 그는 조·용·조租·庸·調에 의한 국가적 잉여 수취즉 국가적 봉건제와 봉건 귀족 및 사찰에 의한 지대 수취나 고리대업, 노비에 대한 착취를 통한 사적 잉여 수취, 즉 귀족-농민 사이의 봉건적 관계의 '결합'에 연구의 초점을 맞추었다. 고려 시대의 노비를 그가 '노예'보다 주로 '농노'로 파악했다.[59]

와닌도 일종의 '자본주의 맹아론'에 기반을 둔 조선 후기에 대한 해석을 내놓았지만,[60] 조선 후기 사상사의 보다 자세한 계보를 제시한 것은 위에서 언급한 갈리나 댜가이Galina Davydovna Tyagai, 1922~2006이었다. 그녀는 — 대체로 최익한崔益翰, 1897~?[61] 등 1950년대 월북파 맑스주의자들의 논리의 연장선상에서 — 특히 다산茶山 등을 '봉건주의 위기에 진보적으로 대처하려 했던 사상가'로 파악해 그들과 개화파 사이의 '계보적 관계'를 강조했다.[62] 그러나 북한 학계의 주요 학설들을 모스크바에서 수용하는 과정은 동시에 상당히 선택적이기도 했다. 예를 들어서 한인들의 민속학과 고구

58 Пак М.Н., *История и историография Кореи*. М., 2003, С.613~661.

59 Гафуров Б.Г. и др., ред, *История Кореи*. Т.1. М., 1974, С.105~133.

60 Ванин Ю.В., "О разложении феодализма в Корее", *Историография стран Востока(проблемы феодализма)*, М., 1977, С.120~139.

61 최익한, 『실학파와 정다산』, 평양 : 국립출판사, 1955(청년사 영인, 1989).

62 Тягай, Г. Д, *Общественная мысль Кореи в эпоху позднего феодализма*, М., 1971.

려 벽화 이외에 고구려사, 그리고 고대 한반도의 종속 문제를 맡았던 미하일 박의 직계 제자인 로자 드자를가시노파Roza Shataevna Dzharylgasinova, 1931~2017는 고구려 '종족種族사'에 대한 자신의 저서에서는 일면으로는 북한 학계(나 남한 학계)의 주장대로 고구려나 부여족과 남한의 진한신라 등을 '큰 범위에서는 언어와 문화를 공유했던 동족'이라고 간주했지만, 또 일면으로는 고구려의 '봉건 국가 형성'의 시기를 북한의 주장과 같은 기원전 1세기~기원후 1세기가 아닌, 훨씬 더 늦은 3~4세기로 잡았다.[63] 중앙 집권적 관료제 성립이나 유교나 불교 등에 대한 수용이 그때 비로소 이루어졌다는 근거이었다. 드자를가시노파나 쟈가이와 같은, 한국사 공부를 1940년 말에 시작한 세대라면 북한 학계의 동향을 그래도 매우 민감하게 인식했지만, 그 이래 세대의 연구자들은 훨씬 더 독자성이 강한 주장을 하는 경우가 잦았다. 예를 들어서 미하일 박에게 1970년대 말~1980년대 초에 공부한 세르게이 볼코프Sergei Vladimirovich Volkov, 1955년생의 경우에는, 고대 한국 불교가 '군주의 외호外護를 받는 대가로 군주에게 의례 등을 통해서 봉사하는 등 국가의 통제를 받으면서도 국가와 호혜적인 거래를 할 수 있었던 세력'이라고 판단하거나,[64] 그의 동아시 전역全域의 관료 집단들의 선발 메커니즘의 비교사학적 연구에서 한국사 속에서의 '귀족적 요소'와 '관료제적 요소'의 결합을 논하는 것은[65] 차라리 일각의 구미 학자들의 연구[66]와 더 가깝다고 할 수 있을 정도다. 미하일 박은 백남운의 '삼국 노예

63 Джарылгасинова, Р.Ш, *Древние когурёсцы (К этнической истории корейцев)*, М., 1972.

64 Волков С. В, *Ранняя история буддизма в Корее (сангха и государство)*, М., 1985, 국역으로는 볼코프, 『한국고대불교사』, 서울대 출판부, 1998 등이 있다.

65 Волков С. В, *Служилые слои на традиционном Дальнем Востоке*, М., 1999.

66 James B. Palais, "Confucianism and The Aristocratic/Bureaucratic Balance in

제설'에 대한 반박으로부터 시작하고, 댜가이가 최익한의 다산 연구를 계승한 부분이 있다면, 볼코프의 세대는 북한 사학에 대한 관심 자체를 점차 잃어가기도 했지만, 맑스주의적 역사 해석에도 내심 회의적이었으며 차라리 '전통 사회 통치 방식의 진화' 연구에 중점을 둔 동시대 구미 사학에 더 많은 관심을 보였다.

4. 결론 – '모스크바 학파'의 멸망?

제정 러시아 시기 이후로는 러시아 내지 소련의 한국학, 그리고 그 중에서도 한국사 연구는 수백년에 걸친 긴 여정을 걸어 왔다. 한국사의 간단한 첫 소개는 17세기 말에 스파타리에 의해 이루어졌으며 한국사 관련 최초의 1차 자료 러역은 19세기 초반에, 비추린의 『삼국지三國志』의 「동이전」 번역과 함께 이루어졌다. 청일, 러일전쟁 시기에 한국에 대한 관심이 고조되고, 1920~30년에 주로 한인 동포와 혁명적 망명자에 의해서 그 시대로서 상당히 독보적인 식민지 자본주의 연구나 노동, 농민운동 연구가 실행됐다. 이와 같은 유산을 이어받은 1940년대 말 이후의 '모스크바 학파'는 한편으로는 『삼국사기』 등 원전 번역 사업을 계속 진행하면서 비추린 이후의 '1차 자료에 의한 역사 연구' 원칙을 지켰으며, 또 한편으로는 처음에는 식민지 시대 사회주의 계열 연구자들의 전통을 이어받아 식민지 엘리트의 '매판성'이나 근대 유산계급의 '종속성' 문제부터 시작해서

Korea", *Harvard Journal of Asiatic Studies*, Vol.44, No.2, 1984, pp.427~468.

고대사에 있어서의 '사회 · 경제적 형태'의 문제까지, 맑스주의의 '보편 법칙'을 감안하는 한국사 전반의 해석 작업에 들어갔다. 이 작업의 주요 결론들인 '식민지형 예속 자본주의론'이나 '고대 한반도의 국가적 봉건제론' 등은, 오늘날 연구 수준으로 재단해도, 나름대로 사실적인 뒷받침이 잘 구비된, 즉 구체적인 자료를 통해 논증할 수 있는 결론이라고 볼 여지가 크다. 서구의 오리엔탈리즘이 비서구를 타자화시켜 그 사이의 '차이'를 부각시켰다면 미하일 박과 그 제자들의 한국사 연구의 중점은 다름이 아닌 한국사의 '보편성'에 있었다. '국가적 봉건제'는 중국 등 세계의 수많은 사회들과 같은 경우이었으며, '식민지형 예속 자본주의'도 식민화를 당한 세계 주변부의 '보편'으로서 고찰되는 것이었다. 그런 의미에서는 '모스크바 학파'의 한국사 연구는 역으로 오리엔탈리즘과 같은 이분법적인 '함정'에 빠지지 않고 비서구 지역들을 보편론적으로 고찰할 수 있는 좋은 사례를 제공했다고 할 수 있다.

물론 '모스크바 학파'를 마냥 이상적으로만 볼 수도 없다. 맑스주의적인 단선적 '발전'의 도식에 대한 집착은 '실증'을 무시한 관념론적 결론으로 쉽게 이어질 수도 있었다. 최익한의 주장대로 댜가이도 '진보적이며 탈脫봉건적'이라고 파악한 다산은 비록 서구 과학이나 기술에 관심이 높은 실용주의자 같은 면모도 있었지만, 실제로는 동시에 노비제의 존치 내지 강화를 요구했던 보수주의자이기도 했다.[67] 댜가이는 다산의 보수성을 전혀 인식 안한 것은 아니었지만, '자본주의 맹아론'의 차원에서 조선 후기에 '원原근대적proto-modern' 사상가가 필연히 있어야 했던 만큼 이 도식에

67 김영식, 『정약용의 문제들』, 혜안, 2014.

역사적 현실을 맞추기 위해 애써 다산 사상의 '탈脫주자학적 측면'을 선택적으로 강조했다. 도식적인 단선적 '발전론'과 함께 정치적 고려들도 '모스크바 학파'의 역사 서술에 부득이하게 영향을 미쳤다. 예컨대 소련의 동맹국인 북한의 당국을 인식해야 했던 만큼 '모스크바 학파'의 공식적 역사 서술에서는 1936년 이후 김일성이 주도했던 조국광복회祖國光復會의 투쟁이 갑산 등 일부 한반도 북반부 지역이 아닌 조선 전역全域에서 커다란 대중적인 호응을 얻었던 것처럼 묘사되는 한편 김일성에게 결국 제거를 당한 박헌영이 주도했던 경성콤그룹에 대한 언급은 전무했다. 반대로 여운형계의 일부가 북한에서 수용돼 학계나 명예직 등에 포진된 만큼 여운형의 '건준'에 대한 간단한 언급은 있었다.[68] 6·25의 시발점을 '미국이 암암리에 같이 계획했던 이승만 패당의 침략 행위'로 보는 등[69] '민감한 사건'에 대한 서술은 사실이라기보다는 '국익'에 알맞게 처리됐다. 6·25전쟁 준비 과정의 전모를, 비밀 해제된 소련 문서를 기반으로 해서 소련 몰락 이후에야 밝혀낼 수 있었던 것이다.[70]

그러나 이와 같은 한계에도 불구하고 1차 자료를 나름대로 충실히 섭렵·번역하고 가능만 하면 '사실대로, 보편적 원칙과 연결시켜서' 한국사를 서술하려는 태도를 간직해온 '모스크바 학파'는 그래도 오랫동안 매우 중요한 한 가지로 해외 한국학의 전통으로서 존재해왔으며, 특히 동유럽 지역 등에 영향력을 미쳐오기도 했다. 하지만, 소련의 몰락과 함께 인문학

68 Гафуров Б.Г. и др., ред., *История Кореи*. Т.2, М., 1974, С.119~29.
69 위의 책, С.224~25.
70 Торкунов А. В., *Загадочная война : корейский конфликт 1950~1953 годов*, М., 2000. 국역으로는 A.V.토르쿠노프, 구종서 역, 『한국전쟁의 진실과 수수께끼』, 에디터, 2003 등이 있다.

에 대한 '전략적인' 국가적 지원도 급감됐으며, 학자들의 생활 여건 등이 대대적으로 악화됐다. 학계는 '유망 직장'으로서의 위치를 잃었으며, 인문학을 위시한 여러 부문 연구자들의 숫자는 러시아에서 경향적으로 떨어져가고 있다. 러시아 국가는 러시아 국내 '명문대'들의 국제적 랭킨을 높이는 데에 최근 투자를 시도했지만, 러시아 학계의 총체적인 위기와 쇠퇴 속에서 이 프로젝트도 예상대로 실패로 끝나고 말았다.[71] 총체적 쇠퇴는 한국사 분야를 비켜나지 않았다. 원전 번역은 지속되지만, 번역 대상에 오르는 원전들은 『난중일기』처럼 기존에 이미 영역되어 있으며 번역자가 그 영역을 참고해 번역하는 경우가 많아진다.[72] 즉, '모스크바 학파' 특유의 독자성이 희미해져 간다고 볼 수 있다. 한국 전통시대의 역사에 관한 새로운 단행본들은 이제 거의 나오지 않으며, 종종 근현대와 관련된 학위논문이나 단행본들이 나와도 이렇다 할 만한 독자성을 발견하기가 힘들다.[73] 윗세대의 맑시즘은 도식성이나 단선적 발전론, '자본주의의 합법칙적 발생' 등 획일적인 '역사 발전의 법칙'들을 특정 사회의 역사적 상황 등에 대한 충분한 고려 없이 기계적으로 적용시키려는 목적론적 태도 등 수많은 문제점들을 안고 있었지만, 그래도 한국사와 세계사의 모종의 보

71 Ararat Osipian, "Russia fails to achieve international excellence target", *University World News*, 24 October 2020. Available at : https://www.universityworldnews.com/post.php?story=20201023130100102(2021년 3월 15일 접속).

72 Ли Сунсин, *Военный дневник (Нанчжун ильги)*, вступит. статья, пер. с ханмуна, комммент. и прил. О.С. Пироженко, М. : Наука., 2013.

73 대표적으로 다가이의 제자이었던 알력산더 박의 독립협회 관련 박사학위논문은 한국 학계와 구미 학계 기존 연구를 종합해서 만든 것으로 보인다. Пак, А. В, *Общество независимости ("Тоннип хёпхве") и его место в национально-освободительном движении в Корее в конце XIX-начале XX вв*, диссертация, кандидат исторических наук, М., 2006.

편적인 '큰 그림'을 그려보려는 그 세대의 노력을 높이 평가할 수 있었다. 반대로, 얼마 남지도 않은 '모스크바 학파'의 신진·소장파 후계자들은 이제는 '큰 그림'에 대한 고민을 거의 접은 채 그저 특정 '사실'에 대한 서술에만 매달리는 것을 더 자주 볼 수 있다. '모스크바 학파'와 계보적으로 연결돼 있는 연구자라 해도 '모스크바 학파'로서의 특징들을 더 이상 발견하기가 어려운 경우가 더 많다. 앞으로는 러시아 학계 전체가 '회생'의 조짐이 보이지 않는 한 모스크바에서의 한국사 연구도 점차 한국이나 구미권 등 국제적인 한국사 연구 중심지의 '주변부'로 전락될 가능성이 압도적으로 많다고 본다.

| 참고문헌 |

기계형, 「러시아의 한국전쟁 인식에 나타난 변화－전쟁 발발의 원인을 중심으로」, 『e-Eurasia』 25, 2010.

김경일, 「한상룡 (韓相龍)－친일 예속자본가의 전형」, 『한국학보』 19.2, 일지사, 1993.

김석형 · 김희일 · 손영종, 「「전 세계사」(소련과학원 편) 조선 관계 서술의 엄중한 착오들에 대하여」, 『력사과학』 5, 력사연구소, 1963.

김영식, 『정약용의 문제들』, 혜안, 2014.

김종헌, 「러시아 외교관 베베르와 아관파천」, 『역사비평』 86, 역사비평사, 2009.

구자정, 「쿠르바노프의 『한국사강의』를 통해 본 러시아의 한국인식과 자기인식」, 『e-Eurasia』 25, 2010.

뀨네르, 김종헌 역, 『한국개관』 1부, 동북아역사재단, 2012.

권세은, 「러시아에서 한국학의 현황 및 과제」, 『아태연구』 13.2, 2006.

남만춘, 『압박받는 고려』, 극동도서출판사, 1925.

박성봉, 「南北韓의 古代史 時代區分論에 대하여」, 『국사관논총』 59, 국사편찬위원회, 1993.

박정심, 「황성신문의 동양(東洋) 인식에 관한 연구」, 『한국철학논집』 59, 한국 철학사 연구회, 2018.

볼코프, 『한국고대불교사』, 서울대 출판부, 1998.

사이드, 에드워드, 『오리엔탈리즘』, 교보문고, 2000.

신복룡, 「北韓 史學에 나타난 甲申政變의 吟味」, 『한국정치외교사논총』 1, 한국정치외교사학회, 1985.

신, 마이클 D., 「특집 미국의 한국사 연구-미국 내 한국학 계보」, 『역사비평』 59, 역사비평사, 2002.

오진석, 「일제하 박흥식의 기업가활동과 경영이념」, 『동방학지』 118, 연세대 국학연구원, 2002.

와닌, 유., 「현대 러시아 한국학의 탄생과 반전」, 『러시아의 한국 연구. 한국 인식의 역사적 발전과 현대적 구조』, 풀빛, 1999.

이승렬, 「일제 파시즘기 조선인 자본가의 현실 인식과 대응－부르주아 민족주의의 민족관을 중심으로」, 『사회와 역사』 67, 한국사회사학회, 2005.

주진오, 「독립협회의 대외인식의 구조와 전개」, 『학림』 8, 연세대 사학연구회, 1986.
최익한, 『실학파와 정다산』, 평양 : 국립출판사, 1955(청년사 영인, 1989).
______, 『실학파와 정다산』, 청년사, 1989.
토르쿠노프 A. V., 구종서 역, 『한국전쟁의 진실과 수수께끼』, 에디터, 2003.

de Waeber, Ch, *Index de la section géographique de la grande encyclopédie chinoise* T'ou-chou-tsi-tch'eng, Saint-Pétersbourg : Impr. de l'Académie impériale des sciences, 1907.
Eckert, Carter J, *Offspring of Empire : The Koch'ang Kims and the Colonial Origins of Korean Capitalism, 1876-1945*, Seattle : University of Washington Press, 1991.
Frye, Richard N., "Oriental Studies in Russia", In *Russia and Asia : Essays on the Influence of Russia on the Asian Peoples*, Wayne S. Vucinich, ed. 30-51, Stanford : Hoover Institution Press, 1972.
Kagarlitsky, Boris, *Empire of the Periphery : Russia and the World System*, London : Pluto Press, 2008.
Kocho-William, Alastair, *Russian and Soviet Diplomacy, 1900-39*, New York : Palgrave Macmillan, 2012.
Love, Ronald S, "A Passage to China : A French Jesuit's Perceptions of Siberia in the 1680s", *French Colonial History* Vol.3, 2003.
Osipian, Ararat, "Russia fails to achieve international excellence target", *University World News*, 24 October 2020. Available at : https://www.universityworldnews.com/post.php?story=20201023130100102(2021년 3월 15일 접속).
Ozinga, James R, *Communism : The Story of the Idea and Its Implementation*, Upper Saddle River, NJ. : Prentice-Hall, 1987.
Paik, Hak Soon, *North Korean State Formation, 1945-1950* Vol.1, Philadelphia : University of Pennsylvania Press, 1993.
Palais, James B, "Confucianism and The Aristocratic/Bureaucratic Balance in Korea", *Harvard Journal of Asiatic Studies* Vol.44, No.2, 1984.
Schimmelpenninck van der Oye, David, "The Genesis of Russian Sinology", *Kritika : Explorations in Russian and Eurasian History* Vol.1, No.2, 2000.

Simbirtseva, Tatiana, "Modern Korean Studies in Russia", *Journal of Korean Culture* Vol.10, 2008.

Tanaka, Stefan, *Japan's Orient : Rendering Pasts into History*, Berkeley and Los Angeles : University of California Press, 1993.

Thaden, Eduard, "Marxist Historicism and the Crises of Soviet Historiography", *Jahrbücher für Geschichte Osteuropas* Bd.51, H.1, 2003.

Tikhonov, Vladimir, "An Interview with Mikhail Pak", *The Review of Korean Studies* Vol.5, No.2, 2002.

Tolz, Vera., "European, National, and (Anti-)Imperial : The Formation of Academic Oriental Studies in Late Tsarist and Early Soviet Russia", *Kritika : Explorations in Russian and Eurasian History*, Vol.9, No.1, 2008.

Zubok, Vladislav M, *A Failed Empire : The Soviet Union in the Cold War from Stalin to Gorbachev*, Chapel Hill : The University of North Carolina Press, 2007.

Анучин Д.Н., "Очерк Кореи и ее отношений к Китаю и Японии", *Землеведение*, Кн.1, СПб., 1895.

Бичурин Н. Я., *Собрание сведений о народах, обитавших в Средней Азии в древние времена. В трёх частях с картою на трёх больших листах*, 2-е изд. Под нау ч. ред. А. Н. Бернштама и Н. В. Кюнера, М., Л., 1950~1953.

Ванин Ю.В., "О разложении феодализма в Корее", *Историография стран Востока(п роблемы феодализма)*, М., 1977, С.120~139.

__________, "Ведущий историк-кореевед России", *Корея. Сборник статей. К 80-л етию со дня рождения профессора Михаила Николаевича Пака*, М., 1998.

__________, "Фаня Исааковна Шабшина(Куликова)(1906~1998)", *Жизнь и труд посвятившие Корее : Российские корееведы 2-й половины XX века*, М., 2004.

__________, ред., *Колониальная Корея : из публикаций в СССР 1920-х-1930-х гг*, М, 2007.

Вебер К.И, *Пробная транскрипция всех городов Кореи(на правах рукописи)*, СПб., 1905.

__________, *О корейском языке и корейском чтении китайских иероглифов(на правах рукописи)*, СПб., 1908.

________, 「Записка о Корее до 1898-го года и после. С предисловием О. Суковицыной」, *Российское корееведение. Альманах. Вып 2., М., 2001.*

Волков С. В, *Ранняя история буддизма в Корее(сангха и государство)*, М., 1985.

__________, *Служилые слои на традиционном Дальнем Востоке*, М., 1999.

Гафуров Б.Г. и др., ред, *История Кореи.* Т.1-2, М., 1974.

Джарылгасинова, Р.Ш, *Древние когурёсцы(К этнической истории корейцев)*, М., 1972.

________________, "Михаил Николаевич Пак - Творческая биография ученого", http://icfks-publishing.narod.ru/workers/Pak_M_N.htm 열람 가능(2021년 3월 10일 접속).

Жуков Е.М., ред., *Всемирная история в 10 томах.*, М., 1955~1965.

Ким Бусик, *Самгук саги*, Издание текста, перевод, вступительная статья и комментарии М. Н. Пака. Т.I, М., 1959.

Ким Сэк Хен, Ким Хи Ир, Сон Ён Дён, *О серьезных ошибках в изложении истории Кореи во "Всемирной истории" изд.Академии наук СССР*, Пхеньян : Изд-во литературы на иностранных языках, 1963.

Концевич Л.Р, "Российское корееведение на современном этапе", *Российское корееведение. Альманах*, Вып.3, М., 2003.

Кюнер Н.В., *Статистико-географический и экономический очерк Кореи, ныне японского генерал-губернаторства Циосен*, Вып. I. Ч.1-2., Владивосток, 1912.

__________, "Корейцы в Дальневосточном крае", *Этнографическое обозрение*, No.4, 2004[1929].

Ли Сунсин, *Военный дневник(Нанчжун ильги)*, вступит. статья, пер. с ханмуна, коммент. и прил. О. С. Пироженко. М. : Наука., 2013.

Нам Манчхун, *Угнетенная Корея*, М., 1925.

Пак, А. В., *Общество независимости("Тоннип хёпхве") и его место в национально-освободительном движении в Корее в конце XIX - начале XX вв.* диссертация, кандидат исторических наук, М., 2006.

Пак М. Н., "Автореферат диссертации : "Очерки из политической истории Кореи во второй половине XIX в."", *Доклады и сообщения исторического факультета*

МГУ, вып.8., 1948.
________, "О характере социально-экономических отношений в государстве Силла (III—VI вв.)", *Вопросы истории*, No.7, 1956.
________, "О возникновении и утверждении феодализма в Корее", *Историография стран Востока : Проблемы социально- экономической истории феодализма в странах Востока*, М., 1969.
________, *История и историография Кореи. Избранные труды*, М., 2003.
Пак Б. Б., *Российский дипломат К.И. Вебер и Корея*, М., 2013.
Пак Б.Д, *Россия и Корея. Издание второе, дополненное*, М., 2004.
Покотилов Д. Д., *Корея и японо-китайское столкновение*, СПб., 1895.
Россов П.В., *Национальное самосознание корейцев*, СПб., 1906.
_________, *Очерк состояния Кореи в конце 1905 г. и в начале 1906 г.*, Харбин, 1906.
Семенов Ю. И., *Философия истории : общая теория, основные проблемы, идей и концепции от древности до наших дней*. М., 2003.
Симбирцева Т.М., "Амурской нос. У истоков российско-корейских отношений", *Восточная коллекция*, No.4(31), 2007.
Сон Ж.Г, *Российские корейцы : всесилие власти и бесправие этнической общности. 1920~1930*., М., 2013.
Спафарий Н. Г, *Описание первые части вселенныя, именуемой Азии, в ней же состоит Китайское государство с прочими его городы и провинции*. Киев, 1910.
Тихвинский С.Л., Шаститко П.М., "60-летие Г.Ф. Кима", *Вопросы истории*, No.10, 1984.
Тихвинский С.Л., Пескова Г.Н., "Выдающийся русский китаевед о.Иакинф(Бичурин)(к 220-летию со дня рождения)", *История Российской духовной миссии в Китае*, М, 1997.
Торкунов А. В., *Загадочная война : корейский конфликт 1950-1953 годов*, М., 2000.
Тягай Г.Д., *Общественная мысль Кореи в эпоху позднего феодализма.* М., 1971.
Шипаев, В. И., *Корейская буржуазия в национально-освободительном движении*, М., 1966.

영국 한국학의 발생과 발전*

인물과 교육기관을 중심으로

연재훈

1. 들어가기

이 논문에서는 런던대학교 소아스SOAS : School of Oriental and African Studies를 중심으로 영국의 한국학 발생과 발전에 대해서 고찰해 보고자 한다. 영국의 한국학은 런던대학교 소아스에서 시작되었다고 해도 과언이 아니므로 소아스에서의 발생을 먼저 살펴보고 추가적으로 세필드대학, 옥스퍼드대학, 센트럴 랑카셔대학 등 영국 지역의 한국학의 발생과 발전에 대해서 언급하기로 한다.

* 이 글은 인하대 한국학연구소 간행의 『한국학연구』 제61집, 263~281쪽에 같은 제목으로 수록되었던 글을 그대로 가져온 것이다.

2. 빌 스킬렌드–영국 한국학의 효시

소아스는 물론이고 영국뿐만 아니라 유럽 한국학의 발생과 역사를 얘기하면서 빌 스킬렌드 교수를 언급하지 않을 수 없으므로 스킬렌드의 이력에 대해서 살펴보는 것으로부터 이 글을 시작하는 것이 적절할 듯하다. 소아스는 1916년 동양연구대학School of Oriental Studies이라는 이름으로 설립되었고 1938년 지금의 명칭으로 변경된 이후 아시아와 아프리카 지역학 연구의 중심으로 자리잡아 왔다. 영국에 한국학 교수직이 처음 설치된 것은 1953년이었고[1] 소아스에 한국학 조교수Lecturer로 처음 부임한 사람은 빌 스킬렌드William Skillend였다. 스킬렌드는 그 당시 캠브리지대학교에서 일본학으로 박사 논문을 준비하고 있었다.킬렌드는 1926년 4월 26일 영국 리버풀에서 태어났다. 리버풀 중고등학교 시절부터 라틴어와 그리스어를 배워 그리스어와 라틴어 고전문학 원전을 어느 정도 읽을 수 있었다고 한다.[2] 스킬렌드는 원래 1944년 캠브리지대학교 크라이스트 칼리지에 고전어 전공 장학생으로 입학했었다. 그런데 제2차 세계대전이 한창이던 그 해에 영국 정부에서 일본어 전문가를 양성할 필요가 생겼고 스킬렌드는 정부의 공모에 지원해서 블레츨리 파크Bletchley Park에 설치된 영국 정보기관에 입대하여 일본군 암호 해독에 종사하는 영국 정부의 요원으로 활동했다. 정보기관에 근무할 당시 스킬렌드는 일본어 교사 에릭 시델Eric Sidel을 만나 처음 일본어를 배웠다고 한다. 전쟁이 끝나고 에릭 시델은 1947

1 유럽(러시아 제외)에서 한국학 강좌가 처음 시작된 것은 1947년 네덜란드 레이든(Leiden)대학교라고 알려져 있는데 한국학 교수직이 처음 설치된 것은 1953년 런던대학이 처음이다.

2 스킬랜드의 이력에 대해서는 Jackson(2013), 안동준·연재훈(2016)을 참고하였다.

년에 캠브리지대학교에 신설된 일본어 전공 최초의 전임강사로 임명되었다. 1947년에 스킬렌드는 캠브리지 크라이스트 칼리지에서 에릭 시델과 다시 만난다. 군복무 시절의 인연을 바탕으로 그는 신설된 일본학과에 지원한 최초의 학생이 되었고 1950년 일본학 전공에서 최우등First Class으로 졸업하고 1951년 일본학과의 박사과정에 등록하여 연구하게 되었다. 캠브리지대학교 일본학과에서는 만엽집 연구로 박사학위를 준비하고 있었고, 학위 과정 중에 소아스에 방문해서 한국의 방문학자들로부터 한국어도 배운 것으로 알려져 있다. 그러던 중 1953년에 런던대학교 소아스에 한국어 조교수 자리가 신설되고 스킬렌드는 에릭 시델의 조언에 따라 이 자리에 지원해서 1953년에 부임했다. 강의와 연구를 병행하며 1955년에 「만엽집의 어휘에 대한 연구The Vocabulary of the Manyoshu」로 박사학위를 취득했다. 일찍이 영국은 대영제국 시절부터 왕립아시아학회RAS : The Royal Asiatic Society of Great Britain and Ireland를 설립하여 오리엔탈리즘에 입각한 아시아 연구를 추구했다. 왕립아시아학회는 아시아 연구를 목적으로 1824년 런던에서 창립되었다. 학회지로는 캠브리지대학 출판부에서 매년 4회 발행하는 『왕립아시아학회 저널*JRAS : The Journal of RAS*』이 있고 한국지부는 1900년에 설립되었다. 캠브리지대학 출신인 스킬렌드도 역시 왕립아시아학회 회원으로 활동했다. 초기 한국학 개척자 윌리엄 애스턴이나 제임스 게일James Gale, 리처드 러트Richard Rutt, 게리 레드야드Gari K. Ledyard 등 대부분의 해외 한국학자들이 왕립아시아학회 소속의 회원으로 활동하면서 아시아 지역학의 일환으로 한국학 연구에 공헌하였다. 윌리엄 애스턴은 스킬렌드 이전의 영국의 한국학 발생에 있어서 고려해야 할 중요한 인물이다. 아일랜드 출신의 애스턴은 1859년에서 1863년까지 벨파스트 퀸즈대학Queen's University Belfast에서 라틴어, 그리스어, 프랑스어, 독일어 등을 수학하며 문헌학의 기초를 다졌다. 그는 주일본 영사관에 근무하면서 일본어를 익히고 문법서를 집필할 만큼 학자적 능력을 겸비한 외교관이었다. 그는 1884년에 한국 총영사로 부임하여 근무한 바 있고, 「한국어와 일본어의 비교연구A Comparative Study of the Japanese and Corean Language」1879와 「한국의 대중문학Corean Popular Literature」1890 등의 논문을 왕립아시아학회지를 통해 발표하기도 했다. 애스턴은 러시아 상트페테르부르크 동방학 연구소와 캠브리지대학교 애스턴 컬렉션을 남길만큼 일본과 한국의 고문헌 수집에 열의를 보였는데 그가 미처 검토하지 못한 한국 고소설의 판본 조사는 모리스 꾸랑Maurice Courant에 의해 1890년에 목록 작업이 이루어졌고 1894년에 『한국서지*Bibliographie Coreene*』라는 이름으로 세상에 알려졌다.

스킬렌드가 한국학을 연구한 동기는 당시 캠브리지대학이 아시아 지역 동양학 연구를 선도하고 있었다는 영국 학계의 배경과 영국 정부의 정책적 필요가 작용했을 것이라는 점을 고려해서 짐작해 볼 수 있다. 스킬렌드가 소아스에 부임할 무렵에는 제2차 세계대전 이후 세계의 이목을 집중시켰던 한국 전쟁이 발발했고 그로 인해 변화되는 국제정세에 대응하고 정보의 수집을 위해 한국학에 대한 심층적 이해가 요구되었다고 짐작해 볼 수 있다. 1955년 박사학위 취득 후 스킬렌드는 처음으로 한국을 방문해서 한국어문학에 대한 연구를 진행했고 1961년 9월부터 1962년 8월까지의 두 번째 연구년 기간 동안 서울대학교 국문과의 정병욱 교수와 이기문 교수를 만나 그들과의 교류로 본격적인 한국학에 입문하게 되었다고 한다. 스킬렌드는 한국어문학 분야를 집중적으로 연구했는데 1968년 *Kodae*

*Sosol : a study of Korean Traditional Style Popular Novels*를 출간했다. 이 책은 한국, 유럽, 북미 도서관에 소장된 전근대 한국소설들의 목록을 집대성하고 설명한 책으로 인터넷 시대가 도래하기 전까지 한국 전근대 문학 연구자들의 필독 자료가 되었다. 1963년과 64년 사이 1년 동안은 미국 컬럼비아대학교에 방문교수로 머물면서 한국문학을 가르치기도 했다. 그 기간 동안 컬럼비아대학교 한국학 설립에도 기여했다. 컬럼비아대학에 본격적인 한국학 과정이 개설된 것은 스킬렌드를 객원교수로 초빙한 1963년 이후라고 할 수 있다. 컬럼비아대학에서 다시 런던에 돌아온 스킬렌드는 1977년 4월에 유럽한국학회를 창설하고 1982년부터 1984년까지 회장을 역임했다. 그는 1989년에 런던대학에서 정년을 마쳤다.

3. 영국 한국학의 발전

초창기1950년대부터 1970년대까지 소아스 한국학과에는 중국학과 일본학을 전공하면서 한국학을 부전공으로 공부하는 소수의 학생들이 있었을 뿐 오늘날과 같은 학문 집단/공동체를 형성하지는 못 했다. 이 당시 소아스에는 영국 내 다른 대학의 한국학 관심자나 국외의 학자들이 방문하여 스킬렌드로부터 한국어를 배우기도 했는데 후에 프랑스 파리대학의 한국문학 교수가 된 다니엘 부셰Daniel Bouchez 교수나 벨파스트대학에서 음악인류학으로 박사학위를 하고, 후에 소아스 교수가 된 키쓰 하워드Keith Howard, 영국한국학회British Association of Korean Studies : BAKS의 회장을 역임한 영국 도서관의 베쓰 맥킬롭Beth McKillop 등이 모두 스킬랜드 교수로부터 한국어를 수학한 학자들이다. 1960년대 후반부터 1970년대 중반까지는 한반도 이북과 이남의 정부들이 각각 코리아학의 선전과 진흥을 위해 경쟁하던 시기라고 할 수 있다. 이때까지만 해도 이북의 경제력이 쇠퇴하기 전이었기 때문에 소아스 등 해외 기관에 학술 선전물을 많이 기증하거나 전파했고 이남의 정부 기관학술진흥재단 등에서도 뒤지지 않기 위한 경쟁을 벌이고 있었다. 북한 자료들이 광범위하게 소장되어 있는 소아스 도서관의 자료들을 보면 그 당시 이북 정부의 활동을 짐작할 수 있다.[3] 1970년대까지 유럽 각지에서 독자적으로 운영되던 한국학 교육기관과 학자들은 범유럽 한국학 연구 단체의 필요성을 절감하게 된다. 스킬렌드 교수는 한국학에 관심을 갖고 있는 유럽 학자들을 위한 모임의 필요성을 절감하고 1977년 유럽한국학회AKSE를 결성하게 된다. 그 발기 모임이 1977년 소아스에서 유럽에서 모인 약 40여 명의 학자들을 중심으로 4일 동안에 걸쳐 개최되었다.

스킬렌드는 1987년 한국학 정교수Professor of Korean Studies로 승진하였고 소아스에 한국학연구소Centre of Korean Studies가 처음 설치된 것도 1987년이었다. 소아스 한국학연구소는 학술진흥재단Korea Research Foundation의 지원으로 설립되었고 그 후에는 한국국제교류재단Korea Foundation과 한국학중앙연구원Academy of Korean Studies의 지속적인 지원을 받았다. 스킬렌드 정년 한 해 전인 1988년에는 마티나 도이힐러Martina Deuchler 교수가 한국학 부교수Senior Lecturer로 부임해 소아스 한국학의 제2기를 열어나갈 준비를 하고 있었다. 도이힐러 교수는 네덜란드 레이든대학에서 학부를 마치고 하버드대학에서 박사학위를 받았다. 도이힐러 교수는 조선시대 역

3 소아스 도서관에서 김일성을 검색하면 125개 항목의 저자로 등재되어 있는 것을 확인할 수 있다(Jackson 2013 : 5).

사 연구에 괄목할 만한 업적을 남겼고[4] 많은 제자들을 길러내 그의 제자들이 현재 세계 각지의 한국학 일선에서 활약하고 있다. 스킬렌드가 정년퇴임하던 1989년에는 소아스 한국학의 발전을 도모하기 위해 스킬렌드 후임으로 조교수Lecturer와 전임강사Training Fellow직을 공고했다. 소아스에 한국학 학부 전공이 개설된 것도 1989년이었다. 그리하여 1989년 전임강사로 필자가, 1990년 조교수로 러쓰 킹Ross King 박사가 부임하여 소아스 한국학의 발전기를 시작하게 된다. 연이어 1991년 한국미술사 조교수로 박영숙 교수, 한국음악학 조교수로 키쓰 하워드 교수가 부임하여 소아스 한국학의 전성기를 이루어 나갈 토대를 마련한다. 도이힐러, 박영숙 교수 등이 은퇴한 이후 2000년부터는 조선시대 전공의 안더스 칼슨Anders Karlsson[5] 교수, 한국문학의 그레이스 고Grace Koh 교수, 한국미술사 전공의 샬롯 홀릭Charlotte Horlyck[6] 교수, 경제사 및 북한 사회 전공의 오웬 밀러Owen Miller[7] 교수 등이 차례로 부임하여 현재까지 소아스 한국학과를 이끌어 나가고 있다.

1970년대 말부터 1990년대까지는 영국에 소아스 말고도 한국학을 연구하는 학자들과 학교가 나타나기 시작한다. 이들은 주로 셰필드, 리즈, 뉴카슬, 덜험대학 등을 중심으로 사회과학 중심의 한국학 연구를 하는 학자들이었다. 영국 동북부를 중심으로 '요크셔 앤드 노섬브리아 코리안 스

4 도이힐러 교수는 Confucian Gentlemen and Barbarian Envoys(1978), The Confucian Transformation of Korea(1992), Under the Ancestors' Eyes(2015) 등의 역작을 남겼다.

5 안더스 칼슨 교수는 도이힐러 교수의 후임으로 조선시대 정치, 사회 법제사가 전공이다.

6 샬롯 홀릭 교수는 박영숙 교수의 후임으로 고려시대 미술사가 전공이다.

7 오웬 밀러 교수는 조선시대 경제사 연구가 전공이고 동아시아 유물론과 남북관계 연구에도 업적을 내고 있다.

터디스Yorkshire and Northumbria Korean Studies, YANKS'라는 모임을 만들기도 했는데 이들은 주로 남북관계 및 정치, 경제 등 사회과학 분야에 관심을 가진 학자들이 대부분이었다. 이 모임의 주도적 멤버 중의 하나였던 리즈Leeds대학교의 에이든 포스터-카터Aidan Foster-Carter는 최근까지만 해도 언론 기고 활동이나 세미나 발표 등을 통해 영국 내 남북문제 전문가의 한 사람으로 활동하고 있었다. 영국에서 활동하는 또 다른 북한 전문가는 주북한 영국 초대 대리대사를 역임하고 소아스에서 북한학을 강의하기도 했던 제임스 호어James Hoare 박사도 있다.

셰필드대학교에 한국학 조교수 자리가 처음 만들어진 것은 1980년대 초반이었다. 셰필드대학에 한국학 과정이 설치된 것은 1979년 산학 재단으로부터 5년간의 기금을 받은 것이 계기가 되었다. 1987년에 연세대학교와 학생 교류협정을 체결하고 1990년에 처음으로 학위과정을 개설하였다. 원래 한국에 선교사로 파견되었다가 한국학과 인연을 맺은, 한국 종교 연구가 전공인 제임스 그레이슨James Grayson 교수가 한국학연구소의 소장으로 셰필드대학교의 한국학 연구를 선도하다가 오래 전에 은퇴했다. 한-영 비지니즈 관계 연구가 전공인 쥬디쓰 체리Judith Cherry 교수도 오랜 기간동안 셰필드에서 한국어와 한국 비즈니스 등을 강의하였고 영국 왕실로부터 이 분야에 공헌한 공로로 표창MBE : Member of British Empire을 받기도 했다. 역시 지금은 은퇴했다. 그 후 영화학, 국제정치 등을 전공하는 학자들이 셰필드대학을 거쳐갔고, 현재는 남북관계, 한일관계, 민족음악학 등을 전공하는 젊은 교수들이 세대교체를 이루어서 셰필드대학 한국학의 제2전성기를 이끌어 가고 있다.

옥스포드대학의 한국학 연구는 한국 국제 교류 재단의 지원으로 1994

년부터 시작되었는데,[8] 아직 한국학 단독으로는 학사 학위를 받을 수 없고 중국학이나 일본학의 부전공 과목으로 가르쳐지고 있는 상태이다. 그러나 1996년 처음으로 한국학 석사학위 학생을 배출한 이후 현재는 매년 3~4명의 석사학위자를 배출하고 있다. 대학 측에서도 학부 과정의 한국학을 독립된 학위 과정으로 승격시키기 위한 재정을 확보하기 위해 노력하고 있다. 한국학 전공 학생들 뿐만 아니라 중국학 일본학을 전공하는 학생들이 한국어를 수강하고 있고, 한국 어문학과 한국 역사를 전공하는 석사, 박사학위 과정 학생들이 있다. 석사 과정의 한국 역사 및 전근대 문학은 하와이대학에서 학위를 한 제임스 루이스James Lewis 교수, 언어학은 지은 케어Jieun Kiaer 교수가 담당하고 있다.

캠브리지대학도 옥스포드의 뒤를 이어 2000년경부터 한국학 전임 자리를 신설하고 한국학 강의를 개설하였지만 한국어 강의는 시간강사가 맡고 있다. 한국학 전임이 아직 한 명밖에 없기 때문에 옥스포드에 비하면 불안정한 상황을 이어나가고 있다.

덜험대학의 한국학 연구 역사는 전통 한국음악 강좌가 시작된 1974년부터 시작되었는데, 이 강좌는 1980년대에도 계속되어 좀 더 포괄적인 한국 역사와 문화 강좌로 발전하기도 하였다. 1990년대에는 한국 전통음악과 궁중음악의 전문가인 프로바인Robert provine 교수가 음악학 교수로 있으면서 한국음악을 가르치기도 하였다. 또 원래 중국학 전문가로서 한국학 연구에도 업적을 남긴 키쓰 프라트Keith Pratt 교수도 영국 한국학회BAKS의 회장을 역임하며 영국 내 한국학의 발전을 위해서 노력하기도 하였다.

8 옥스포드대학교 한국어 강의와 시간강사(lectorship) 자리는 대학의 재정 지원으로 1987년경부터 시작된 것으로 알려져 있다.

1996년에는 일본 고고학 전문가이면서 한국 고고학에 관심을 보였던 지나 반즈Gina Barnes 교수가 동아시아학과의 교수로 임용되면서 이 대학의 한국학 연구가 더 활기를 띤 적도 있었지만 지금은 재정 문제 등을 이유로 중단된 상태이다. 1991년에는 뉴카슬대학이 경희대학교와 교류협정을 맺으면서 학생들이 한국어를 부전공이나 복수전공 중의 하나로 선택할 수 있었다. 1991년에는 한국학술진흥 재단이 그리고 그 후부터 1996년까지는 국제교류재단의 후원으로 한국어 과정이 운영된 적이 있지만 지금은 중단된 상태이다.

1990년대를 지나 2000년대까지도 영국의 한국학은 재정문제 등을 이유로 덜험, 뉴카슬대학의 한국학 과정이 폐지되는 등 부침을 거듭했다. 옥스포드대학도 한 때 재정 부족을 이유로 한국학이 위기에 몰렸지만 한국국제교류재단의 지원으로 한국언어학 자리가 신설되면서 현재는 안정된 기반 위에서 발전을 모색하고 있다. 영국에서 재정 문제 때문에 부침을 거듭하던 한국학이 붐을 이루기 시작한 것은 한류가 확산하고 케이팝의 열풍이 유럽에도 전파되던 2010년대를 넘어서면서부터라고 할 수 있다.

4. 2010년대 중반 이후 한국학의 인기

2010년대 초반 센트럴 랑카셔대학교에 한국학과가 신설되었는데 현재는 한 학년의 학생 수가 100명에 가까울 정도로 발전하였다. 센트럴랑카셔대학은 한국학연구소에서 북한학 석사 과정을 개설했고 학부에서는 한국어 교육 중심의 언어문화 교육과정이 운영되고 있다. 2020년부터 세종학당도 함께 운영하면서 활발한 활동을 벌이고 있다. 북한학 석사과정을 비롯한 사회과학은 임소진 교수가 주축이 되어 운영되고 있고 한국어 교육 중심의 학부 과정은 캠브리지대학에서 박사학위를 받은 음성학 전공의 전해성 교수와 소아스에서 박사학위를 받은 화용론 전공의 천시 Chen Xi 교수를 비롯한 전임 교수 및 한국어 강의전담 교수들에 의해서 운영되고 있다.

몇 년 전에는 스코틀랜드 에딘버러대학에도 한국학 전공 석사 과정이 개설되었다. 한국 정치학 전공의 김영미 교수가 주축이 되어 학부 과정을 개설하기 위한 노력도 병행하고 있다. 이 밖에도 요크의 존스대학 등에서도 한국어 학부 과정을 개설하고 한국어교육 전공의 한예지 교수가 부임하여 한국학 발전을 위한 활동을 벌이고 있다. 코벤트리대학에서도 한국학 센터를 만들어 황은주 교수를 중심으로 한국학 강좌 개설을 위한 준비를 하고 있다. 코벤트리대학은 한국학의 틈새분야 중 경영학과 경제학 분야에 집중하여 한국학 연구와 교육에 집중을 하고 있다. 경영학과 경제학을 중점으로 둔 한국학 과목을 개설했을 뿐만 아니라, 비지니스 스쿨에서만 일 년에 100명이 넘는 코벤트리 학생들이 한국의 파트너 대학으로 현장학습을 다녀와 학생들 사이에 한국에 대한 인지도와 이해도가 매우 높아지게 되었다. 코벤트리대학 한국 센터는 2020년 10월 9일 '세계 속의 한국의 위치'라는 주제를 가지고 국제학회International Conference on Korea's Global Position를 온라인으로 개최하기도 했다.황은주(2019)

소아스는 마티나 도이힐러, 박영숙, 키쓰 하워드 교수 등 한국학 1세대들이 은퇴한 이후에도 학문후속세대들이 꾸준하고 활발한 활동을 펼치고 있다. 한국문학Grace Koh, 역사Anders Karlsson, Owen Miller, 미술사Charlotte

Horlyck 등의 한국 인문학 전공자들 뿐만 아니라 정치, 경제, 남북관계 등을 전공하는 사회과학 전공자들을 포함해서 한 때는 10여 명의 한국학 전공자들이 한국학연구소의 중심 멤버로서 유럽 최대의 한국학 중심지로서의 역할을 충실히 실행해 왔다. 최근 대학의 구조조정 등으로 여러 명의 교수진을 잃기는 했지만 동아시아학과와 한국학연구소 중심으로 연구의 전통을 이어 나가고 있다. 학생수도 꾸준히 증가하여 2018년부터 중국학 신입생의 숫자를 능가했고 2020년 신입생 수는 일본학과 신입생도 추월하여 동아시아학과 뿐만 아니라 소아스 전체에서 가장 신입생이 많은 언어의 지위를 차지하게 되었다. 이것은 필자가 부임한 1989년 한국학 신입생의 숫자가 전공 1명, 부전공 2명이었던 것에 비추어 보면 그야말로 괄목상대/경천동지할 만한 성장이라고 아니할 수 없을 것이다. 하지만 이러한 신입생의 증가에도 불구하고 동아시아학과를 포함한 언어문화학부는 지속되는 재정 적자로 인해서 항상 불안한 상황에 직면하고 있다는 점은 비극이 아닐 수 없다. 지역학의 미래가 밝지 않다는 사실은 우리를 우울하게 만든다. 언어문화학부는 신입생이 아무리 많아도 법, 정치, 경제 등 사회과학학부 학생에 비해서 숫자가 많지 않고 전공에 필요한 언어교육을 위해서는 인적 경제적으로 많은 재원이 필요하기 때문에 대학 재정에 부담을 준다. 지역학으로서의 한국학이 시장경제화된 21세기 대학 환경에서 살아남기 위해서 해결해야 할 문제이다.

이제 영국과 유럽의 한국학 연구학회를 간단히 소개하고 영국 한국학의 전망과 과제에 대해서 생각해 보는 것으로 이 글을 마무리하고자 한다.

5. 영국과 유럽의 한국학 연구학회

한국학 연구 학회로는 영국 내에 영국 한국학회가 있고 유럽에 유럽한국학회, 유럽한국어교육자 협회가 있다.

1) 영국 한국학회BAKS : British Association of Korean Studies

영국 내에서 한국학에 관심을 가지고 있는 학자, 교수, 외무성 전현직 직원, 학생 및 일반인들로 구성된 한국학 연구 학회로 영국에서 가장 오래되고 가장 많은 회원을 가진 모임이다. 2년에 한 번씩 학술 대회를 개최하며 학술 대회가 없는 해에는 각 분야별로 워크숍을 연다. 1995년에 영국 내 일본학회, 중국학회와 공동으로 뉴카슬대학에서 '제1회 동아시아 공동 학술 대회Joint Conference on East Asian Studies in Britain'를 개최하였고 학회에서 발표된 논문들은 한국학회 학회지인 *Papers of the British Association for Korean Studies*제7권에 실렸다. 그 이후 2~3년에 한 번씩 일본, 중국학회 등과 함께 동아시아 공동 학술 대회를 개최한다. 현재 BAKS의 학회지는 *European Journal of Korean Studies*라는 이름으로 변경되어 매년 2회씩 발간된다. 영국 한국학회의 현재 회장은 런던 소아스대학교의 샬롯 홀릭 교수가 맡고 있다.

2) 유럽 한국학회AKSE : Association of Korean Studies in Europe

유럽 지역에서 한국학을 연구하는 학자들의 모임으로 앞에서도 언급된 유럽 한국학회AKSE가 있다. 이 학회는 1975년에 스킬렌드 교수가 프리츠 포스Frits Vos, 다니엘 부셰, 마티나 도이힐러, 로무알드 후스차Romuald Huszcza,

이옥 교수 등과 함께 모여 만든 유럽 학술회의다. 1년에 한 번씩 동/서 유럽 한국학 교수들이 모여 연구 발표를 하다가 1990년부터 2년에 한 번씩 학술 대회를 열고 있는데, 유럽 한국학회에는 이제 유럽의 학자들뿐만 아니라 남북한의 한국학 연구자들도 참가하여 연구 발표를 한다. 가장 최근의 학술 대회는 2019년 로마 라사피엔자대학에서 열렸고 다음 대회는 2021년 프랑스의 라로셸대학에서 열릴 예정이다. 현재 유럽 한국학회의 회장은 독일 보훔대학의 마리온 에거트Marion Egert 교수이다.

3) 유럽 한국어교육자협회EAKLE : European Association of Korean Language Education

유럽대학에서 한국어 교육에 종사하는 교수, 강사들의 모임으로 유럽 한국어교육자협회EAKLE가 있다. 2007년 폴란드 바르샤바대학교에서 창립총회를 갖고 발족한 후, 2008년 터키 앙카라대학, 2010년 런던대 소아스, 2012년 체코 찰스대학, 2014년 이태리 베니스대학, 2016년 덴마크 코펜하겐대학, 2018년 핀란드 헬싱키대학, 2020년 프랑스 마르세유대학 온라인에서 각각 총회 및 연구발표회를 가졌다. 2년마다 한 번씩 총회를 열고 있는데 한국어 교육에 대한 의견과 아이디어 등을 인터넷과 홈페이지를 통해서도 교류하고 있다. 초대 회장은 폴란드 바르샤바대학교의 로무알드 후스차 교수가 맡았고 현재는 헬싱키대학의 김정영 교수가 회장으로 있다.

6. 전망과 과제

2010년대 후반을 전후해 한국학의 인기는 케이팝과 방탄소년단의 인기에 힘입어 상상하기 힘들 정도로 대학 신입생들의 인기를 얻고 있다. 그러나 이러한 인기가 얼마나 지속될 수 있을지 한국학의 학문적 성과는 얼마나 내실있게 지속 발전될 수 있을지는 현재로서는 예측하기 힘들다고 조심스럽게 진단해 볼 수 있다. 특히 소아스는 코로나 사태와 함께 증폭된 대학 재정 부족으로 2020년 대대적인 구조조정에 들어갔고 한국학과 신입생은 지속적으로 늘어나고 있음에도 불구하고 지역학으로서의 한국학은 다른 지역학들과 함께 전면적인 교과과정의 개편에 돌입했다. 19세기 말과 20세기 초 식민지의 효율적인 경영이나 국제 정보 획득을 위한 전략적인 육성 정책으로 시작된 동양학과 아프리카학이 20세기 중반 이후 지역학으로서의 발전 시기를 거쳐 21세기를 맞아 새로운 전기를 맞고 있다고 할 수 있다. 언어, 문학, 역사 중심의 인문학적 지식의 관심과 흥미가 감퇴하고 그 대신 영화나 대중문화 중심의 관심과 흥미가 점점 자리를 잡아가고 있고 정치, 경제, 사회 등 사회과학의 사례연구케이스 스터디의 일환으로서 지역학이 연구 학습되는 추세로 가고 있다고 생각한다.

한국어에 대한 관심과 교육도 학문이나 언어학으로서가 아니라 의사소통을 위한 도구과목으로 전락(?)하여 강의 전담 교수들에 의해서만 유지되고 있다. 소아스에서 전통적으로 유지되었던 소수/특수 언어들이 폐지되는 변화도 위에서 말한 추세와 궤를 같이 한다고 볼 수 있다. 한국문학과 역사도 한국학 단독으로 개설되던 전통적인 교과 과정에서 벗어나 동아시아 전체 강의의 일부로 개편되고 학생들에게 인기있는 영화, 미디어 과목들로 대체되는 추세에 있다. 이러한 시대적인 요구와 추세를 선악이나 당위의 관점에서 가치 판단을 내릴 수는 없지만 현재 대학 사회가 당면하고 있는 재정의 위기와 변화는 앞으로 지역학으로서 한국학의 운명이 어떻게 바뀔지 예측하기 힘들지만 새로운 세기를 맞이하여 변화와 적응을 준비해야 할 필요성을 느끼게 한다.

지역학으로서의 한국학이 당분간은 유지된다는 전제 아래 영국 내 한국학의 발전을 위해서는 다음과 같은 당면 과제와 문제점을 생각해 볼 수 있을 것이다.

1) 한국학 연구와 교육의 차세대 양성 문제

한국학을 전공하는 차세대 유럽 현지인 박사 인력을 양성하는 것이 필요하다. 케이팝 등 한류의 영향으로 학부 과정 신입생들의 숫자는 괄목상대할 정도로 증가하였지만 석·박사과정 연구자들의 숫자는 아직 그만큼 증가하지 않았다. 석·박사과정 학생들에게 장학금을 지급하고, 박사학위를 가진 젊은 연구자들이 전임교수가 될 때까지 연구를 지속할 수 있도록 박사후 과정 펠로우십을 확대 실시하는 것도 필요하다.

2) 한국학 교수직 설치

차세대 유럽 현지인 연구자를 위한 조교수직 설치와 현지 대학의 지원을 당분간 유지, 확대해야 한다. 물론 영국 및 유럽 정부와 대학 스스로 한국학에 대한 학술적 연구 및 전문가 육성에 대한 확고한 의지가 우선되어야 하겠지만 지역학으로서의 한국학이 유럽 대학 내에서 현재와 비슷한 체제와 지위로 당분간 유지된다고 가정했을 때에는 현지인 연구자들을 장려하기 위한 조교수직 설치와 지원은 필요하다고 생각한다. 다만 극도의 시장만능주의 체제 아래서 대학의 인문학이나 지역학이 고사하거나 축소되는 시기가 온다면 단순한 한국 정부나 재단의 지원은 근본적인 해결방안이 되기 어려울 것이다. 한국학 교수직이 개설되었을 때 그 자리에 취직하기 위해서는 국제적 경쟁력이 있는 연구 업적을 많이 생산해 왔고 그럴 가능성이 있는 연구자가 많이 있어야 한다.

3) 한국학 내에서 한국어 교육의 위치 문제 및 언어교육자의 지위 문제

한국학 안에서 한국어학이 확고한 자리를 차지해야 하고 그러기 위해서는 한국어 교육이 한국어학 전임 교수에 의해 운영되는 것이 바람직하다. 현재 한국어학 교수 자리가 개설되어 있는 대학들이 많지 않고[9] 언어교육은 강의 전담 교수들에 운영되고 있는 실정이다. 현재 강의 전담 교수에 의해서 운영되고 있는 한국어 교육 과정은 석·박사 과정 학생을 교육하는 데 한계가 있고, 언어 교육자의 지위도 상대적으로 불안한 위치에 있다고 할 수 있다. 그러나 현실은 한국학 연구 대상으로서의 언어학에 대한 중요성이 점점 약해지고 있고 언어교육은 도구화되어 가는 경향이 있다. 어쩌면 이것은 세계적인 추세로서 거스를 수 없는 대세인지도 모른다.

---

9 현재 한국어학 교수 자리가 개설되어 있는 대학은 영국에서는 옥스퍼드 대학과 센트럴 랑카셔 대학뿐이다. 그나마도 센트럴 랑카셔대학에는 박사과정이 없으므로 한국어학으로 박사학위를 받을 수 있는 대학은 옥스포드대학 뿐이다. 유럽에서도 한국어(교육)학 전임 자리가 설치된 대학은 파리 7대학, 라로셸대학, 비엔나대학, 체코 찰스대학, 헬싱키대학, 바르샤바대학 정도 등이다.

4) 한국학 분야별 연구자의 질적-양적 성장의 문제

한국학 연구 공동체 형성을 위한 연구자들의 질적-양적 자원 확보 문제를 고민할 단계가 되었다. 물론 과거에 비해 한국학 연구자들이 양적으로도 많이 성장했지만, 중국학, 일본학과 더불어 동아시아학 학술대회를 개최하거나 학술지를 발간할 경우 한국학의 양적 질적 수준은 아직도 현격한 차이를 보인다. 중국학, 일본학에 견줄 수 있는 한국학 연구자들의 질적-양적 성장이 필요하다.[10]

5) 한국학 분야별 균형의 문제

사회과학 및 인문학, 인문학 내에서 역사, 문학 및 어학, 전근대 및 근대 역사/문학/언어, 고전문학 대 현대문학의 균형 문제를 발전적으로 해결해야 한다. 한국학의 분야별 균형 발전에 있어서는 북미 한국학과 유럽 한국학의 전통이나 현황이 약간의 차이를 보여 준다. 유럽은 북미에 비해서 사회과학 전문가들의 수효가 부족하고, 반면 전근대 역사 전문 연구자들은 북미에 비해서 상대적으로 많은 편에 속한다.

---

10 영국에서의 한국학 연구는 그 저변이 아직 넓지 않다는 것이 문제라고 할 수 있다. 또 영국한국학회에서 활동하고 있는 학자들 중에 순수하게 한국을 전공한 학자도 아주 많지는 않다. 어떤 사람은 중국이나 일본을 전공하다가 개인적인 관심이나 연구비 수혜 기회 등을 염두에 두고 한국학에도 연구 영역을 넓히고 있는 실정이다. 깊이 있는 한국학 연구를 위해서는 1차 자료의 이용을 위해서 한국문헌의 해독 능력이 필수불가결함에도 불구하고, 한국학 학자임을 자처하는 학자들 중에도 한국어의 실력이 모자라는 이들이 많이 있다. 이것은 비단 영국이나 유럽에 국한된 문제가 아니고 북미학자들에게도 적용되는 문제라고 할 것이다. 한국학의 발전을 위해서는 한국학 박사과정의 젊은 학자를 육성하는 것이 중요하고, 기존의 한국학 연구 대학들을 더 내실 있게 지원하는 것이 바람직하다.

6) 지역학으로서의 한국학–이론과의 갈등

유럽 대학에서 한국학은 보통 지역학으로 개설되어 있고, 가끔 사회과학, 언어학 등 이론 학문과 방법론 등에서 갈등을 보이기도 한다. 지역학과 이론 학문의 긴장 관계를 생산/발전적으로 유지하면서 한국학을 유지/발전시킬 필요가 있다.

7) 학부 과정 전공 학생 수의 문제

영국 및 유럽 대학에서 한국어 및 한국학이 유지, 발전되기 위해서는 학부 과정 전공 학생들의 숫자가 충분하게 유지되어야 한다. 학문적인 접근과 노력뿐만 아니라 한류나 케이팝 등 대중문화의 인기도 적절하게 활용하여 한국학의 관심을 유지하고 선도해 나갈 필요가 있다.

| 참고문헌 |

김 영, 「영국에서의 동아시아한국학의 연구동향」, 『한국학연구』 21, 2009.

안동준・연재훈, 「고소설 담론의 계보학－윌리엄 스킬렌드 〈고대소설〉의 연구사적 의의」, 『남명학연구』 52, 2016.

연재훈, 「영국에서의 한국학 연구와 교육 현황－한국어 교육을 중심으로」, 『정신문화연구』 제22(3), 1999.

______, 「유럽 한국어교육의 쟁점과 과제」, 『국제한국어교육』 1(2), 2016.

최진실, 「영국에서의 한국학 및 한국어 연구와 교육－교육과정과 담당자 인터뷰를 중심으로」, 『우리말연구』 46, 2016.

황은주, 「영국 내 한국학 현황 및 전망」, 『한국학진흥사업단 뉴스레터』, http://ksps-news.aks.ac.kr/news_view.jsp?pg=0&ncd=328, 2019.6.28.

Deuchler, Martina, "Professor William Skillend－Pioneer of the study of Korean language and literature in Britain who brought his fellow scholars together", *The Times*, 2010.3.30.

Jackson, Andrew David, "Introduction : Sixty years of Korean Studies at SOAS", *Key Papers on Korea : Essays Celebrating 25 years of the Centre of Korean Studies*, SOAS, University of London, Global Oriental, 2013.

Skillend, W. E. "Chong Pyonguk, Friend and Teacher", 『백영 정병욱의 인간과 학문』, 신구문화사, 1997.

전후 일본에서의 조선근대문학연구의 성립과 전개*

'조선문학의 회'를 중심으로

최태원

1. 새로운 조선연구의 흐름 속에서

1970년 가을 일본에서 결성된 '조선문학의 회朝鮮文学の会'는 '일본인의 조선근대문학연구'를 기치로 내걸었다.[1] 독학이나 강습회 등을 통해 조선어를 배운 동인들은 직업이나 세계관의 차이를 넘어 조선문학을 번역하고 연구하겠다는 열의 하나로 뭉쳤다. 아마추어 집단이라는 한계에도 불구하고 이들의 열정과 노력은 마침내 "일본인이 주체적으로 조선문학에 관계하려고 한, 최초의 동인지"[2] 『조선문학－소개와 연구』1970.12~1974.8

* 이 글은 인하대 한국학연구소 간행의 『한국학연구』 제61집, 283~331쪽에 같은 제목으로 수록되었던 글을 수정·보완한 것이다.

1 '조선연구', '조선학'은 일본에서의 한국연구, 한국학이라는 의미로 사용했다. '조선어', '조선근대문학연구' 역시 일본의 관례적인 용법을 감안해 사용한 것이다. 각각 일본에서의 한국어, 일본에서의 한국근대문학연구에 대응한다.

2 川村湊, 「日本人による朝鮮文学研究(五人＋一人)の始まり」, 『異文化』 5, 法政大学国際文化学部, 2004, p.37. '조선문학의 회'에 관한 한국어 논문으로는 이영호, 「1970년대 일본에서의 조선문학 연구 경향 분석」, 『일본학보』 107, 한국일본학회, 2016.5. 두 논문 모

와 두 권의 『현대조선문학선』1973, 1974 발간으로 결실을 맺었다. 1970년대 후반에는 동인들 중 일부가 대학에 부임하면서 조선근대문학연구는 학문분과 체계 안으로 진입했다.[3] 그런 점에서 '조선문학의 회'는 "일본인에 의한 한국근대문학연구의 조직적, 학술적 연구"의 시작으로 평가받는다.[4] 필자도 이런 평가에 대체로 동의하면서, '조선문학의 회'를 중심으로 한 일본인의 조선근대문학연구가 어떻게 시작되었는지 살펴보고자 한다.

본론으로 들어가기 전에, 1960년대 들어 일본에서 본격화되는 새로운 조선연구에 대해 잠시 부연하자. 잘 알려진 것처럼 전후 일본의 조선학은 식민지에서 돌아온 학자들의 결집으로 시작됐다. 이들로서는 "종전 후 우리나라 조선 연구자 대부분이 연구 문헌에서 멀어지고 연구 대상도 잃어버린, 심지어 세간에서 그 학문적 가치도 이해하려고 하지 않는" 상황에서 "연구를 돕고 장려하여 그 성과를 결집할 수 있는 기관"이 절실했다.[5] 다행히 덴리교의 도움으로 1950년 10월 조선학회가 창립되고 그 이듬해인 1951년 5월에는 학회지 『조선학보』가 창간됐다. 학회 임원진은 덴리교 및 덴리대학 관계자와 구 경성제대 교원들을 중심으로 구성됐는데, 경성제대 교수를 역임하고 덴리대학 교수로 재직하던 다카하시 도루高橋亨가 창립 및 초창기 운영의 중심에 섰다.[6] '조선문화의 선명宣明, 일조양국 문

두 '조선문학의 회'를 다룬 연구라는 점에서 의미가 깊지만, 동인지 중심의 분석에 머물러 있다.

3 오무라 마스오(大村益夫,1933~)는 1964년부터 와세다대학 전임교원으로 중국어와 조선어 등을 가르치다 1978년 같은 대학 어학교육연구소로 소속을 옮겨 조선어 전임이 됐다. 가지이 노보루(梶井陟,1927~1988)는 1978년 그해 개설된 도야마대학 조선어조선문학코스의 주임교수로 부임했다. 조 쇼키치(長璋吉,1941~1988)도 같은 해 도쿄외국어대학 조선어학과 전임강사로 부임했다.

4 장사선, 「일본에서의 한국현대문학연구-역사적 반성 및 협동연구 전망」, 『한국현대문학연구』 30, 한국현대문학회, 2010, 512쪽.

5 「彙報-朝鮮学会の創立」, 『朝鮮学報』 1, 朝鮮学会, 1951.5, p.309.

화의 교류와 발전, 세계 학계의 신분야 개척'을 목적으로 내건 조선학회는 언어와 역사를 포함한 인문사회 모든 분야를 망라했고, "기성의 대가가 기성의 문제의식과 기성의 방법론에 입각한 연구 발표"[7] 즉 문헌 비판이나 사실 고증 등의 학문적 기율을 엄수했다. 그러나 기존의 조선학이 존립할 수 있었던 제도와 방법론에 대한 반성적 성찰은 이루어지지 않았다.[8]

기존의 조선학에 대한 비판적 인식은 조선사연구회의 창립과 일본조선연구소의 설립으로 이어졌다.[9] 1959년 창립한 조선사연구회는 '조선연구 성과의 비판적 계승과 새로운 조선사학의 발전'을 연구회의 목적으로 제시했다. 재일조선인 연구자와 일본인 연구자, 노선생과 학부 재학생이 격의 없이 대화할 수 있는 기풍이 마련됐고 근대 이전 부문과 근현대 부문이 대등한 수의 연구자를 확보했다.[10] 조선사연구회가 아카데미즘과 그 외부를 연결하여 새로운 기풍을 창출했다면, 1961년 설립된 일본조선연구소(이하 조연)는 운동단체와 연구자를 결합하는 것으로 조선연구의 새로운 환경을 만들고자 했다. 조연은 "일본인의 손으로, 과학적인 입장을 굳건히 하는 조선연구"를 표방하는 한편, '올바른 조선인식을 바탕으로 일본과 조선의 올바른 관계 정립을 도모한다'는 실천적·운동적 성격도 분명히 했다.[11] 인적인 면에서도 조연은 일조협회日朝協会 관계자또는 일본공산당 계열의 중

6 「座談会－二十五年をかえりみて」, 『朝鮮学報』 83, 1977.4, pp.195~198.

7 朝鮮研究月報編集部, 「日本における朝鮮研究の現状」, 『朝鮮研究月報』 21, 日本朝鮮研究所, 1963.9, p.42.

8 미쓰이 다카시, 「전후 일본에서의 조선사학의 개시와 사학사상(像)－1950~60년대를 중심으로」, 『한국사연구』 153, 한국사연구회, 2011.6, 350쪽.

9 梶村秀樹, 「日本における朝鮮研究」(1969), 『梶村秀樹著作集 第2巻』, 明石書店, 1993, pp.88~91.

10 朝鮮研究月報編集部, 앞의 글, pp.44~46. 정종현에 따르면, 이 시기의 한국 연구자들도 일본의 조선학계 내부에서 일고 있는 새로운 분위기에 깊은 관심을 표명했다. 정종현, 「'조선학/한국학'의 국교정상화」, 『상허학보』 49, 상허학회, 2017, 291쪽.

11 古屋貞雄, 「『朝鮮研究月報』 創刊に際して」, 『朝鮮研究月報』 1, 1962.1, p.1; 「日本朝鮮研究

국 및 조선 부문 관계자와 조선의 정치, 경제, 역사, 교육, 언어 등을 전공하는 연구자 및 대학원생으로 나눠볼 수 있다.[12] 조연은 '식민지 지배 책임론'을 제기하며 한일회담 반대 운동 등에 진력한 운동단체로서의 성격이 강했지만, 한편으로는 새로운 조선학을 궁리하고 모색하는 연구공간이기도 했다.[13] 이 글에서 주목한 가지이 노보루와 오무라 마스오의 연구소 활동은 주로 후자의 성격에 관련된다.

> 어학 연구를 비롯하여 역사, 지리, 사회, 정치, 경제, 미술 혹은 일부 단체의 고전문학 소개나 민요 연구 등 다양한 분야에서 드문드문 남겨진 [조선 연구의-인용자] 족적을 볼 수 있다. 그렇지만 초기의 것을 제외하고 그들의 업적에 일관되게 보이는 것은 조선을 대등한 위치에서 파악하려고 하는 자세의 결락欠落이다. 특히 우리가 깊은 관심을 지니고 있는 근현대 조선문학 분야만은 늘 휑하니 큰 구멍이 뚫려 있는 상태였다.[14]

식민지기의 조선학은 근대 학문의 언어로 대상을 세밀하게 분절하고 분

所設立の経過」, 같은 책, p.79.

12 설립 당시의 임원진으로는 이사장 古屋貞雄, 부이사장 四方博, 鈴木一雄, 旗田巍, 전무이사 寺尾五郎, 연구 및 편집 책임자 藤島宇内, 부소장 安藤彦太郎 등이 있었다. 고문으로는 조선사 연구의 원로급인 青山公亮, 末松保和가 참가했다. 연구소 멤버로는 畑田重夫, 川越敬三, 吉岡吉典, 木元賢輔 등의 활동가와 渡部学, 小沢有作, 宮田節子, 梶村秀樹, 桜井浩, 菅野裕臣 등의 연구자들이 결합했다.

13 일본조선연구소에 대해서는 和田春樹, 「日本朝鮮研究所を考える」, 和田春樹・高崎宗司, 『検証日韓関係60年史』, 明石書店, 2005; 板垣竜太, 「日韓会談反対運動と植民地支配責任論－日本朝鮮研究所の植民地主義論を中心に」, 『思想』 1029, 岩波書店, 2010.1; 장미현, 「1960년대 일본조선연구소의 '식민사상' 제기와 '고도성장체제' 비판」, 『역사문제연구』 27, 역사비평사, 2012.상반기; 樋口雄一, 「解説 1」, 井上學・樋口雄一 編, 『日本朝鮮研究所初期資料(1961~69) 3』, 緑蔭書房, 2017.

14 「創刊のことば」, 『朝鮮文学－紹介と研究』 1, 朝鮮文学の会, 1970.1, p.2.

류함으로써 '조선'을 남김없이 포획하려 했지만, 그 안에 "조선인이 주인공이고 주체인 세계"[15]는 존재하지 않았다. "조선을 문화의 총체, 독립된 역사의 소유자로 보려는"[16] 태도의 부재, "민족의 생활 감정과 생명의 숨결을 내면으로부터 파악하려는 감성"[17]의 결여가 조선문학에 대한 무관심을 낳았다. "식민통치 삼십몇 년간, 조선어로 근현대 조선문학에 접근하고자 했던 일본인이 거의 전무한 것이나 다름없는 상황"[18]이 패전 후에도 십수 년간 계속됐다. 마침내 새로운 조선연구의 흐름 속에서 조선문학에 뜻을 품은 이들이 하나둘 나타났지만, 그들은 곧 조선근대문학연구가 자국의 조선학 안에서 공백으로만 존재한다는 사실과 맞닥뜨려야 했다. 어쩌면 공백을 공백으로 인식할 수 있는 자질이 그들을 조선문학연구로 이끈 것인지도 모르겠다.

이러한 상황 인식을 바탕으로 이 글에서는 다음과 같은 점에 특히 주의했다. 첫째, '조선문학의 회'가 만들어지기까지의 과정에 주목했다. 가지이와 오무라는 1960년대 초반 일본조선연구소 내 문학연구회(이하 문학연) 활동을 시작했다. 두 사람은 문학연 활동을 통해 체계적인 연구의 필요성을 절감하고 조선문학을 일생의 과제로 삼았다. 두 사람에게 문학연은 일종의 원점이었다. 둘째, 조선근대문학연구가 대학 밖에서 출현하여 대학 안으로 진입하는 일련의 과정을 시대라는 (가능성과 한계의) 조건과 연관짓고자 했다. 안보투쟁일본, 4·19혁명과 5·16군사쿠데타한국, 문화대혁명중

15 梶村秀樹, 「朝鮮語で語られる世界」(1975), 『梶村秀樹著作集 第1巻』, 明石書店, 1992, p.81.
16 山田明(田中明), 「朝鮮文学への日本人のかかわり方」, 『文学』 38(11), 岩波書店, 1970.11, p.94.
17 大村益夫, 「日本における朝鮮現代文学の研究・翻訳小史」, 『青丘学術論集』 1, 韓国文化研究振興財団, 1991.2, p.299.
18 梶井陟, 「日本の中の朝鮮文学ーその一」, 『朝鮮文学ー紹介と研究』 12, 1974.8, p.65.

국, 유일사상체계의 대두북한 등 동아시아의 1960년대는 격변과 혼란의 연속이었다. 한일관계로 보자면 1951년부터 시작된 한일회담이 1965년 조약 체결로 일단락되면서 한일관계의 지각 변동이 일어났다. 조선학 내부에서는 기존의 조선학과 스스로를 구별하고자 하는 조직적 움직임이 1950년대 후반부터 등장한다. 조선사연구회, 일본조선연구소 등은 그 대표적인 예이다. 이런 시대와의 교감 속에서 조선근대문학연구의 싹이 텄다. 셋째, 동인들의 문학사 인식의 성립과 변화에 대해서도 검토했다. 문학사 관련 논문뿐만 아니라 역자 해설, 참고문헌, 번역 작품의 선택 경향 등을 통해 이들의 문학사 인식이 어떻게 드러나고 또 어떻게 변화하는지 주의를 기울였다. 당연한 이야기이지만 이 시기의 문학사 인식이 상대적으로 빈약한 것은 형성기라는 한계에서 말미암은 것이다. 제대로 된 역사적 시각을 확보하기 위해서는 현재에 이르는 전체 연구사 속에서 그 위치를 다시 따져 봐야 하겠지만, 일단 이 글에서는 1960~70년대의 형성기로 서술 대상을 제한했다. 초기의 문제의식을 있는 그대로 살펴보는 것도 그 나름의 의미가 있다고 생각하기 때문이다.[19]

19 일본에서의 조선근대문학연구 전반에 대해서는 오무라 마스오 선생의 글과 대담, 인터뷰, 강연회 기록 등을 참고하기 바란다. 大村益夫, 「日本における朝鮮現代文学の研究・翻訳小史」, 『青丘学術論集』 1, 韓国文化研究振興財団, 1991.2; 오무라 마스오・호테이 토시히로, 「대담－한국문학에서 일본은 무엇인가」(1998), 『오무라 마스오 저작집』 4, 소명출판, 2017; 장문석, 「1960~1970년대 일본의 한국문학 연구와 '조선문학의 회'－오무라 마스오 교수에게 질문하다」, 『한국학연구』 40, 인하대 한국학연구소, 2016.3; 곽형덕, 「저자 인터뷰－조선문학 연구자 오무라 마스오의 삶과 문학」, 곽형덕 역, 『오무라 마스오 저작집』 4, 소명출판, 2017; 大村益夫, 「朝鮮文学研究を志して五十年」, 『植民地文化研究－資料と分析』 18, 植民地文化学会, 2019.

2. 문학연구의 기초와 문학사의 개관

1) 문학연구회와 '조선문학의 모임'

가지이 노보루梶井陟와 오무라 마스오大村益夫는 1962년 조연의 일원이 됐다. 당시 가지이는 중학교 이과 교사였고, 오무라는 도쿄 도립대학 대학원에서 중국문학을 전공한 고교 교사였다. 두 사람은 조연의 연구부문 중 하나인 어학문학연구회(이하 어문연)에 참가했다. 일정 수준 이상의 조선어 능력을 갖춘 이들이 어문연에 모여 조선어 강습과 조선문학 번역 등의 활동을 도모했는데, 성원으로는 가지이와 오무라 외에 나카가미 히데코中神秀子, 가지무라 히데키梶村秀樹, 간노 히로미菅野裕臣가 있었다. 나카가미는 전시기에 조선문학 출판 관련 일을 한 적이 있고,[20] 가지이는 도립 조선인학교에 재직하면서 『조선어 입문』1951을 내기도 했다. 오무라, 가지무라, 간노는 1930년대생으로 대학 또는 대학원에서 동양학중국문학, 동양사, 몽골어을 전공하고 저마다의 이유로 조선학으로 진로를 바꿨거나 바꾸는 중이었다.[21]

조연의 중심 인물이던 데라오 고로寺尾五郎는 일본에서의 조선연구가 다른 지역연구나 외국사와 달라야 한다고 생각했다. 조선과 일본이 수천 년간 "어떤 때는 사제관계, 어떤 때는 친구, 어떤 때는 침략과 저항의 관계"

---

20 나카가미는 1942년 9월 모던일본사(이후 신태양사)에 입사했다. 이무영의 『青瓦の家』(1943)가 출간될 때는 교정 업무를 맡기도 했다. ナカガミヒデコ, 「朝鮮文学の翻訳と私」, 『樹木』 1, 樹木社, 1963.2, pp.92~93. 같은 지면에 나카가미가 번역한 「박군의 로맨스」도 실려 있다. 조명희의 작품으로 『현대조선문학선집』에 실린 것을 저본으로 삼았다.

21 가지무라 히데키(1935~1989)는 도쿄대학 문학부 4학년 때 조선사를 선택한 뒤 대학원에 진학했다. 1963년부터는 도쿄대 동양문화연구소 조수로 재직했다. 간노 히로미(1936~)는 도쿄외국어대학 몽골어과를 졸업하고 1964년 도쿄교육대학 문학교육과 대학원에 진학했다. 당시 도쿄교육대학에는 경성제대 조교수 출신의 고노 로쿠로(河野六郎)가 있었다.

로 얽혀 있었기 때문에, 일본에서의 조선연구를 "당사자가 자신과 관계된 것을 연구하는 것"으로 자리매김했다. 그는 "일본인의 입장에서 일본인이 한 조선연구"를 축적하는 한편, 그 성과를 바탕으로 "조선인의 입장에서 조선인이 한 조선연구"와 상호 교류하는 것을 조연의 활동 방향으로 제시했다.[22] 어문연 성원들은 여기서 한발 더 나아가 "조선을 연구하려면 먼저 조선어를 배워야 한다"[23]고 생각했다. 어문연에서는 "자신의 조선어 능력을 높이는 것을 당면 목표로" 삼았다. "조선어를 모르는 조선연구는 넌센스"라는 것이 어문연 성원들의 일치된 생각이었다.[24] 이들은 "조선어로만 이해할 수 있는 감각" 위에서 새로운 조선학의 가능성을 찾았다.[25] 조선어를 배운다는 것 자체가 식민주의로 비틀린 전후 일본의 현실을 날것 그대로 체험하는 일이었다.[26]

> 우리나라에서의 조선어 학습은, 조선어의 언어학적 연구와는 별개로, 조선의 해방 이전과 이후의 양상이 현저하게 다르다. 일제 강점시대의 조선어

22 데라오는 침략의 역사에 대한 반성을 조선연구의 전제로 삼았다. 침략은 조선의 이해를 침해하는 것인 동시에 일본 민중의 제 권리에 대한 억압이기도 했다. 寺尾五郎, 「運動と研究における日本人の立場・朝鮮人の立場」, 『朝鮮研究月報』 13, 日本朝鮮研究所, 1963.1, pp.26~27.

23 大村益夫, 「わたしと朝鮮」, 『朝陽』 2, リアリズム研究会, 1963.3, p.37.

24 梶井陟, 「朝鮮文学研究会の歩み(1) 初期の活動」, 『朝鮮研究』 95, 日本朝鮮研究所, 1970.6, p.24.

25 梶村秀樹, 「朝鮮語で語られる世界」, 1975, p.86.

26 전후 일본의 조선어교육 현실에 대해서는 쓰카모토 이사오(1934~)의 1961년 보고가 자세하다. 당시 일본 대학에 설치된 조선어 전공학과는 덴리대학의 조선문학조선어학과가 유일했고, 조선어 교육의 수요는 대부분 행정과 치안 또는 정탐에 치우쳐 있었다. 쓰카모토는 이러한 "조선어 학습의 실태 그 자체가 현재 일본의 기묘하게 왜곡된 조선관을 여실히 보여준다"고 비판했다. 塚本勲, 「日本における朝鮮語教育の現状とその展望」, 『当面の朝鮮に関する資料(第二集)』, 日本朝鮮研究所, 1961.12, pp.61~64. 쓰카모토는 1961년부터 오사카외국어대학의 조선어강좌를 담당했고 1963년에는 그해 설치된 오사카외국어대학 조선어학과에 전임강사로 부임했다.

회화 책 대부분에 반영된 언어는 지배자의 언어였다. 책 속 회화에서 일본인은 반말로, 조선인은 존댓말로 말한다. 그러나 조선의 해방이 일제의 조선어 근절 정책에 종지부를 찍으면서 조선어는 살아 있는 본래의 모습을 되찾았다. 해방 후 일본인과 조선인 사이의 언어적 비정상이 신속하게 제거되어야 했지만, 우리나라에서 조선어 학습 운동은 극도로 저조하여 다른 외국어와는 비교도 되지 않는다. 일본인 조선어 학습자 상당수가 경찰, 자위대 등의 권력쪽 인간들이다. 진정한 일조우호日朝友好의 정신과 그들의 조선어 지식은 양립할 수 없다.[27]

가지이는 1950년 조선인학교에 부임하면서 독학으로 조선어를 배우기 시작했다. 간노는 고등학생 시절, 가지무라는 대학원 입학 후 조선어를 독학했다. 오무라도 대학원에 진학한 뒤 조선어를 배웠는데, 배울 곳이 마땅치 않아 조선회관에서 모국어를 배우는 청년들 틈에 끼어 강습을 들었다.[28] 비슷한 시기 나카가미도 조선회관에서 조선어를 배웠다.[29] 전후 일본의 조선어 교육 현실을 누구보다 잘 알고 있는 어문연 성원들은 조연에서 개설한 조선어 강습회에 적극적으로 관여했다.[30] 나중에 '조선문학의 회' 동인으로도 활약하는 조 쇼키치長璋吉, 오구라 히사시小倉尚, 이시카와 세쓰코石川節子가 모두 조연 강습회에서 조선어를 배웠다.

번역부회로 불리기도 한 어문연은 나도향의 「행랑자식」을 함께 읽었다.

27 菅野裕臣, 「朝鮮語教授の若干の問題点」, 『朝鮮研究月報』 15, 1963.3, p.35.

28 大村益夫, 「わたしと朝鮮」, p.37; 大村益夫, 「朝鮮文学研究を志して五十年」, p.61.

29 ナカガミヒデコ, 「朝鮮文学の翻訳と私」, p.91.

30 가지무라, 오무라, 조는 '김희로 공판대책위원회' 활동 과정에서 만들어진 현대어학숙(現代語学塾)에서 조선어 교습을 이어갔다. 가지무라와 조는 생애 마지막까지 현대어학숙에서 조선어를 가르쳤다.

텍스트는 조선작가동맹출판사에서 발간한 『현대조선문학선집』 제1권1957에 실린 것을 이용했다. 1963년 2월 내부적으로 번역을 완료하고 3월에는 역주를 붙여 인쇄할 예정이라고 했지만 실현되지는 않았다.[31] 그 뒤에는 오무라의 제안으로 『조선문학통사』1959의 1920년대 부분을 읽었다.[32]

이 무렵 오무라는 중국문학 연구자들이 발간하던 회지 『가키노카이 월보』에 최서해의 「탈출기」를 번역하고 「해방 후의 조선문학」이라는 글을 썼다.[33] 1960년대 초반만 해도 오무라는 조선문학에 관심이 깊은 중국문학 연구자에 가까웠다. 그는 "오랫동안 중국문학을 접하는 동안 중국과 비슷한, 혹은 중국 이상으로 관계가 깊은 조선에 대해 자신이 너무도 무지하다는 것을 통감하고"[34] 조선어를 배우기 시작했으며, "조선 민족의 발

31 그 밖에 『조선가곡집』, 『현대조선문학사』 등의 출간 계획을 세웠으나 실현되지 않았다. 中神秀子, 「ほんやく部会のいままでとこれから」(1963.3), 『日本朝鮮研究所初期資料(1961~69)1』, p.57; 「活動の反省と展望-語学・文学研究部会」, 『朝鮮研究』 34, 1964.11, p.4.

32 梶井陟, 「朝鮮文学研究会の歩み(2) まぼろしの朝鮮歌集」, 『朝鮮研究』 97, 1970.8, p.61. 윤학준도 이 무렵의 오무라가 『조선문학통사』를 열심히 읽던 모습에 깊은 감명을 받았다. "[조선회관에서 처음 만난 뒤] 2, 3년이 지났을까. 김달수 씨 소개로 그가 찾아왔다. 우에노의 찻집에서 만나 한동안 잡담을 하다 (…중략…) 그가 가방에서 『조선문학통사』라고 하는, 잔 활자의 조선어가 빼곡하게 들어찬 책을 꺼냈다. 그는 빨간색 연필로 여기저기에 밑줄 그은 책을 펼치더니 주로 1920년대의 문학 평가에 대해 여러 질문을 했다. 뭐라 해야 좋을지 모를 정도로 놀랐다." 尹学準, 「日本人と朝鮮語－大村益夫さんと私」, 『民主文学』 23, 新日本出版社, 1967.10, p.119.

33 崔曙海, 大村益夫訳, 「脱出記」, 『柿の会月報』 20・21, 柿の会, 1962.4・6; 大村益夫, 「解放後の朝鮮文学」, 『柿の会月報』 24・25, 柿の会, 1962.11・1963.1. '가키노카이(柿の会)'는 도쿄도립대학 중국문학연구실 출신들의 모임으로 회지 『柿の会月報』를 발간했고, 다케우치 요시미와의 관계도 도타웠다. 60년 안보투쟁에서 다케우치가 교수직을 던진 후에도 다케우치와의 교류가 계속됐다. 오무라 마스오, 기시 요코(岸陽子) 등 도립대학 시절 제자들과의 에피소드가 다케우치의 일기에도 자주 등장한다. 「会員日録－63.6.1~7」, 『柿の会月報』 30, 1963.6, pp.1~18; 竹内好, 『竹内好全集 第16巻 日記(下)』, 筑摩書房, 1981. 참고로 오무라가 도쿄 도립대학 대학원에 진학한 이유는 다케우치 요시미 때문이었다고 한다. 大村益夫, 「朝鮮文学研究を志して五十年」, p.60.

34 大村益夫, 「解放後の朝鮮文学(上)」, p.1.

상, 사고 방법 그 자체를 살필 생각"[35]으로 조선문학에 관심을 기울였다.

1963년 12월에는 어문연 성원이 주동하여 '조선문학의 모임'[36]을 만들었다.[37] 그 중심에는 가지이와 오무라가 있었다. '올바른 조선 인식'을 취지로 "일본어를 통해서라도 조선문학을 생각해 보고 싶은 사람들"이 참여할 수 있도록 연구소 안팎에서 회원을 모집했다.[38] 모임을 발족하고 얼마 뒤 회지 『조선과 문학』도 냈다. 격월 발간을 목표로 한 20여 쪽의 간소한 잡지였다. 창간호와 2호에는 오무라가 「낙동강」을 번역하고[39] 가지이가 김달수에 관한 글을 실었다. 그러나 일본어로 읽는 조선문학은 곧 벽에 부딪혔다. 모임의 화제는 어쩔 수 없이 재일조선인 작가로 기울었고 회원들의 참여도 시간이 지날수록 저조해졌다. 결국 3호 발간을 앞두고는 사실상 활동을 마감했다.[40]

그러나 이 모임을 전후로 주목할 만한 변화가 생겼다. 우선 어문연에서

---

35 大村益夫, 「わたしと朝鮮」, p.38.

36 1970년에 결성된 '朝鮮文学の会'와 이름이 같다. 두 모임이 별개라는 가지이와 오무라의 뜻을 살려, 63년 발족한 '朝鮮文学の会'는 '조선문학의 모임'으로 옮기고 70년에 결성된 모임은 '조선문학의 회'로 옮겼다.

37 1963년 12월 10일 조연 사무소에서 열린 설립 총회에는 16명이 참석했다. 총회에서는 '연락처를 조연 내에 둔다', '매월 1회 정기 모임을 가진다', '첫 연구회는 김달수의 「玄海灘」를 주제로 한다' 등의 결정 사항을 확인했다. 「設立総会の報告」, 『朝鮮と文学』 1, 1964.1, p.1. 발간 후 21명까지 회원이 늘었다고 하는데, 2호의 회원 명부를 보면 당시 조선어 강습에 나오던 조 쇼치키(도쿄외대 재학중)의 이름도 보인다. 「会員名簿」, 『朝鮮と文学』 2, 1964.3, p.32.

38 "36년에 걸쳐 일본이 조선을 식민지로 지배했다는, 누구도 부정하기 어려운 역사적 사실 위에서, 현대의 일본을 살아가는 우리가 조선문학으로부터 무엇을 배워야 하는지를 공통의 과제로 삼아 출발하고 싶다." 「発足にあたって」, 『朝鮮と文学』 1, 朝鮮文学の会, 1964.1, p.1.

39 오무라는 복자 일부가 복원된 『현대조선문학선집』 제1권을 저본으로 사용했고, "당시 창작 활동을 함께 한 분들에게 문의하여 살린 것도 있고 (살린 점은 방점을 침) 전혀 알아볼 수 없는 대목은 그대로 둘 수밖에 없었다"(「해제」)는 선집의 설명도 인용했다. 趙明熙, 大村益夫訳, 「洛東江」(上), 위의 책, p.8.

40 梶井陟, 「朝鮮文学研究会の歩み(4) 朝鮮文学の会」, 『朝鮮研究』 99, 1970.11, pp.56~64.

문학의 우세가 확실해졌다. 이후 어문연은 문학부회 또는 문학연구회 등으로 불리기 시작한다. 재일조선인의 참여도 두드러졌다. '조선문학의 모임'은 "회원은 일본인을 주체로 하고 재일조선인 연구자가 연구회에 출석하는 것을 환영한다. 때때로 보고나 원고를 의뢰한다"는 방침 아래, 이은직과 김달수를 초청하여 '조선문학의 기본적 성격'1964.2, '나김달수의 작품'1964.4이라는 주제로 모임을 열었다. 『조선과 문학』 3호에는 임전혜의 「일본에 번역·소개된 조선문학에 대하여」가 실릴 예정이었다.[41]

1965년도 기록에 따르면, 문학연의 원래 멤버인 가지이와 오무라에 더해 임전혜와 윤학준이 정기 월례 모임에 참여했다.[42] 조연 성원에 한정하지 않은 개방적인 모임이었던 것으로 보인다. 가끔 안우식도 참석했다고 한다. 1965년 3월까지는 『조선문학통사』를 읽는 모임으로 진행하다 4월부터 각자의 연구를 발표하는 것으로 운영 방식을 바꿨다. 임전혜와 윤학준이 함께 『조선문학통사』를 읽은 것인지 아니면 임전혜와 윤학준의 참석을 계기로 발표 위주의 모임으로 바뀐 것인지는 분명하지 않다. '조윤제의 『조선시가의 연구』에 대하여'가지이, '근대시의 발생과 시조'가지이, '조선 프롤레타리아문학과 '민족주의문학''오무라, '재일조선인의 문학운동과 문학작품'임전혜, '『문학』 11월호 합평회'전원를 주제로 발표가 이뤄졌다. 이렇다 할 경향이나 공통의 주제가 있었던 것 같지는 않다. 『조선연구』 44호1965.10에 실린 「작

41 3호는 도야마대학 가지이문고(梶井文庫)에 미발간 상태로 남아 있다. 이 자료에는 1945년 이전 일본에서 번역된 조선문학 자료를 개관한 임전혜의 「日本に翻訳·紹介された朝鮮文学について 1896~1945(1)」이 실려 있다. 1회는 산문 자료에 한정하고 2회에서는 시, 민요, 민화를 다룰 예정이라고 했다. 任展慧, 「日本に翻訳·紹介された朝鮮文学について 1896~1945 (1)」, 『朝鮮と文学』 3, 1964.5, p.1. 『朝鮮と文学』의 목차는 이영호의 논문을 참조하기 바란다.

42 1965년의 문학연 활동에 대해서는 畑田重夫, 「研究ならびに教育活動の一年をふりかえて」, 『朝鮮研究』 45, 1965.11, pp.33~35.

가와 현실참여–남조선문학의 새로운 경향」윤학준, 「일본에 번역·소개된 조선문학에 대하여」임전혜, 「김소운론」가지이, 『문학』 1965년 11월호에 실린 「1920년대 조선문학–프롤레타리아문학과 '민족주의문학'」오무라, 「장혁주론」임전혜 등을 이 시기의 문학연과 관련한 성과로 볼 수 있다. 문학연에서는 조선문학 관련 자료를 모으고 정리하는 작업도 병행했는데, 「중국어로 번역된 조선문학 작품목록」23호과 「『조선지광』 1927.11~1930.1 총목록」35호, 「조선근대문학에 관한 일본어문헌 목록」64호이 『조선연구』에 게재됐다. 앞의 두 개는 오무라가 혼자 조사한 것이고 세 번째 것은 오무라, 이시카와, 오구라, 히구치 유이치樋口雄一가 공동으로 작업한 성과였다.

2) 일본인의 입장에서 읽는다는 것

가지이와 오무라의 조연 시절 관심은 '일본의 식민지 지배와 조선 민중의 저항'이라는 역사 인식을 출발점으로 삼아 1920~30년대, 그 중에서도 프롤레타리아문학의 성립과 전개 과정에 집중됐다. 두 사람의 1960년대 문헌에 『조선문학통사』(이하 『통사』)가 자주 언급되는 것도 그런 경향과 관련이 있다. 그렇다고 『통사』의 인식과 서술을 그대로 받아들인 것은 아니었다. 예를 들어 「탈출기」의 역자 해설은 오무라가 조선문학에 대해 처음 쓴 글인데, 여기에는 '일본인의 입장에서' 조선문학을 읽는다는 태도가 분명하게 드러난다.

> 앞서 말한 통사 등을 보면, 최서해가 작품 속에서 사회변혁의 의도를 상당히 노골적으로 드러내기 때문에 높이 평가되는 것 같은 느낌이 없지 않다. 하지만 우리가 보기에는 오히려 그 부분만 소설에서 떠 있는 것 같다. 우리

가 그의 작품을 읽고 감동하는 것은, 더 이상 견딜 수 없을 만큼 질박한 생활 속에서 필사적으로 노력하는 과정에서의, 적에 대한 증오와 가족간의 애정이다. 주인공이 스스로의 생활을 회고하며 가족을 버리고 정치활동을 시작하게 되는 경위에 감격하는 것이 아니라, 그런 결론에 이르는 과정에서 일본인으로서 느끼는 어떤 아픔 때문에 감동하는 것이다.[43]

오무라는 번역 저본으로 『현대조선문학선집』 제1권을 이용했고, 해설을 쓰면서는 김달수의 「나의 창작 체험」, 선집의 「해제」, 『조선문학통사』를 참고했다. 작가 약력과 신문학에서 카프에 이르는 조선문학의 역사를 간단히 소개했다. 오무라는 이광수와 후스胡適, 신경향파와 문학연구회1921~32, 카프와 좌련1930~36 등 중국문학사와 견주는 방식으로 글을 이끌었다. 최서해의 소설이 감동적인 까닭은 "일본인으로서 느끼는 어떤 아픔" 때문이라고 고백했다. 그는 조선문학을 읽는 '나'가 중국문학 연구자이자 일본인이라는 점을 환기함으로써 『통사』의 인식을 어느 정도 상대화했다. 물론 뒤이어 쓴 「해방 후의 조선문학」처럼 『통사』와의 거리를 유지하지 못한 글이 없는 것은 아니지만, 오무라는 '일본인에게 조선문학이란 무엇인가'를 끊임없이 되물었다.

가지이는 자료와 연구의 불충분함을 이유로 조심스러워하면서도 「조선근대문학의 발걸음」1964.11을 통해 조선근대문학의 윤곽을 그려보고자 했다. 아마도 일본인 연구자로서는 첫 시도일 것이다. 가지이는 1910년대부터 1930년대 초반까지를 서술 대상으로 한정했다. 글의 전반부는

43 大村益夫, 「脱出記(下)－訳者解説」, 『柿の会月報』 21, 1962.6, p.7.

이광수와 『창조』, 『폐허』, 『백조』를 중심으로 한 문예사조의 변화를 살폈고 후반부는 염군사의 결성에서 카프 해산까지를 다뤘다. 조선근대문학을 3·1운동 이후의 대중운동과 계급의식이 성장한 결과로 본다는 점에서 「발걸음」은 『통사』의 문학사 인식과 궤를 같이 한다. 부르주아 민족주의를 비판하는 한편, 「낙동강」, 「원보」, 「과도기」를 높이 평가하고 나도향과 김소월을 동반자 작가로 분류한 것도 『통사』 하권의 11장 '1919~1930년의 문학'과 상응한다.

그러나 이광수와 문예사조를 정리한 전반부는 『통사』가 다루지 않은 부분이다. 『통사』는 이 시기를 프롤레타리아문학과 대립하는 "자연주의 기타 부르주아 반동문학", "예술을 위한 예술을 주장하는 반동적이며 기만적인 설교들"로 일축했지만,[44] 「발걸음」은 이광수의 초기 문학이나 동인지의 문학사적 역할을 부정하지 않았다. 이광수에서 『백조』에 이르는 일련의 문예운동을 "조선근대문학의 발전을 위해 거쳐야만 했던 하나의 과정"으로 받아들였다.[45] 가지이는 이런 평가의 근거로 『조선평론』에 실린 강현철의 「조선근대문학의 사적 전망」1952.2~9을 제시했는데, 강현철의 글은 사실 백철의 『조선신문학사조사』1948·1949를 출처 표시 없이 초역한 것이었다.[46] 「사적 전망」은 여기에 임화의 「조선민족문학건설의 기본과제에 관한 일반보고」1946.6를 덧붙이는 방식으로 백철의 중간파적 입장을 보강했다.[47]

---

44 과학원 언어문학연구소, 『조선문학통사(하)』, 조선민주주의인민공화국 과학원출판사, 1959, 23쪽.

45 梶井陟, 「朝鮮近代文学の歩み」, 『朝鮮研究』 34, 1964.11, p.28.

46 康玹哲, 「朝鮮近代文学の史的展望」, 『朝鮮評論』 2·3·5, 朝鮮人文化協会, 1952.2·5·9.

47 강현철은 임화 이외에도 김태준의 「조선문학사」를 인용했다. 두 글 모두 『民主朝鮮』에 일본어로 번역된 바 있다. 「조선문학사」는 이은직의 번역으로 13회(1946.4~47.12)에 걸

강현철에 대해서는 알려진 바가 많지 않다. 1950년 이전에는 재일본조선문학자회이후 재일조선문학회에 참여하면서 『조선문예』, 『민주조선』 등에 시와 평론을 게재했다.[48] 1950년대에는 『통일조선신문』이전 『조선신문』에 시와 소설을 실었고 편집장을 역임하기도 했다.[49] 강현철은 「사적 전망」에서 '계급문학의 공식주의 편향과 국민문학의 국수주의 성향을 모두 비판하고 절충주의 문학론을 협동노선으로 재평가해야 한다'는 백철의 주장에, '파시즘의 위협에 맞서 계급문학과 민족문학이 공동으로 조선어, 예술성, 합리성을 지키고자 노력했던 것을 교훈 삼아 완전한 근대적 의미의 민족문학을 수립하자'는 임화의 주장을 더했다. 둘 사이의 친연성을 고려하면 크게 이상한 일도 아니지만, 결과적으로 한국전쟁 이전의 『사조사』와 전쟁 이후의 『통사』가 가지이의 글에서 공존하는 기이한 상황이 벌어진 것이다.

한국전쟁은 남북 문학사 양쪽에서 임화, 김남천, 이태준 등의 이름을 지워버렸다. 『통사』는 그들의 '간첩 혐의'와 그들 문학의 '색정주의, 허무주의, 패배주의, 감상주의' 등을 고발했다.[50] 백철은 전쟁 후 낸 증보판 서문에 "금일과 같은 역사적인 정치적인 비극 때문에 우리 신문학사의 하반기를 서술하는 데서 여러 불편을 느낀 사실"을 토로하며 임화와 이태준에

쳐 연재됐고, 임화의 글은 「朝鮮民族文学建設の基本課題」(역자 미상)라는 제목으로 16호(1947.12)에 실렸다. 『民主朝鮮』에는 임화의 다른 글들과 이원조, 김남천, 김기림의 평론, 이태준의 「해방전후」 등이 게재됐다.

48 『民主朝鮮』에서 활동하던 작가들 중심의 재일조선문학회(1948년 1월 결성)는 조선문학가동맹의 강령을 그대로 채용할 만큼 조선문학가동맹과의 유대감이 깊었다. 호테이 토시히로, 「해방 후 재일 한국인 문학의 형성과 전개－1945~1960년대 초를 중심으로」, 『서울대학 인문논총』 47, 서울대학교 인문학연구소, 2002, 92~93쪽; 宋恵媛, 『「在日朝鮮人文学史」のために－声なき声のポリフォニー』, 岩波書店, 2014, pp.128~129.

49 이재봉, 「해방 직후 재일한인 문단과 일본어 창작문제－『朝鮮文藝』를 중심으로」, 『한국문학논총』 42, 한국문학회, 2006.4; 宋恵媛, 위의 책, pp.130・137.

50 과학원 언어문학연구소, 앞의 책, 150~151쪽.

관한 본문의 서술을 대부분 삭제했다.[51] 재일조선인 사회도 그 여파를 피하기는 어려웠다. 『조선평론』에 「사적 전망」이 1952년 2월부터 9월까지 연재됐는데, 그로부터 1년 후 『조선평론』 8호에는 「백일하에 드러난 임화 일파의 죄악」이 게재됐다.[52]

전쟁이 한창인 시점에 「사적 전망」의 필자는 왜 백철의 『신문학사조사』를 소개한 것일까? 우연일 수도 있고 그만한 문학사가 없다고 생각했을 수도 있다. 달리 숨겨진 의도가 있었을지도 모르겠다. 풀리지 않는 물음들 너머로 떠오르는 것은, 『조선평론』과 『통사』를 나란히 펼쳐 놓고 곤혹스러워 하는 가지이의 얼굴이다. 가지이는 카프 해산 이후 10년을 '조선문학이 거의 부재하는 암흑기'로 규정하고 이 시기를 서술 대상에서 제외하는 것으로 문제를 회피했다. 「사적 전망」이 강조한 계급문학과 민족문학의 협동에 대해서도, 염상섭과 이태준의 문학적 성취에 대해서도 가지이는 언급하지 않았다. 1930년대 이후를 항일 빨치산문학과 사회주의 리얼리즘의 발전으로 특징짓는 『통사』의 입장도 서술에서 제외됐다. 가지이는 임화와 이태준을 전향적으로 평가하지도 않았지만 그들의 존재를 부정하지도 않았다.

문학사를 서술하는 가지이 나름의 노력이 있었다는 점도 덧붙여 두자. 우선 시 작품을 예시하여 사조와 유파를 실감토록 했다. 카프 성립 이전의 문예지와 관련해 주요한, 김억, 박종화, 박영희의 시를 제시하는 한편, 김

51 白鐵, 「增補版을 내면서」, 『新文學思潮史(增補)』, 民衆書館, 1955, 1~2쪽. 백철의 문학사 판본 사이의 차이에 대해서는 전용호, 「백철 문학사의 판본 연구」, 『민족문화연구』 41, 고려대학교 민족문화연구원, 2004.12.

52 李亨錫, 「白日のもとにさらされた林和一派の罪悪」, 『朝鮮評論』 8, 1953.10, pp.42~45. 1953년 3월 14일자 『민주조선』의 기사를 번역한 것이다.

소월, 이상화, 임화, 박팔양의 시를 들어 저항하는 조선문학의 면모를 드러내고자 했다. 이태준의 「해방전후」를 논문 말미에 인용한 것은 다소 이외이다. 카프 도쿄지부 기관지 『예술운동』 창간호를 소개한 것도 가지이의 고심을 엿볼 수 있는 대목이다. 「사적 전망」에 『예술운동』과 『무산자』의 언급이 없지는 않지만, 가지이는 그와 별개로 『예술운동』 창간호를 인용하면서 카프 도쿄지부가 1927년의 방향 전환에 미친 영향을 강조했다. 『통사』가 카프 운동과 일본의 관계를 누락했던 사정을 감안하면, 『예술운동』의 인용은 다분히 의도적인 배치였다. 가지이는 『예술운동』 창간호에 실린 박영희와 이북만의 평론 중 일절을 인용한 뒤, "이 시도 대단하다"며 임화의 「曇-1927」을 소개했다.[53]

오무라도 「1920년대의 조선문학-프롤레타리아문학과 '민족주의문학'」1965.11에서 1920년대 중심으로 근대문학사를 훑었다. "1920년대 들어 조선문학이 이른바 '민족주의문학'과의 투쟁을 전개하면서 프롤레타리아문학을 주체로 개화했다"[54]는 것이 기본 입장이었다. 카프와 최서해에 대해 쓴 일련의 글을 바탕으로 했지만, 거기서 더 나아가 카프의 타자로 '민족주의문학'까지 검토했다. 『통사』, 『현대작가론』1961 등의 북한쪽 연구 성과 이외에도 조연현의 『한국현대문학사』를 참고하는 한편, 이광수, 최남선, 양주동, 김남천의 해방 이전 자료도 직접 인용하는 등 『통사』에서 반동문학으로 부정된 작가들의 글을 비중 있게 거론한 점도 눈길을 끈다.

오무라는 먼저 근대문학의 성립에 관한 남북의 견해 차이를 검토한 후,

53 梶井陟, 앞의 글, p.32.
54 大村益夫, 「1920年代の朝鮮文学-プロレタリア文学と'民族主義文学'」, 『文学』 33(11), 岩波書店, 1965.11, p.72.

프로문학 이전을 ‘근대문학의 맹아’로 일괄하여 개화기에서 1920년대 초반까지를 살폈다. 이광수와 최남선에 대해서는 “3·1운동 이전에는 조선의 근대화에 어느 정도 역할을 수행했다”는 평가 아래 두 사람의 출판 및 저술 활동을 소개하고, 1919년 이후의 동인지에 대해서는 “최남선이나 이광수류의 계몽주의적 문학이 아니라 작가 개인의 내면 세계를 노래하는 작품들”이 등장한다면서 동인지별 참여 작가의 이름을 열거했다.[55] 평가보다는 사실 전달에 더 힘을 썼다는 인상을 받는다.

프로문학은 조직운동과 작가·작품 해설의 두 부분으로 나눠 서술했다. 카프 결성과 방향 전환에 이르는 과정을 상세하게 소개했는데, 『조선연구』 35호에서 소개한 내용과도 겹친다.[56] 주요 작가로는 최서해, 조명희, 한설야, 이기영을 소개했다. 특히 최서해에 대해서는 이미 『조선연구』와 『사회과학토구』에 쓴 글이 있는데, 그 일부를 다시 실었다.[57] “이론이 아니라 생활로부터 사회주의에 접근해 가는” 최서해 소설의 ‘실감’을 강조하는 반면, 한설야의 「씨름」은 “의식적인 프롤레타리아의 최초 형상을 그리려고 했지만 너무 도식적이어서 실패작”이라고 평가했다.[58] 『통사』와는 결을 달리하는 입장이다.

---

55 大村益夫, 위의 글, pp.73~75.

56 大村益夫, 「カップについて」, 『朝鮮研究』 35, 1964.12, pp.28~29·48. 「カップについて」의 참고문헌으로는 『조선문학통사(하)』(1959), 조연현의 『한국현대문학사』(1956), 백철의 『신문학사조사』(1953), 『문학』(1958), 『현대문학선집』(1957~59), 『예술운동』(1927.11), 『조선지광』(1927~29)이 제시됐다.

57 大村益夫, 「植民地支配下における革新的インテリの側面－崔曙海の場合を中心として」, 『朝鮮研究月報』 25, 1964.1; 大村益夫, 「朝鮮の初期プロレタリア文学－崔曙海の諸作品」, 『社会科学討究』 31, 早稲田大学 社会科学研究所, 1966.1. 64년의 논문(미완)은 최서해의 삶에 초점을 맞췄다. 66년의 논문은 윤세중, 안함광 등을 참고하면서 최서해의 작품 전체를 살핀 글로, “구체적인 일정으로 일한조약비준이 임박한” 1965년 9월에 탈고됐다.

58 大村益夫, 「1920年代の朝鮮文学－プロレタリア文学と‘民族主義文学’」, pp.78~80.

민족주의문학은 최남선의 '국수주의적 국민문학론'과 양주동의 '절충적 민족주의문학'으로 구분하여 서술했다. 『한국현대문학사』로부터 '최남선의 조선주의', '국민문학파와 절충주의' 등을 참조항으로 삼았지만,[59] 논조에는 큰 차이가 있었다. 조연현은 최남선의 국민문학론에 "외래적인 것을 배척하는 국수주의적 위험성"이 내포되어 있음을 시인하면서도 국민문학론이 프로문학에 대한 방파제로서 주효했다고 평가했는데, 오무라는 그런 평가에 아랑곳하지 않은 채 최남선을 "조선의 일본낭만파"로, 이광수를 "일본과의 투쟁 방기"로 몰아세웠다. 「발걸음」이 서로 다른 입장을 봉합하는 쪽이었다면, 오무라는 사실만을 취한 뒤 그 사실을 자기 글 안에서 재문맥화했다. 조연현을 참조하면서도 그의 가치 평가는 받아들이지 않은 것이다.

카프 중심의 문학사 인식에 기초하여 『통사』의 결락을 보충하려고 한 점에서는 두 사람 사이에 큰 차이가 없었다. "공화국의 문학사에서는 '반동적 부르주아 작가'라고 하여 전혀 다루지 않는 김남천, 유진오, 이태준의 소설이나 평론 중에도 마음을 울리는 작품이 있다"며 김남천의 「유다적인 것과 문학」, 유진오의 「김강사와 T교수」를 짧게나마 언급한 것도 같은 맥락이라 할 것이다. 또한 오무라는 『예술운동』 등을 인용하면서, 프로문학을 매개로 한 조선과 일본의 교류와 연대를 다음과 같이 평가했다.

> 일본과 조선 양국 프롤레타리아문학의 교류는 대단히 긴밀했을 것이다. 북한에서도 남한에서도 이런 교류에 대해서는 언급을 피하는 분위기다. 이

59 趙演鉉, 『韓國現代文學史 全卷』, 人間社, 1961, pp.198~201 · 448~459.

해 못할 바도 아니다. 하지만 양국 문화 교류의 역사를 분명히 한다는 것은, 조선 프롤레타리아문학이 일본 프롤레타리아문학의 미니어쳐였다거나 아류였다거나 하는 것과 완전히 다른, 양국 인민의 역사적 연대를 입증하기 위해 필요한 것이라고 생각한다.[60]

이처럼 아시아 민중의 역사적 연대를 강조하는 관점은 조연을 포함한 당대의 사상적 흐름과 공명한다.[61] 특히 남북 문학사 양쪽에서 외면당한 프로문학과 일본(문학)의 관계를 연대의 관점에서 문제 삼았다는 점은, 시기적으로 보더라도 관점의 예리함으로 보더라도, 여전히 음미할 가치가 있는 대목이다.

3. 문학연구회의 탈태와 문학사 인식의 심화

1) '한설야 문제'와 위기의식

1966년 10월부터 조연 기관지 『조선연구』에 「낙동강」55호, 「탈출기」56호, 「과도기」58·59호가 잇달아 실렸다. 앞의 두 편은 오무라 자신이 이전에 번역했던 것을 고쳐 실은 것이고 「과도기」는 가지이가 새로 번역한 것이

60 大村益夫, 앞의 글, p.77.

61 예컨대 조연의 팜플렛 『日・朝・中三国人民連帯の歴史と理論』은 아시아 민중의 연대라는 관점에서 근대사를 재구성했다. 安藤彦太郎・寺尾五郎・宮田節子・吉岡吉典, 『日・朝・中三国人民連帯の歴史と理論』, 日本朝鮮研究所, 1964.6, pp.62~133. 다음의 논문들도 참조하기 바란다. 차승기, 「가지무라 히데키의 '미발의 계기'」, 강원봉・홍종욱 외, 『가지무라 히데키의 내재적 발전론을 다시 읽는다』, 아연출판부, 2014; 홍종욱, 「일본 지식인의 근대화론 비판과 민중의 발견-다케우치 요시미와 가지무라 히데키를 중심으로」, 『사학연구』 125, 한국사학회, 2017.3.

다. 조선문학을 소개해 달라는 조연 집행부의 요청에 따른 것인데, 해방 이전과 이후로 나눠 소설과 평론을 1966년 10월부터 1년 6개월간 연재하기로 했다.[62] 가지이와 오무라는 일단 카프에서 시작하기로 하고 최서해, 조명희, 이기영, 한설야, 송영, 박세영을 소개할 작가로 꼽았다.[63] 연재는 이듬해 6월까지 순조롭게 이어졌다. 가지이가 「과도기」에 이어 이기영의 「창작 방법의 문제에 대하여」60,61호와 한설야의 「프로예술의 선언」62호을 번역했다. 그런데 62호가 발간되자 조선총련쪽에서 항의가 일었다. 한설야가 '공화국에서 부정된 작가'라는 이유였다. 조선신보사와 조선대학교 구내 서점에서 광고 및 서적 판매를 중단하겠다고 했다.[64] 이들이 유력한 협력처였던 만큼 조연으로서는 쉽게 지나칠 수 없었을 것이다. 조연은 『조선연구』 64호의 편집후기를 통해 상황 인식의 불철저함에서 비롯된 오해가 있었다고 에둘러 사과했다.[65] 결국 연재는 8개월 만에 막을 내렸다.

1961년까지만 해도 한설야는 이기영과 함께 북한문학을 대표했다. 후지시마 우다이가 한설야를 만나 기록한 「조선현대문학의 사상」1961.7은 일본에 전해진 한설야의 마지막 발언이 됐다.[66] 재일조선인 문학자인 박춘일은 1964년 5월 평양에서 열린 조선작가동맹 회의 소식을 상세하게 전하면서 한설야의 이름을 한 번도 꺼내지 않았다.[67] 조선작가동맹 위원장은 천세봉으로 바뀌어 있었다. 한설야를 아는 이들에게는 이상한 일

62 編集部, 「洛東江－お知らせ」, 『朝鮮研究』 55, 日本朝鮮研究所, 1966.10, p.12.
63 梶井陟, 「朝鮮文学翻訳の足跡 (11)」, 『季刊三千里』 32, 三千里社, 1982.11, pp.217~218.
64 「拡大編集会議資料」(1967), 『日本朝鮮研究所初期資料(1961~69) 2』, p.288.
65 「編集後記」, 『朝鮮研究』 64, 1967.8, p.64. 조연 운영위원회는 이 문제를 다른 단체와의 견해 차이로 간주하고 상호 대화로 해결한다는 방침을 확인했다. 「第11回運営委員会決定のお知らせ(7月26日)」, 『日本朝鮮研究所初期資料(1961~69) 2』, p.302.
66 韓雪野・藤島宇内, 「朝鮮現代文学の思想」, 『文学』 29(7), 岩波書店, 1961.7.
67 朴春日, 「現代朝鮮文学の現状と課題(2)－共和国北半部の文学」, 『文学』 32(9), 1964.9.

이 아닐 수 없었다. 가지이가 조선인 지인들에게 사정을 물었지만 그들도 모르기는 마찬가지였다. 한설야 한 사람의 문제가 아니었다. 가지이가 느낀 위기의식은 자신의 문학사 인식을 근저에서 뒤흔드는 것이었다. 그동안의 신뢰가 의문으로 뒤범벅이 되어버렸다.

> 나는 사실이 알고 싶었다. 그 비판 내용 여하에 따라서는 공화국이 그때까지 편찬했던 문학사의, 식민지 통치기 이후의 기술을 대폭 새로 써야할 것이고 그와 동시에 공화국의 문학사 개관을 크게 신뢰했던 나 자신의 문학사 이해도 근저에서 흔들릴 수 있었다. 나는 몇 명의 조선인 친구들에게 '한설야 비판의 이유'에 대해 물어보고 그 이후의 소식과 비판에 대해 발표된 내용이 있는지 따졌지만 누구 하나 가르쳐 주지 않았다. 자신들도 모른다는 것이었다.[68]

가지이와 오무라는 연재 기획 단계부터 한설야 때문에 고민이 많았다. 고심 끝에 한설야를 소개하는 것이 불가피하다고 결정했다.[69] 발밑의 크레바스를 확인하지 않고는 한 발짝도 움직일 수 없다는 절박한 심정이 아니었을까. 조심스레 두드려 봤는데, 예상했던 것보다 상황이 심각했다.[70]

---

68 梶井陟, 앞의 글, p.219.

69 두 사람의 고심은 「과도기」의 해설을 통해서도 확인할 수 있다. 가지이는 2회에 걸쳐 한설야의 생애와 문학 활동을 소개했는데, 그 분량은 「낙동강」이나 「탈출기」 해설의 4배에 달했다. 가지이는 해방 후 한설야가 북한에서 최고인민위원과 조선문학예술총동맹 위원장을 역임한 사실을 언급한 뒤 이렇게 적었다. "그러나 그 후 그가 여러 비판을 받았다고 하는데, 작가 생활을 어떻게 하고 있는지 역자는 알지 못한다. 다만, 조선의 근대문학을 말하고자 할 때 빠뜨려서는 안 될 중요한 작품이라고 생각하여 졸역이라도 게재하기로 한 것이다." 梶井陟, 「過渡期－解説 (その2)」, 『朝鮮研究』 59, 1967.3, p.38.

70 「과도기」가 게재된 1967년 3월에는 왜 항의를 하지 않았을까. 아마도 1967년 5월 조

조연 사무국의 대응도 실망스러웠다. 연재가 중단된 후 두 사람의 『조선연구』 기고는 현저히 줄었다.

1967~68년은 조연으로서도 시련의 시기였다. 한일조약 반대 투쟁에 앞장 섰던 조연은 1966년 이후 침체기에 접어들었다. 『조선문화사』1966의 번역은 규모와 내용 면에서 획기적인 성과임에 틀림없었지만 연구소 재정에는 상당한 부담을 지웠다.[71] 조약 체결 후 반대 투쟁의 총괄 과정에서 데라오와 일본공산당의 논쟁이 격화되면서 데라오가 공산당에서 제명되고 관련자들이 조연을 떠났다. 1968년 10월에는 "일본에서의 조선연구는 '특수부락' 같은 것"이라는 하타다 다카시의 발언에 부락해방동맹이 거세게 항의하면서, 관련자의 사과와 반성, 자기비판이 거듭되는 어려운 상황을 맞이한다.[72]

이 시기의 문학연은 어땠을까? 조연의 정기총회 자료에 기록된 문학연의 활동은 당시의 조연 상황과 전혀 딴판이었다. 1967년도에는 조연 내 연구회가 유명무실에 가까울 정도로 부진한 상황에서 문학연만이 유일하게 모임을 유지했다고 한다.[73] 재일조선인 문학활동, 남북한의 현대문학이나 고전문학 등 "발길 닿는 대로" 전개된 전년도의 활동을 반성하며 1968년도에는 "초점을 현대문학에 맞추고 현대문학사 중심으로" 모임을

선노동당 중앙위원회 이후 유일사상 체계로의 이행이 시작되고 주체문예론이 전면에 등장하는 북한의 사정과 관련이 있을 것이다. 1967년 5월 이후 재일본조선문학예술가동맹(문예동)은 북한 문학계의 변화에 분주하게 대처했다. 이 시기 문예동의 동향은 宋恵媛, 앞의 책, pp.199~202.

71 가지이, 오무라는 와타나베 마나부(渡部学)와 함께 번역 책임을 맡아 『조선문화사』 출간에 많은 공을 들였고 성과에 대한 자부심도 컸다. 梶井陟, 「朝鮮文学研究会の歩み(7) 朝鮮文化史のこと」, 『朝鮮研究』 103, 1971.3; 장문석, 앞의 글, 183~184쪽.

72 1967년 이후의 조연에 대해서는 和田春樹, 앞의 글, pp.61~67; 板垣竜太, 앞의 글, pp.231~233; 樋口雄一, 앞의 글, pp.416~418.

73 「日本朝鮮研究所第7回定期総会資料」(1968.2), 『日本朝鮮研究所初期資料(1961~69) 2』, p.88.

운영했다. 구체적으로는 5인의 고정 멤버가 "공통의 원서"를 읽으면서 그 안에 나오는 작품을 찾아 읽거나 "문예지에서 화제가 될 만한 작품"을 번역했다고 한다. 1968년도에는 총 8번의 월례 모임을 가졌고 1969년도에도 의욕적으로 모임을 진행할 것이라는 포부를 밝혔다.[74] 이 보고에는 한설야 문제로 촉발된 위기의식이나 조연 내부의 혼란스러운 상황이 조금도 느껴지지 않는다.

이 모임은 정말 문학연이었을까? 나중에서야 가지이는 이 무렵의 문학연이 조직적 기능을 거의 수행할 수 없는 상태였다고 털어놨다.[75] 당시 오무라는 문학연이 조연에서 독립해야 한다는 생각을 갖고 있었다.[76] 윤학준[77]이나 다나카 아키라[78]가 남긴 글에서도, 그들의 '문학사 공부모임'과

---

74 「日本朝鮮研究所第8回定期総会資料」(1969.2), 위의 책, pp.115~116.

75 梶井陟, 「朝鮮文学研究会の歩み(8) 日本人の朝鮮文学研究の貧しさ」, 『朝鮮研究』 106, 1971.7, p.42.

76 『日本朝鮮研究所初期資料(1961~69)』 2에는 1968년 10월에 실시한 것으로 추정되는 내부 설문 자료가 실려 있다. 아마도 개인 또는 연구회의 활동 전망과 재정 문제를 조사한 것 같다. 연구회와 관련한 오무라의 답변은 다음과 같다. "문학연 멤버와 협동하여 근현대 문학작품을 번역한다. 조연으로부터 문학연의 독립을 생각하고 있다." "문학 작품의 게재가 기관지에 어울리지 않는다고 생각한다." "조연 재정의 협력보다 문학연의 기금을 우선적으로 생각한다." 「アンケート回答」, 『日本朝鮮研究所初期資料(1961~69)』 2, p.321.

77 윤학준(1933~2003)은 경북 출신으로 1953년 일본으로 건너가 호세이대학 일본문학과를 다녔다. 호세이대학 재학중에는 재일조선인 써클인 조선문화연구회 기관지 『学之光』 편집에 관여했고, 오다기리 히데오(小田切秀雄)의 지도 아래 조선의 프롤레타리아문학과 일본문학의 관계에 대한 졸업논문을 썼다. 그 후 김달수가 주재한 잡지 『鶏林』과 조선총련 산하 단체 기관지인 『朝鮮商工新聞』에서 편집 업무를 봤다. 1964년 무렵에는 조직 내 갈등으로 추정되는 이유로 총련에서 추방되고 문예동에서도 제명됐다. 高柳俊男, 「渡日初期の尹学準－密航・法政大学・帰国事業」, 『異文化』 5, 法政大学国際文化学部, 2004; 尹学準, 「錦鯉たちとどじょう一匹－長璋吉の死を悼みつつ」, 『季刊 서울-東京』 13, 서울 : 東京編集委員会, 1989, pp.51~52.

78 다나카 아키라(1926~2010)는 아이치현 출신으로 어린 시절을 경성에서 보냈다. 용산공립중학교를 졸업한 그는 1952년 도쿄대 문학부를 졸업한 뒤 신일신문사(朝日新聞社)에 입사했다. 1964년과 1966년에는 취재를 목적으로 서울을 방문했다. 이 무렵 윤학준의 소개로 가지이를 만나 조선어를 배우기 시작했다. 田中明, 『ソウル実感録』, 北洋社, 1975, p.203 및 저자 약력.

조연의 연관은 찾을 수 없다.

조연 총회에 보고된 모임은 문학연과 별개의 공부모임이었다. 『조선문학－소개와 연구』「창간의 말」에서 "우리가 조선문학을 소개할 생각으로 문학사모임을 시작한 지 햇수로 3년이 된다. 월 1회의 문학사 공부와 병행해 매주 작품 강독회를 계속해 왔다. 괜찮다고 생각되는 작품을 골라 번갈아 번역하고 납득할 수 있을 때까지 머리를 맞댔다"[79]고 밝힌 것처럼, 모임의 성원들은 1968년의 모임을 '조선문학의 회' 결성으로 이어지는 새로운 출발점으로만 기억했다. 시기나 명칭 등에서 약간의 차이가 있기는 하지만 이들이 남긴 기록을 바탕으로 '조선문학의 회'가 만들어지기까지의 과정을 정리하면 대략 다음과 같다.

① 1965~66년 무렵 와세다대학 오무라의 연구실에서 주 1회 단편소설을 읽는 독서모임을 시작했다. 소설 한 편을 몇 주에 걸쳐 꼼꼼히 읽으며 번역에 공을 들였다.

② 1968년부터 3년간 『한국현대문학사』를 읽는 월례 모임을 가졌다(이 모임이 앞서 '문학연'으로 보고된 모임이다). 때로는 특정 작가에 몰두했다. 가지이, 오무라, 이시카와, 이노구치井口, 다나카, 윤학준이 참여했다.[80]

③ 『문학』 '조선문학 특집호' 1970.11에 가지이, 오무라, 다나카, 윤학준이 필자로 참여했다. 문학사모임의 이노구치 대신 조 쇼키치가 참가

79 「創刊のことば」, 『朝鮮文学－紹介と研究』 1, 朝鮮文学の会, 1970.12, pp.1~2.

80 이노구치 아키라(井口昇)는 주오대학 중국어 교수로 1967년에는 조연의 조선어 초급강좌를 담당한 바 있다. 이시카와, 오구라와 함께 『最近の朝鮮の協同農場－金日成テーゼ・分組都給制と農民生活』(日本朝鮮研究所, 1967)를 번역하기도 했다. 「日本朝鮮研究所第7回定期総会資料」, 『日本朝鮮研究所初期資料(1961~69)』 2, p.88; 佐藤勝巳, 「財政の現状と問題点」, 같은 책, p.312.

하여 1970년 가을 '조선문학의 회'를 결성하고 12월 『조선문학-소개와 연구』 창간호를 발행했다(윤학준은 모임의 취지를 존중하여 조력자의 위치로 물러난다).

윤학준은 오무라의 추천으로 1968년부터 와세다대학 어학교육연구소 조선어강좌를 담당했다.[81] 윤학준의 출강을 계기로 독서모임도 활기를 띠게 된 것으로 보인다. 강좌는 교직원을 대상으로 한 것이었지만, 윤학준은 오무라 이외에도 가지이, 다나카, 이시카와, 조, 오구라, 가지무라 마스미梶村真澄, 마키세 아키코牧瀬暁子 등이 강좌에 들어온 적이 있다고 기억했다.[82] 가지무라와 마키세는 1973년에 동인이 됐다.[83] 교직원을 대상으로 한 초급반 강좌가 언제부터인가 조선문학을 읽는 자리로 바뀐 것이다.

문학연에서는 『현대조선문학선집』을 주로 읽었지만 이 모임에서는 백수사에서 간행한 『한국단편문학전집』을 읽었다. 『통사』에 없는 작품들을 읽은 것이다.[84] 『조선문학』에 게재된 소설 중 『현대조선문학선집』에 수록된 작품이 한 편도 없는 것은 그 때문일 것이다. 『현대문학』, 『월간문학』

---

81 당시의 와세다대학 조선어강좌에 대해서는 장문석, 앞의 글, 175~177쪽.

82 尹学準, 「梶井陟さんのこと, '朝鮮文学の会'のこと」, 『季刊 서울-東京』 12, 서울 : 東京編集委員会, 1988, p.74.

83 마키세는 1970년부터 조선어를 배우기 시작했고 동인이 되기 전에 조해일의 「뿔」을 『新日本文学』에 번역하기도 했다. 趙海一, 牧瀬暁子 訳, 「角」, 『新日本文学』 28(4), 新日本文学会, 1973.4.

84 오무라는 『현대조선문학선집』(1957~61, 16권)과 『한국단편문학전집』(1971, 5권)에 수록된 해방 이전 작품을 대조한 뒤 다음과 같이 말한다. "대조표를 보면 일목요연하다. 남쪽에 있으면 북쪽에 없고, 북쪽에 있으면 남쪽에 없다. 같은 시기 한 나라의 문학사가 마치 두 나라의 문학사처럼 보인다. 남북 양쪽에서 공통적으로 평가하고 있는 작가는 채만식, 강경애, 나도향, 최서해 네 사람뿐이다." 오무라 마스오, 「북한의 문학선집 출판 현황」(1990), 『오무라 마스오 저작집』 1, 소명출판, 2016, 456쪽. 이 글의 원형은 「文学史をめぐる二、三の問題」(1982.5)에서 확인할 수 있다.

등 한국에서 간행되는 문예지를 읽었다는 것도 새로운 분위기를 반영한다. '조선문학의 회'에서 발간한 동인지와 선집에 실린 작품들의 특징은 다음 장에서 분석하겠지만, 독서모임에서도 『통사』의 영향력 상실은 역력했다.

문학사모임에서 읽은 텍스트는 조연현의 『한국현대문학사』였다. 『한국현대문학사』는 이광수와 최남선의 신문학운동과 1930년대의 순수문학을 문학사 서술의 중핵으로 내세웠고, 프로문학은 1920년대의 혼란한 문예사조 중 하나로 격하했다. 『통사』를 뒤집어 놓은 꼴이었다. 그러나 가지이나 오무라가 『통사』를 버리고 『한국현대문학사』로 돌아섰다고는 말하기 어렵다. 이미 2장에서 보았듯이 두 사람은 남북한의 문학연구를 견주는 방식으로 문학사의 공백을 메우고자 했다. 둘 중 하나를 배타적으로 선택하는 일은 불가능했다. 그런 선택은 '일본인의 입장에서 조선문학을 연구한다'는 원칙과 상충하기 때문이다. 변화의 핵심은 모임을 구성하고 관계를 맺는 방식에 있었다. 조연 시절의 문학연이나 '조선문학의 모임'이 단일한 문학사 인식을 추구했다면, 1968년 이후의 문학사모임과 '조선문학의 회'는 각자의 상이한 생각을 모임 구성의 불가피한 조건으로 받아들였다. 성원 사이에 '결코 사소하지 않은 차이'가 있음에도 불구하고 모임이 유지될 수 있다면, 그 모임에는 그런 차이를 압도할 만한 동일성이 있기 마련이다. '조선문학의 회'로 말하자면, '있는 그대로의 조선문학'이 모임을 유지하는 토대가 됐다. 이때의 조선문학이란 『통사』의 조선문학도, 『한국현대문학사』의 그것도 아니었다. '하나의 조선문학' 또는 '총체로서의 조선문학'[85]에 대한 믿음이야말로 동인들 "사이의 심연을, 그 심연이 내려다보이는 크레바스를 건널 수 있는 힘"의 원천이었다.

조선문학이 다섯 명의 동인을 굳게 뭉치게 했다고 앞서 말했다. 그 말을 뒤집으면, 조선문학을 사랑하고 조선문학을 평생의 업으로 삼겠는다는 단 하나의 목표로 뭉쳤다는 것을 뜻한다. 우리 동인들의 개인적 사상, 신조, 정치적 입장, 세계관, 문학관은 너무나 다르다. 그동안 살아온 이야기로 밤을 지새기에는 우리 나이가 너무 많다. 조선문학에 대한 정열과 서로 간의 인간적 신뢰만이 우리들 사이의 심연을, 그 심연이 내려다보이는 크레바스를 건널 수 있는 힘이 된다.[86]

세대가 다르고 세계관과 문학적 입장이 다르지만 열정과 신뢰로 그 차이를 극복하겠다는 다짐이다. 서로의 차이를 다툴 정도의 여유가 없다는 말이기도 했다. 이런 절박함이 모임을, 남북 어느 한쪽의 문학사 인식도 절대적일 수 없다는, 융통성의 세계로 이끌었을 것이다. 조선문학이라는 실체 앞에서는 『조선문학통사』도 『한국현대문학사』도 부분적 진실에 지나지 않았다. 임화나 이태준처럼 남북 문학사 모두에서 말살된 존재를 응시할 수 있는 또 다른 자리가 필요했다. '조선문학의 회'는 "일본인에 의한, 적어도 일본인을 주체로 한 모임"이라며 스스로를 국민국가 안으로 밀어 넣고 문을 걸어 잠그는 것처럼 보이지만, 사실 그것은 남북 어디에도 구속되지 않겠다는 의지의 표출이었다.

어쨌거나 그들이 남북 모두에서 금지된 작가라는 점은 분명하다. 이렇게

85 "일본인의 입장에서 조선문학을 연구한다는 것, 한국/북한의 분단을 극복하고 조선문학을 총체로 바라본다는 방향은 그때('조선문학의 회'를 결성할 때 – 인용자) 이미 정해졌습니다." 大村益夫, 「朝鮮文学研究を志して五十年」, p.66.

86 大村益夫, 「進軍のラッパは聞えない」, 『朝鮮文学 – 紹介と研究』 1, 1970.12, p.62.

우리는 조선근대문학사의 크나큰 결락과 만나게 된다. (…중략…) 조선문학에 접속한다는 것은 현격하게 차이 나는 문학이념의 대립에 노출된다는 것이기도 하다. 우리가 이처럼 삭제된 부분에 손을 대려고 하면 양 진영의 어느 쪽으로부터, 혹은 양쪽 모두로부터 반조선적 태도라는 비난을 받을지 모른다. (…중략…) 우리가 조선문학에 뜻을 둔 것이, 조선문화의 결실을 조선인이 주는 대로 적당히 받아먹으려는 자세, 즉 주체성의 결여에 불과한 대국주의적 발상으로부터 벗어나기 위한 것이었음을 기억해 주기 바란다. 이웃나라 조선에서 사는 사람들의 마음에 대해, 일본인으로서 무지한 것이 싫어서였다. '삭제'된 부분을 다루는 것이 공명을 부를지 비난을 부를지는 그때마다 다를 수밖에 없다.[87]

인용문은 『문학』1970.11에 실린 다나카의 「조선문학에 일본인이 관여하는 방식」 마지막 부분에서 따온 것이다. 양쪽으로부터 외면당할 위험을 알면서도 남도 북도 아닌 독립적인 위치를 확보하려는 자세가 자못 비장하다.

2) 주체성의 두 가지 형식

『문학』 특집에는 김석범, 이회성, 오에 겐자부로의 권두 좌담회를 시작으로 김달수, 허남기, 김시종, 안우식, 정귀문 등의 재일조선인 문학자가 대거 참여했다. 여기에 중국문학자인 다케우치 미노루, 다케우치 요시미 그리고 다나카, 오무라, 가지이, 윤학준이 글을 보탰다. 오무라가 해방 전

87 山田明(田中明), 「朝鮮文学への日本人のかかわり方」, 『文学』 38(11), 1970.11, p.99.

의 근대문학에 대해 쓰고, 가지이와 윤학준이 해방 이후의 북한문학과 남한문학에 대해 썼다.

다나카의 글은 오무라, 가지이, 윤학준의 글 앞에 놓여 일종의 총론처럼 읽힌다. 다나카는 1940년의 '조선문학 붐'이 대륙침략의 이해를 반영한 정세론 또는 조선도구론의 산물이라 분석하고 전후 혁신세력의 조선문학 소개도 같은 오류를 반복했다고 비판했다. "주관적인 정세론이나 운동에 도움이 되는 도구"로만 조선문학을 받아들인다면 "연대나 협력의 운동과 이론이 좌절하는 순간 무관심이라는 황량한 동토凍土가 다시 도래할 것"이라는 경고였다.[88] "조선문학을 알고 싶다는 말을 입에 달고 다니면서 그 자신은 조선어에 접근하려고도 하지 않는"[89] 게으름과 오만을 신랄하게 꼬집은 것이다.

다나카가 보기에, 선의일 수는 있어도 "번역한 것을 갖다 바치라"는 게으른 주인 행세는 전후에도 여전했다. 그는 이것을 "주체성의 결여"라고 못박았다. "아류대국주의적 희비극" 또는 "대국주의적 발상"이라고도 빗댔다. 지금이라면 패전 후에도 지속되는 식민주의라고 했을 것이다. 다나카가 말한 '주체성'은 그 식민주의 관성과 대결한다. 역사에 기록되지 않은 일상과 그 일상의 내면을 필사적으로 알아내려는 "주체적 행위"가 곧 그의 조선문학이었다. 실제로 다나카는 『세대』1970.8에 실린 글을 들어, 식민지 시절 유년기를 보낸 '황국신민' 세대가 1965년 이후의 변화 속에서 겪는 내면의 곤혹을 들춰본다. 신식민주의적 재침략이라는 이론적 시각만으로는 좀처럼 알아차리기 어려운 '의식의 속살'이었다. 왜 조선문학

88 위의 글, p.93.
89 梶井陟, 「日本の中の朝鮮文学-その一」, 『朝鮮文学-紹介と研究』 12, 1974.8, p.63.

인가에 대한 다나카 나름의 대답이었다.

윤학준은 1964~65년에 발표한 일련의 글들을 통해 저항문학이라 부를 만한 1960년대 한국의 시, 소설, 평론을 집중적으로 소개했다. 북한의 사회주의문학에 가려 논외시되던 한국문학을 의식적으로 소개했다는 점에서 의미가 깊다. 그러나 『문학』에 실린 「현실 참여에 대하여 – 오늘날의 남조선문학」은, 정작 다뤄야 할 1965년 이후의 동향에는 손도 대지 못하고, 1964~65년에 쓴 논의들을 되풀이하는 데 그쳤다.[90] 윤학준은 독서모임과 문학사모임에 참여하면서 "가지이 씨나 다나카 씨 등과 함께 다시 문학의 세계에 빠지는 기쁨을 맛보았다. 날 버리고 떠난 연인을 다시 만난 것마냥 충실한 나날들"[91]이었다고 감격했지만, 공백의 흔적이 너무 컸다. 가지이의 「사회주의 건설의 인간상 – 해방 후의 북조선문학」은 당의 정치 노선과 문학 방침에 준거하여 해방 이후부터 1960년대까지의 주요 작가와 작품을 해설했다.[92] 다나카와 윤학준이 문학가동맹을 언급한 것과는 대조적으로 가지이는 임화, 이태준, 한설야를 언급하지 않았다. 그는 이 글에서 자신의 견해를 거의 내비치지 않았다.

오무라의 「빼앗긴 들의 빼앗기지 않은 마음 – 해방 전의 조선근대문학」은 저항을 주제로 내세웠다.[93] 1965년의 『문학』 논문과 비교하면 문학사 인식과 서술 방식 그리고 자료를 다루는 방식이나 참고문헌의 범위에 이르기까지 광범위한 변화가 생겼다. 전작이 카프 중심의 시대 구분과 특징에 천착했다면 이 글은 식민지 시기 전체를 관통하는 정신으로 저항을 들고

90 尹学準, 「現実参与をめぐって – 今日の南朝鮮文学」, 『文学』 38(11), 1970.11, p.99.
91 尹学準, 「錦鯉たちとどじょう一匹 – 長璋吉の死を悼みつつ」, p.52.
92 梶井陟, 「社会主義建設の人間像 – 解放後の北朝鮮文学」, 『文学』 38(11), 1970.11.
93 大村益夫, 「奪われし野の奪われぬ心 – 解放前の朝鮮近代文学」, 『文学』 38(11), 1970.11.

개별 작품에서 그 정신이 어떻게 표현되었는지를 따졌다. 카프와 관련해서는 이념과 문학적 성취 사이의 불일치를 한계로 지적하고 최서해의 작품을 해설하는 정도에 그쳤다. 조연현을 인용하고 『현대조선문학선집』에 수록되지 않은 현진건의 「빈처」, 김동인의 「붉은 산」을 내세우는 등 문학사 및 독서모임의 영향이 곳곳에서 감지된다. 카프를 저항의 중심으로 보던 입장에서 한발 물러섬으로써 저항의 성격, 양태, 범위가 눈에 띄게 달라졌다. 글의 서두에 인용한 송민호의 영향도 있을 것이다. 그러나 조연현이나 송민호가 과신한 문학의 순수성은 받아들이지 않았다.

이 글의 본령은 카프 해산 이후와 태평양전쟁기를 다룬 후반부에 있다. 카프 해산 이후 작품으로 유진오의 「김강사와 T교수」, 임옥인의 「후처기」, 한설야의 「모색」, 이효석의 일본어소설 「희미한 빛」을 들어 시류에 불응하는 지식인들의 고뇌를 긍정하는 한편, 전쟁에 협력한 이광수와 이석훈의 친일 행위를 재론했다. 변절 대신 다소 중립적인 어감의 '방향전환[轉折]'을 채택한 데서도 알 수 있듯이, "민족 반역자, 일제의 앞잡이라 불리는 이들조차 민족의 혼을 잃지는 않았다"[94]는 해석은 초기의 입장과 사뭇 달라진 대목이다. 일본어소설이나 일본어로 발행된 잡지와 단행본을 적극적으로 검토한 것도 무시할 수 없는 변화였다.

친일문학의 재해석은 이 시기의 오무라를 특징짓는 새로운 경향으로, 그 시작은 『사회과학토구』에 발표된 「제2차 세계대전 하 조선의 문화 상황」1970.3이었다. 송민호의 논문을 번역한 「일제말 암흑기문학의 저항」1970.12의 역자 후기에 박영희, 최재서, 이석훈에 대한 저자의 혹독한 평가

94 위의 글, p.113.

를 두고 "우리 일본인으로서는 다르게 생각할 수도 있다"[95]는 짤막한 단서를 남겼는데, 「문화 상황」은 바로 그 다른 생각을 풀어놓은 것이었다.

「문화 상황」은 논문 말미에 이석훈과 김용제도 다루었지만 거의 대부분을 이광수 논의에 할애했다. 오무라는 『가실嘉実』1940, 『동포에 고함同胞に寄す』1941, 『내선일체수상록内鮮一体随想録』1941 등의 일본어 단행본을 통해 이광수의 논리를 차분하게 검토했다. 그는 「민족개조론」 등의 1920년대 시론에서 이광수의 비현실적인 낙관주의를 추출했으며, 현실에서 좌절한 이광수가 결국 "무차별세계를 관념의 피안에서 구할 수밖에 없게 되었다"고 꼬집었다.[96] 법화경에 빠져 있던 이광수는 1940년을 전후로 "민족 멸망의 공포" 때문에 "발광하듯" 내선일체와 친일협력으로 내달렸다. 오무라는 이광수의 내선일체론에 대해 "자기 존재를 말살하고서 어찌 타자와의 평등이 가능한가. 그의 논리는 완전히 뒤집혀 있다"며 정곡을 찔렀다.

이광수가 "일제가 꺼내든 '일시동인, 내선일체'를 역이용[逆手]할 생각"을 갖고 있었다는 지적도 놓칠 수 없는 대목이다.[97] 이는 임종국의 논의와 공명하는 부분이기도 한데,[98] 오무라는 더 나아가 이광수의 내선일체론이 총독부의 그것과 일치하지 않는다고 봤다. 오무라는 '차이의 완전한 소멸'을 주장하는 『내선일체수상록』 안에서 그것을 불가능하게 만드는 타자성의 증거들불신, 애정의 갈급, 이기, 존재의 항변 등을 찾아내고자 했다. 그가 보기에

95 大村益夫, 「日帝下暗黒期文学の抵抗ー訳者あとがき」, 『朝鮮文学ー紹介と研究』 1, 1970.12, p.50.

96 大村益夫, 「第二次世界大戦下における朝鮮の文化状況」, 『社会科学討究』 43, 早稲田大学社会科学研究所, 1970.3, p.414.

97 위의 글, p.403.

98 오무라 자신이 밝힌 것처럼, 「문화 상황」은 임종국의 『친일문학론』에 촉발된 논문이다. 임종국이 분석한 이광수의 내선일체론에 대해서는 林鍾国, 大村益夫 訳, 『親日文学論』, 高麗書林, 1976, pp.276~301. 단, 『同胞に寄す』, 『内鮮一体随想録』는 임종국의 책에서 검토되지 않은 자료이다.

"이광수 역시 결국 조선인이라는 사실에는 변함이 없었다".[99] 오무라의 날카로운 통찰이 이광수 연구 및 일제말 문학연구에 미친 영향은 자리를 달리하여 살펴볼 문제이지만, 「문화 상황」이 나오고 얼마 되지 않아 김윤식이 오무라의 논의를 상당히 무겁게 검토한 바 있다는 점만큼은 덧붙여 두기로 하자.[100]

가지무라는 자기비판의 관점에서 『내선일체수상록』을 다룬 바 있다. 그는 『내선일체수상록』에서 "내선일체의 열쇠는 조선인 자신이 쥐고 있다"거나 "문제는 조선인 자신의 마음가짐이나 노력에 있다"[101]는 구절이 포함된 문장을 인용하면서, "조선인이 주체적으로 뛰어들게 하는 것"이 황민화 정책의 본질이라고 간파했다. 조선인의 처지에서 보면 "일제가 만들어 놓은 동화同化=동원動員의 덫에 제 스스로 걸려드는 것"이었다. 가지무라는 이광수와 『내선일체수상록』에 대해 이렇게 말한다.

> 시류에 민감한 자가 깊이 휘말리는 일도 있었다. 예를 들어 3·1운동 무렵 저명한 학생활동가였고 20년대에는 「민족개조론」을 내걸고 민족운동의 이론전선에 파문을 던졌던 이광수도, 정신적 굴복을 뼛속에 새긴 채 포획당한 이들 중의 한 명이었다. 그는 가야마 미쓰로香山光朗라는 이름으로 『내선일체수상록』이라는 팜플렛을 남겼는데, 살아남으려는 안간힘이 얼마나 충격

99 大村益夫, 「第二次世界大戦下における朝鮮の文化状況」, p.418.

100 김윤식은 「식민지 문학의 상흔과 그 극복」에서 오무라의 논문을 이광수와 다나카 히데미쓰(田中英光) 논의의 단서로 삼는 한편, '황국신민' 세대의 의식 분열에 대한 다나카 아키라의 분석에 쓰라린 공감을 표했다. 김윤식, 「식민지 문학의 상흔과 그 극복」, 『한일문학의 관련양상』, 일지사, 1974, 114~145쪽.

101 香山光朗, 『内鮮一体随想録』, 中央協和会, 1941, pp.1~3. (樋口雄一 編, 『協和会関係資料集』 II, 緑蔭書房, 1991)

적인지, 일본인으로서는 끝까지 읽는 게 대단히 힘든 역사적 문헌이다. 어떤 의미에서는 제국주의의 잔혹함에 대한 가장 신랄한 비판이라고도 할 수 있다.[102]

가지무라는 무자비한 폭력 아래에서 죽을 힘을 다해 발버둥치는 이광수를 본다. 이광수에 대한 비난이나 동정에 앞서, 인간을 파괴하는 잔혹한 폭력에 대해 말하고 있는 것이다. 그 끔찍한 풍경과 마주한다는 것은 "일본 제국주의 안쪽에 있는 자기와의 싸움"[103]이기도 했다. 오무라도 일찌감치 비슷한 심경을 토로한 바 있다. "[조선청년동맹 주최의 청년학교] 개강식에서의 긴박감은 지금도 잊을 수 없다. (…중략…) 모두 조선인이었다. 아는 얼굴이 있을 리 없다. (…중략…) 사람들이 만든 벽 뒤에 웅크리고 앉아 있었다. 연설이 이어졌다. 일본을 향한 격한 말이 어떤 망설임도 없이 내게 달려들었다. 진짜 조선인의 목소리였다. 염불 외듯 입속에서 '일본인, 일본인'을 되뇌었다. 일본인이라는 사실이 묵직하게 내리눌렀다. 3·1운동을 생각하고 창씨개명을 생각하고 관동대지진을 생각했다. 조선은 나를 내셔널리스트가 되게 했다."[104]

「문화 상황」 등에서도 치열한 자기비판의 울림을 들을 수 있다. "지금 나는, '조선근대문학이란 무엇인가'라거나 '이광수를 어떻게 평가해야 할

102 梶村秀樹, 「日本帝国主義の問題」(1977), 『梶村秀樹著作集』 第2巻, 明石書店, 1993, p.313.
103 梶村秀樹, 위의 글, p.329. "내재적 발전론에 기초한 새로운 역사상의 추구가, 자생적 발전을 왜곡·억압한 원흉으로 일제의 가해성을 더욱 선명하게 부각시켰다"는 요시노 마코토의 견해와, 가지무라의 『内鮮一体随想録』 독해를 "이광수에 대한 내재적 이해의 시도"로 해석한 미쓰이의 견해도 참조하기 바란다. 吉野誠, 「朝鮮史研究における内在的発展論」, 『東海大学紀要 文学部』 47, 東海大学文学部, 1987, p.36; 미쓰이 다카시, 「근대 조선사학사 인식에서 본 가지무라 히데키」, 강원봉·홍종욱 외, 앞의 책, 62쪽.
104 大村益夫, 「わたしと朝鮮」, pp.37~38.

것인가'라는 문제를 논하려는 것이 아니다. (…중략…) 일본 제국주의가 이런 비참한 정황을 조선인에게 강요한 식민지 지배의 잔인함을 다시금 확인하고자 하는 것"[105]이다. 그에게 조선문학은 "식민지 지배가 인간의 혼을 어떻게 침식하는지를 밝히고, 그처럼 궁지에 몰아넣은 자의 책임을 추급하는 작업"[106]과 다르지 않았다. 오무라는 식민지 지배의 책임, 즉 일종의 당사자라는 입장에서 조선근대문학의 의미를 따졌다. 조선문학을 시작한 이래 변하지 않은 그의 일관된 태도였다고 해도 좋을 것이다. 그렇기에 그는 "강요한 자의 치욕이 강요당한 자의 치욕보다 수백 배일지도 모른다는 상념" 속에서, "다른 외국문학을 대할 때와는 다른, 일종의 긴장감"[107]을 느끼지 않을 수 없었다.

4. 『조선문학 - 소개와 연구』의 성과와 한계

1) 이질적인 존재들의 집합

『문학』 기고를 계기로 가지이, 오무라 등은 1970년 가을 '조선문학의회'를 결성하고 같은 해 12월 『조선문학-소개와 연구』(이하 『조선문학』)를 창간했다. 창간호 발행 당시 성원은 가지이, 오무라, 다나카, 이시카와, 조 5인이고 창간호가 나온 뒤 오구라가 동참했다.[108] 가지이, 오무라, 다

105 大村益夫, 「第二次世界大戦下における朝鮮の文化状況」, pp.401~402.
106 大村益夫, 「奪われし野の奪われぬ心－解放前の朝鮮近代文学」, p.113.
107 大村益夫, 「訳者解説」, 『親日文学論』, p. x iv.
108 다나카는 5호를 발간할 즈음 한국으로 유학을 가면서 모임을 탈퇴했다. 한편 다카키 히데아키(高木英明)가 4호부터, 도모나가 노리(朝長ノリ)가 8호부터, 마키세 아키코, 가지무라 마스미가 9호 발간 이후에 동인으로 참가했다. 다카키와 도모나가의 활동 기

나카, 이시카와는 독서모임과 문학사모임을 3~5년간 함께 했다. 이시카와, 오구라, 조는 조연에서 조선어를 배운 인연이 있다.[109]

'조선문학의 모임'과 '조선문학의 회'는 둘 다 '朝鮮文学の会'로 이름이 같지만, 구성원의 자질이나 모임의 목표, 활동 방식 등에서 그 성격이 확연히 달랐다. '조선문학의 모임'은 조연을 중심으로 만든 독자 모임에 가까웠고 역사 인식이나 이념의 동질성을 추구했다. 조선문학연구에 뜻을 둔 이들은 가지이나 오무라 정도였다. 대부분의 회원이 조선어를 할 수 없었던 탓에 일본어로 읽을 수 있는 조선문학이 활동의 최대치였다.

반면 '조선문학의 회'는 소수의 동인 집단이면서도 이념적 동일성을 추구하지 않았다. '조선문학의 회'는 스스로를 "직업, 신조, 문학관 모두 천차만별"인 "이질적인 인간들"의 집합체로 인식했다.[110] 일본인의 입장에서 조선문학을 소개하고 연구한다는 최소한의 요강만을 내세웠다. "현대 조선문학을 연구하는 일본인만으로 5명을 모은 조직은 처음"[111]이라는 자부심이 있었다. 모임의 지표는 오직 하나, '스스로 번역하고 스스로 판단한다'는 것이었다.

> 우리 모임에는 회칙이 없다. 그러나 최소한 이 모임이 (1) 일본인의, 적어도 일본인을 주체로 한 모임이라는 것 (2) 백두산 이남, 현해탄에 이르는

간은 길지 않았다.

109 이시카와 세쓰코(石川節子, 石川節)의 본업은 사미센 교습으로, 조선어를 조연 강습회에서 배운 뒤 1967~68년에는 조연 연구생으로 활동했다. 『조선문학』 창간호 「동인의 말」에는 "몇 년 전 조선인이 쓴 것을 직접 읽고 싶다는 생각에서 조선어를 배우기 시작했다. 반 년 정도 배우고 나서는 무모하게도 『한국단편문학전집』을 읽고 있던 와세다 어연(語研) 연구실에 뛰어들었다"고 썼다. 오구라 히사시는 『東京経済』의 기자였다.

110 田中明, 「異質な人間の共通意思」, 『朝鮮文学—紹介と研究』 1, 朝鮮文学の会, 1970.12, p.64.

111 梶井陟, 「もう一人ではない」, 위의 책, p.63.

지역에 살았거나 살고 있는 민족이 만들어낸 문학을 대상으로 한다는 것, 이 두 가지를 원칙으로 확인하자. 우리들 마음에 38도선은 없다.[112]

앞 장에서 살펴본 것처럼, '일본인'이라는 모임의 구속성은 남북 문학사에 속박되지 않겠다는 의지의 표현이었다. 그렇다면 '일본인의 입장에서' 조선문학을 번역하고 연구한다는 자각의 구체적인 함의는 무엇이었을까? 동인 저마다의 대답이 있었을 것이다. 다나카는 대국주의식민주의로부터 벗어나기 위한 주체의 노력을 역설했고, 오무라는 식민지 지배의 책임을 스스로에게 되물어야 한다는 '당사자로서의 일본(인)'을 강조했다. 물론 '조선문학의 회'는 어떤 형태로도 개인의 행동을 구속하지 않겠다고 다짐했다. 스스로를 일종의 협의체로 생각했고 세포 분열을 통해 발전적으로 해체되기를 원했다.

동인지 『조선문학』도 사실 "개인 잡지의 묶음"오무라이라 부를 만한 것이었다. 그런 만큼 『조선문학』의 일관된 성격을 따지기는 쉽지 않다. 일단 『조선문학』에 게재된 글을 번역과 연구로 나눠 보면, 12호까지 발간된 『조선문학』 전체에서 시, 소설, 평론의 번역 비중이 압도적으로 높다. 그중에서도 소설 번역에 공을 많이 들였다. 남북을 기준으로 따져보면, 총 29편의 번역소설 중 북한 작품은 4편에 불과했다. 어느 한쪽도 배제하지 않겠다는 입장이었지만 여건상 접근이 쉽지 않았다. 번역한 북한소설의 작가 이력을 확인하지 못하는 일도 있었다. 번역소설만 놓고 보면, 『조선문학』은 1960년대 이후의 한국문학에 쏠려 있다. 1960년대 작품이 4편

112 大村益夫, 「進軍のラッパは聞えない」, 위의 책, p.62.

이고 1970년대 작품은 무려 10편이나 됐다.

번역소설을 선정하는 기준은 무엇이었을까? 여기에 대해서는 명시적인 언급이 없다. 번역자 개개인의 취향도 무시할 수 없는 노릇이지만, 공통의 맥락이 아예 없었던 것은 아니다. 특정 주제 없이 발간한 1호부터 6호까지의 번역소설은 모두 14편으로 그 중 식민지기 소설이 3편, 해방기 소설 1편,[113] 1960년대 북한소설이 2편이다.[114] 나머지 8편이 1960~70년대의 한국소설이었다. 구체적으로는 「총독의 소리」1967를 필두로 하근찬의 「족제비」1970, 선우휘의 「묵시」1971, 박시정의 「날개소리」1970, 윤정규의 「한수전恨水傳」1971, 오영수의 「새」1971, 서기원의 「마록열전(3)」1971, 이청준의 「문단속 좀 해 주세요」1971가 실렸다. 계통성이나 대표성과는 거리가 있을 수 있지만, 식민지 · 친일 · 한일조약 등 '일본이라는 문제'를 다룬 작품이 많았다.

식민지기 소설로는 어떤 것들이 소개되었을까? 1945년 이전 소설은 모두 7편이 실렸고 창간호의 「빈처」1921를 제외한 6편이 1930년대 작품이다. 「빈처」를 번역한 이시카와는 '작가소개'에서 현진건을 "조선근대문학의 리얼리즘을 개척한 작가 중 한 명"으로 소개했다. "남쪽 문학사에서는 어느 저서나 높이 평가하고 있다. 북쪽의 『조선문학통사』 하권에서는 완전히 무시되었지만 『어문연구』1966년 제2호에 실린 「비판적 리얼리스트 현진건」에서는 높이 재평가"된다고 덧붙였다.[115] 북쪽의 달라진 평가를

113 해방기 소설로는 안동수의 「아름다운 아침」(1946)이 4호(71.9)에 실렸다.

114 북한소설로는 허준식의 「창조」(1965)와 류도희의 「행복한 날에」(1962)가 3호(71.6)와 5호(71.12)에 실렸다. 「창조」는 사회주의 건설에 분투하는 화학기사를 다룬 이야기이다. 「행복한 날에」는 1930년대 항일유격대에 참여한 여성들의 헌신과 혁명 정신의 계승을 그린 작품이다. 두 작품 모두 사회주의 건설기의 자신감이 배어 있다.

115 石川節, 「貧妻-作者紹介」, 『朝鮮文学－紹介と研究』 1, 1970.12, p.19.

바탕으로 현진건을 남북 문학사의 접점으로 삼은 것이다. 번역 저본은 백수사판 『한국단편문학전집』 제1권1965년 증보4판에 수록된 것을 사용했다. 2호에는 오무라가 옮긴 「무녀도」가 실렸다. 역자 해설에는 조연현, 김우종을 인용하는 방식으로 김동리의 순수문학론과 토착성이 언급됐다. 오무라는, 순수문학론에 대한 자신의 비판적 입장은 드러내지 않은 채, 「무녀도」의 "사라져가는 것들에 대한 안타까운 마음"만 짚었다.[116]

6호에 「동백꽃」, 1930년대 특집호인 7호에 「지하촌」, 「가마귀」, 「수탉」, 「봉별기」가 실렸다. 6, 7호에 실린 다섯 편 중 「지하촌」 이외의 작품이 모두 구인회 관련 소설이고, 「수탉」1933을 제외한 네 편이 1936년에 발표된 것이다. 7호에는 정지용과 김기림의 시도 실렸다. 가지이의 「1930년대의 조선문학 상황 개관」은 7호의 '1930년대 특집'을 조망하는 위치에 놓인 글인데, 논의 대부분이 '1930년대=순수문학기'조연현의 관점을 비판하는 데 맞춰졌다.[117] '순수문학기'라는 시대구분이 진실의 부서진 조각, 즉 계급문학을 배제한 결과라는 것이 가지이의 주된 논지였다. 김우종은 『한국현대소설사』1968에서 1930년대의 순수문학이 "문학의 독자성"을 확립했지만 "도피적 문학, 역사 부재의 문학"에 머물렀다며 공과를 따졌는데,[118] 가지이는 후자만을 인용하면서 글을 맺었다. 결과적으로 "다섯 작가의 작품에 초점을 맞춰 소개하겠다"[119]는 취지가 무색하게, 게재된 작품과 관련해서는 구인회의 멤버 이름을 나열하는 정도에 그쳤다.

---

116 大村益夫, 「巫女図－作者紹介」, 『朝鮮文学－紹介と研究』 2, 1971.3, p.20.
117 梶井陟, 「1930年代の朝鮮文学状況概観」, 『朝鮮文学－紹介と研究』 7, 1972.7, pp.52~56.
118 金宇鍾, 長璋吉 訳, 『韓国現代小説史』, 龍溪書舎, 1975, pp.335~336.
119 梶井陟, 앞의 글, p.52.

2) 조 쇼키치의 새로운 감수성

6, 7호를 경계로 『조선문학』에는 몇 가지 변화가 생긴다. 우선 발행인이 오무라에서 조 쇼키치로 바뀌었다. 오무라가 1972년 봄부터 연구년으로 한국에 머물게 된 까닭이었다. 또 하나의 변화는 6호까지 특정한 주제 없이 발행하던 것에서, 7호부터 하나의 주제를 내걸고 그에 맞춰 시, 소설, 평론을 번역하고 해설을 쓰는 체제로 바뀐 것이다. 첫 특집은 1930년대, 그것도 구인회 위주로 작품을 선정했다. 조는 7호에서 「가마귀」와 「날개」를 옮겼다. 이태준은 "프로문학의 전성시대가 지난 뒤인 1930년대 '순수문학'의 대표 작가. 그의 작품은 아름답지만, 역사적 상황을 사상한 채 패배 속에서 사라져가는 것들에 대한 감상적 동정을 표현하는 것에 머물렀다고 평가받는다"[120]고 소개했고, 이상의 「날개」에 대해서는 백철의 『신문학사조사』에서 "심리주의적 리얼리즘의 수법으로 자의식의 세계를 그린 작품"이라는 구절을 끌어왔다.[121] 작가 소개에 인용된 촌평은 조의 생각이 아니다. 조의 특유한 감각은 그가 선택한 작품들의 경향을 통해서 유추해 볼 수 있을 따름이지만, 가지이나 오무라와는 분명한 차이가 있었다.[122]

제7호에서는 1930년대 문학 특집을 꾸며 봤습니다. 가지이 노보루의 해

---

120 長璋吉, 「鴉－作者紹介」, 『朝鮮文学－紹介と研究』 7, 1972.7, p.3. 인용된 평가는 김우종의 것이다. 金宇鍾, 앞의 책, p.281.

121 長璋吉, 「逢別記－作者紹介」, 『朝鮮文学－紹介と研究』 7, p.47; 白鐵, 앞의 책, p.311.

122 오무라는 조 쇼키치, 사에구사 도시카쓰(三枝壽勝)와 함께 『朝鮮短編小説選(上・下)』(1984), 『韓国短編小説選』(1988)을 편역했는데, 번역 작품 선정 과정에서 조와는 한 번도 경합하지 않았다고 회상했다. "그만큼 조 쇼키치 씨는 나와 관심이 달랐습니다. 조 씨는 내게 이질적인 존재였습니다. 저는 이 젊고 독특한 재능의 소유자를 오랫동안 줄곧 놀라움 속에서 지켜봤습니다." 大村益夫, 「弔文」, 長璋吉, 『朝鮮・言葉・人間』, 河出書房新社, 1989, p.424.

설과 함께 게재된 작품들을 읽어 보시기 바랍니다. 다음 호부터는 1950년대 문학8호, 1960년대 문학9호, 조선민주주의인민공화국 문학10호을 특집으로 꾸밀 예정입니다.[123]

인용문 속 예정은 연 4회 발행을 염두에 둔 것으로, 실제로는 7호부터 조금씩 늦어져 9, 10호는 1973년 3월과 9월에 발행됐다. 3개월 간격으로 발행되던 것이 어느새 반년 간격으로 늘어난 것이다. 8, 9호를 1950년대, 1960년대의 남한문학으로 꾸미고 10호를 북한문학 특집으로 잡아 균형을 맞췄다. 조가 8호의 해설을, 가지이가 10호의 해설을 썼다. 9호 해설은 임헌영의 평론[124]으로 대신했다.

조 쇼키치는 1941년생으로 다나카, 가지이와는 14, 15살의 차이가 있었다. 그는 도쿄외국어대학 중국어학과에 적을 두고 있던 1963년 5월부터 조연에서 조선어를 배우기 시작했다.[125] 간노가 강좌의 책임을 맡고 가지이와 오무라가 강사로 참여하던 때였다. 1963년에는 '조선문학의 모임'에도 잠시 참여했다. 1967년에는 조연 조선어강좌에서 상급 강사를 맡았다.[126] 조는 1965년 3월 도쿄외국어대학을 졸업했는데, 1968년 11월 한국으로 건너가 이듬해 3월에는 연세대학교 대학원 석사과정에 입학했다. 그때까지만 해도 조는 한국어 연구에 뜻을 두고 있었다. 조사의 용례를 수집할 요량으로 소설을 읽다가 한국문학에 흥미를 갖게 됐다고 한

123 「お知らせとお願い」, 『朝鮮文学-紹介と研究』 7, p.65.

124 任軒永, 高木高明訳, 「挑戦の文学」, 『朝鮮文学－紹介と研究』 9, 1973.3.

125 長璋吉, 「雑感」, 『글방』 1, 現代語学塾, 1975.8, p.6. 조 쇼키치의 생애와 저작은 「長璋吉年譜」, 『朝鮮・言葉・人間』, pp.410~418.

126 「日本朝鮮研究所第７回定期総会資料」, p.92.

다.[127] 1년 뒤인 1970년 봄 대학원을 그만두고 귀국했다.

다나카와 윤학준이 조를 처음 만난 것은 1970년 가을이었다. 『조선문학』 첫 편집회의 자리였는데, 윤학준은 그때의 조가 "단정한 얼굴을 하고 있었지만 안경 너머에서 빛나는 눈 어딘가에 삐딱한 불량기가 있었다"고 기억했다.[128] 조는 창간호에 유학기를 연재하기로 했다. 독특한 시선과 신선한 문체가 화제를 불렀다.[129] 다나카는 그의 문장이 이념의 풍조를 따르지 않고 "오직 언어의 주파수만을 따라가며 맨눈으로 한국을 응시했다"면서, 조가 "닿으면 베일 것 같은 날카로운 언어감각"의 소유자였다며 그의 이른 죽음을 애도했다.[130]

조의 첫 번역은 『아사히 아시아리뷰』1971.6에 옮긴 박순녀의 「어떤 파리」이다.[131] 해방 이후 한국문학의 흐름을 요약한 역자 해설에서는 1950년대 문학의 윤리적 항변과 1960년대 문학의 개인주의를 대비시켰다.[132] 역자 해설의 형식을 띠고 있지만 한국문학에 대한 조의 첫 발언이었다. 『조선문학』 4호1971.9에는 박시정의 「날개소리」를 번역하면서 "한국의 젊은 작가들과 평론가들이 가진 공통의 지향성"을 작품 선택의 이유로 들었

127 長璋吉, 「平面性の文学の課題」(1976), 『朝鮮・言葉・人間』, p.157.
128 尹学準, 「錦鯉たちとどじょう一匹－長璋吉の死を悼みつつ」, p.53.
129 1968년 11월부터 1970년 3월까지의 유학 생활을 다룬 조의 「ソウル遊学記-私の朝鮮語小辞典」(1970.8~1974.1)은 경쾌한 필치로 하숙집, 다방, 영화관, 양복점, 길거리 등에서 만난 사람들의 일화를 담았다. 조의 유학기는 '독재 치하'라는 엄숙한 시선이 지배하던 당시의 한국 인식에 신선한 충격을 줬다. 동인지의 연재가 끝난 후에는 단행본(1973), 증보판(1975), 문고판(1985), 문고판 신판(2002) 등 30년간 6번이나 판을 거듭했다. 木下隆男, 「長璋吉－普段着の朝鮮語をめざして」, 舘野晳 編, 『36人の日本人 韓国・朝鮮へのまなざし』, 明石書店, 2005, pp.223~224.
130 田中明, 「長璋吉君を失って」, 『朝鮮・言葉・人間』, p.425.
131 朴順女, 長璋吉訳, 「あるパリ」, 『朝日アジアレビュー』 2(2), 朝日新聞社, 1971.6.
132 長璋吉, 「解放後の模索から質的向上期へ」, 『朝日アジアレビュー』 2(2), pp.79~81.

다(「어떤 파리」나 「날개소리」 모두 1970년에 발표된 작품이다.) 8호 특집 해설에서는 1950년대 문학의 특징을 폐허로부터 질서를 회복하고자 하는 강렬한 열망으로 정리했다. 그는 감각적인 언어를 구사하면서 작중 인물의 성격이나 심리 분석에 집중했다.

> 김성한은 (…중략…) 정상적인 행동 체계를 고의로 무시하는 '엉뚱한 사람'을 만들어냈다. (…중략…) 정상이지만 어딘가 이상하다고 느껴지는 (…중략…) '엉뚱한 사람'의 존재를 해명해 준 한국의 평론가는, 내가 아는 한 아직 없다. 「낙서족」손창섭, 1959년의 주인공이 지성 결핍으로 비난 받고 『무정』의 주인공은 '주책바가지'라는 소리를 듣는다. '주책바가지'란 말을 어떻게 번역해야 할지 모르겠지만, 자살을 하려고 자취를 감춘 은사의 딸을 찾으러 가서는, 그녀가 갔을 만한 곳을 안내해 주는 어린 기생의 저고리가 땀에 젖어 등에 달라붙은 것을 보고 홀연 마음이 바뀌어 발길을 돌리는, 심지어 그걸 괴로워하지도 않는 남자를 가리킨다. (…중략…) 김성한은 전쟁 직후의 기대감을 강조하면서, 새로운 질서에의 의욕을 돋보이게 만드는 수단으로 이 '엉뚱한 사람'을 사용했다.[133]

조는 이념이나 역사보다는 문학적인 것에 더 많은 흥미를 느꼈다. 동년배 작가들에 대한 관심도 컸다. 그는 김승옥, 이청준, 최인훈과 더불어 김우종, 김주현, 김현, 김윤식 등의 젊은 비평가들에 귀를 기울였다. 1970년대 특집호인 『조선문학』 11호에는 김현이 쓴 정현종론, 「바람의 현상학」

133 長璋吉, 「お母さん子は告発する－1950年代の韓国文学について」, 『朝鮮文学－紹介と研究』 8, 1972.10, p.58.

을 번역하기도 했다.

10호는 '조선민주주의인민공화국의 문학' 특집으로 가지이의 역할이 컸다. 소설은 박태연의 「다시 만날 때까지」, 김현구의 「잠수 견습공」을 가지이와 오구라의 번역으로 실었다. 『조선문학』1956.3과 『1962년 문학작품년감』에서 뽑은 것이다. 가지이가 조기천, 김시권, 김운하의 시를 번역하고 해방 후의 북한문학에 관한 해설도 썼다. 해방 직후부터 1960년대 초반까지의 북한문학을 당 문예정책 중심으로 정리한 점은 「사회주의 건설의 인간상」1970.11과 대동소이하지만, 1967년 이후의 변화주체사상의 대두, 수령 형상 문학와 더불어 임화, 이태준, 김남천 그리고 한설야의 숙청을 언급했다는 점이 다르다.[134] 특집의 해설인 만큼 북한문학을 어떻게 바라볼 것인가에 대해서도 속내를 털어놓았다. 이런저런 어려움으로 『조선문학』이 북한문학에 소홀한 점이 없지 않았지만 '하나의 조선, 하나의 조선문학'이라는 자신들의 원칙에는 변함이 없다고 했다. 그런 점에서 이 특집은 '조선문학의 회'의 존재 의의를 되묻는 일처럼 보인다. 가지이는 남한이나 일본과의 비교 이전에 북한문학의 "실제 모습을 자기 눈으로 확인"하는 것이 먼저라는 점을 강조하면서 1960년대 후반 이후 달라진 북한문학에 대해서는 판단을 유보했다.[135]

10호에는 오무라의 「그 땅의 사람들」이라는 에세이도 실렸다. 탁구장에서 만난 초등학생, 중국의 문화대혁명을 떠올리게 하는 새마을운동, "넌덜머리나는 식민지기였지만 거기에 자신의 청춘 또한 묻혀 있는 세대"[136]의 복잡한 심사, 술취한 시골 노인의 일본어와 일본군가, 시장의 말

134 梶井陟, 「朝鮮民主主義人民共和国の文学」, 『朝鮮文学－紹介と研究』 10, 1973.9, pp.52~53.
135 梶井陟, 위의 글, pp.45~46.

싸움 등을 풍경처럼 담았다. 오무라는 1972년 10월의 유신 선포로 인한 정치적 혼동에는 말을 아끼는 대신 소란스러운 시정의 한복판을 응시했다. 10개월간의 한국 체류는 그에게 어떤 전환점이 되었을까? 오무라는 "재외연구를 끝내고 올봄에 귀국했지만 예전 같은 정열이 좀처럼 되살아나지 않는다"면서 "초심을 잊지 않겠다"[137]고 다짐했다. 그러나 "느슨해진 긴장감"[138]은 오무라만의 것이 아니었다.

3) 두 권의 『현대조선문학선』

『조선문학』이 창간되고 한동안은 동인들 자신이 당혹할 정도로 고무적이었다. "근현대 조선문학 분야만은 늘 휑하니 큰 구멍이 뚫려 있던" 현실에서 『조선문학』은, '조선 문제'에 관심을 가진 일본인 독자들과 조국의 문화·문학에 갈증을 느끼던 재일조선인 독자들의 눈과 귀를 잡아끌었다.[139] "일본에서의 한국학이 일제 지배자의 편집偏執인 식민사관에서 탈피하지 못하거나 유물론적 사회주의관에 집착하고 있는 경향에 비해 한국문학에 대한 인식은 거의 무지에 가까울 뿐더러 알고자 하는 관심이나 흥미도 별로 없는" 가운데, "한국문학 전문지 『조선문학』에 기대와 회의가 반반"이라는 김병익의 기사도 발췌해 소개했다. 걱정을 감추지 않았지만 기대가 듬뿍 담긴 응원이었다.[140]

---

136 大村益夫, 「かの地の人々」, 『朝鮮文学－紹介と研究』 10, p.60.

137 大村益夫, 「自戒をこめて」, 위의 책, p.64.

138 小倉尚, 「バトンタッチの記」, 같은 곳.

139 大村益夫, 「喜びと、とまどいと－創刊号を出して」, 『朝鮮文学－紹介と研究』 2, 1971.3, 61~63쪽; 「読者からの励まし」, 『朝鮮文学－紹介と研究』 3, 1971.6, pp.62~63.

140 김병익, 「메마른 일본에 싹트는 한국문학」, 『동아일보』, 1971.7.5; 小倉尚, 「韓国『東亜日報』紙から」, 『朝鮮文学－紹介と研究』 4, 1971.9, p.68.

창간 당시부터 계획한 번역 선집은 두 권의 『현대조선문학선』으로 출간됐다. 일본인이 번역한 조선문학 선집으로는 최초의 사례였다.[141] 출간 전에는 '현대조선 저항문학선'이라는 제목도 고려한 것 같다.[142] 윤학준은 1권 「해설」에서, 선집에 수록된 작품 대부분이 아주 최근의 작품들이면서 대부분 일본과 관계된 작품이고 또한 저항문학을 중심으로 한다고 했지만, 스스로 인정했듯이 뚜렷한 방향성 아래 기획된 것은 아니었다.[143] 『조선문학』의 번역이 그렇듯이, 넓은 의미에서의 경향과 동인들 각자의 취향이 결합된 결과로 보인다.

『현대조선문학선』 I 1973에 수록된 총 13편의 작품 중 11편이 1960~70년대 한국소설이다. 그 밖에 최명익의 「마천령」 1947과 류도희의 「행복한 날에」 1962가 실렸다. 1권의 구성은 『조선문학』에 실렸던 작품과 그렇지 않은 작품으로도 나누어 볼 수 있다. 『조선문학』 1~6호의 전재가 6편 「한수전」, 「행복한 날에」, 「묵시」, 「족제비」, 「마록열전」, 「총독의 소리」이고 나머지 7편 중 남정현의 「사회봉」, 「분지」와 송병수의 「실증」은 윤학준이 저항문학으로 높이 평가한 작품들이다.[144] 동인 결성 이전의 독서모임에서 읽었던 작품

---

141 村松武司, 「現代朝鮮文学選 1」, 『朝鮮文学－紹介と研究』 10, 1973.9, p.63. (『図書新聞』, 1973년 3월 10일자 서평의 재수록) 그 밖에도 日野啓三, 金石範, 李恢成, 円谷真護 등이 선집의 서평을 썼다고 한다.

142 "창간호부터 7호까지 6편의 소설을 번역하고 지금은 『현대조선 저항문학선』(가제)을 10월 말쯤 출판할 예정으로 2호와 5호에 실은 졸역 「족제비」와 「한수전」을 다시 읽고 있다." 石川節子, 「大根ヤク者」, 『朝鮮文学－紹介と研究』 8, 1972.10, p.64. "저항작품을 중심으로, 현대 남북조선의 저항문학 대표작을 망라!" 「近刊予告 現代朝鮮抵抗文学選(仮題)」, 같은 책, 뒤표지.

143 尹学準, 「解説」, 朝鮮文学の会 訳編, 『現代朝鮮文学選』 I, 創土社, 1973, p.533·541. 오무라는 "계통적인 선택을 했다고는 할 수 없지만, 수록 작품은 문학으로서의 수준을 갖췄다"고 자평했다. 大村益夫, 「日本における朝鮮現代文学の研究・翻訳小史」, p.309.

144 尹学準, 「現代朝鮮文学の現状と課題(1)－南朝鮮の文学」, 『文学』 32(8), 岩波書店, 1964.8, pp.131~132; 尹学準, 「作家と現実参与－南朝鮮文学の新しい傾向」, 『朝鮮研究』 44, 1965.10,

들로 짐작된다. 나머지 4편인 「청산댁」, 「속연」, 「마천령」, 「어떤 파리」도 식민지기와 한국전쟁 그리고 냉전의 현실을 정면으로 다룬 작품들이다. 오구라가 4편, 이시카와가 3편을 번역했다. 조와 가지이가 2편씩, 오무라와 다나카가 1편씩 번역했다.

『현대조선문학선』 II 1974는 14편의 수록 작품 중 10편을 해방기 작품으로 채웠다.[145] 윤학준은 해설로 「해방 직후의 문학 상황」을 썼다. 그는 조선문학가동맹·북조선문학예술총동맹·전조선문필가협회의 갈등과 대립을 설명한 뒤, 임화의 「조선민족문학건설의 기본과제에 관한 일반보고」를 상세히 소개하면서 1930년대 후반 이태준, 정지용 등과의 공동전선이 획기적인 것이었다고 평가했다.

> 이 공동전선에 대해 일부에서는 임화, 김남천 등이 카프를 적에게 팔아넘기고 퇴폐적인 부르주아 문단 문학에 투항한 것이나 다름없다는 입장이 있다. 그러나 이런 입장은, 계급파 문학이 민족(예술)파 문학에 패배하고 좌절했다는 식으로 문단의 당파 싸움을 중심에 놓고 생각하는 우익반동 문학사가들의 사고 방식과 기본적으로 동일한 것이다.[146]

p.13.

145 10편 중 7편이 조선문학가동맹 계열 작품으로, 기관지 『文学』에서 3편(「해방전후」, 「담뱃국」, 「3·1운동」), 조선문학가동맹에서 간행한 『조선소설집』(1947)에서 4편(「춘보」, 「소」, 「물쌈」, 「미스터 방」)을 번역했다. 그 밖에 『해방문학선집』(1948)에서 「탁류 속을 가는 박교수」와 「혈거가족」을, 북조선문학예술총동맹의 『문화전선』 1호(1946)에서 「개벽」을 뽑아 번역했다. 이기영의 「개벽」은 문학가동맹에서 발간한 『농민소설집 토지』(1947)에도 수록되어 있다. 해방기 이외의 작품으로는 황순원의 「곡예사」(1951), 김성한의 「바비도」(1956), 박연희의 「방황」(1962), 윤세중의 「상아 파이프」(1956)가 실렸다.

146 尹学準, 「解放直後の文学状況－解説にかえて」, 朝鮮文学の会 訳編, 『現代朝鮮文学選』 II, 創土社, 1974, p.526.

윤학준의 전향적인 평가는 당돌한 감이 없지 않다. 그는 임화의 문학사 평가나 문학가동맹의 민족문학론을 긍정하는 정도가 아니라 임화, 김남천 등에 대한 『통사』의 비난이 조연현 등의 우익적 사고와 통한다고 쏘아붙였다. 윤학준의 평가를 염두에 두고 보면, 『문장』을 "1939년 2월 서울에서 창간되어 민족어가 부정되려고 할 때 조선어를 지키고 예술성 높은 작품을 세상에 내놓은 문학 잡지"[147]로 평가한 문구도 예사롭지는 않다. '조선문학의 회' 동인들 사이에서 이 문제는 어떻게 논의되었을까? 선집 2권이 해방기 작품, 그것도 조선문학가동맹 관련 작품을 집중적으로 번역한 이유는 무엇일까? 윤학준이나 동인들은 문학가동맹이나 선집 2권의 구성에 대해 따로 언급하지 않았고, 판매 부신으로 2권의 상당수가 폐기되는 사정[148]까지 겹치면서 기획의 문제 의식은 별다른 주목을 받지 못했다. 해방기를 '하나의 조선문학'이라는 가능성의 공간으로 보았던 것이 아닐까 짐작해 볼 따름이다.

1972년 무렵부터 『조선문학』 판매 상황도 나빠졌다. 재정적인 압박이 점차 심해졌을 뿐 아니라[149] 발행과 판매에 얽힌 동인들의 부담도 무시할 수 없는 수준에 이르렀다. "소개와 연구라는 부제를 달았지만 연구면에서는 결정적으로 뒤쳐지고 있다"는 압박감도 커졌다.[150] 결국 『조선문학』은 11호를 내면서 12호를 종간호로 발간할 것이라는 예고를 낸다. 11호는 '현대문학' 특집으로 1972년에서 1973년 사이에 발표된 남쪽의 소설과

147 「雑誌(複写)をお分けします」, 『朝鮮文学ー紹介と研究』 4, 1971.9, p.27. 『文章』과 더불어, 『文学』도 복사 자료를 만들었다. 선집 번역과 관련이 있었을 것으로 짐작된다.

148 大村益夫, 「朝鮮文学研究を志して五十年」, p.67.

149 11호를 낼 무렵부터 인쇄 비용이 급등해 12호를 낼 때는 『現代朝鮮文学選』 II의 원고료까지 들어갔다. 石川節子, 「終刊に際してーじり貧の弁」, 『朝鮮文学ー紹介と研究』 12, 1974.8, p.71.

150 大村益夫, 「謝辞その他」, 위의 책, pp.73~74.

시를 실었고, 12호는 아동문학 특집으로 남북 작품을 아울러 편성했다. 종간 결정에는 동인 내부에서 의견이 갈렸다. 가지이가 끝까지 반대했지만 다수는 종간에 찬성했던 것 같다. 조는 연구에 좀 더 힘을 쏟을 수 있게 되었다며 안도했다.[151]

『조선문학』에 게재된 글 중 연구와 관련된 것이 많다고는 할 수 없지만, 몇몇 의미 있는 시도들을 확인할 수 있다. '조선근대문학 자료 안내'라는 기획 아래 나온 「『창조』에 대하여」가지이, 5호, 「『백조』와 그 동인들」오무라, 6호은 잡지 전체를 꼼꼼히 살핀 후의 성과였다. 『문장』과 『문학』 복사본 광고4호도 모임 혹은 개인 차원에서 학술적 기초를 닦으려는 시도의 일환이었다. 「일본유학시대의 이광수」오무라, 5호는 이광수의 와세다대학 시절 성적표와 그의 일본어소설 「사랑인가」를 게재했다. 송민호, 임헌영, 김현, 김윤식, 김우종의 평론을 번역하거나 조, 가지이, 오무라가 특집 해설을 쓰는 등 근현대 조선문학을 조감하려는 노력이 더해졌다. 「일본 속의 조선문학」12호에서 호소이 하지메細井肇의 조선문학 편찬 작업에 주목한 점도 특기할 만하다.[152]

12호의 마지막에는 '종간을 맞이하여 — 동인의 말'이라는 제목 아래 오구라, 이시카와, 오무라, 조가 종간의 소회를 적었다. 오구라와 이시카와가 3년 8개월에 걸친 잡지 발간의 어려움과 아쉬움을 털어놓았다. 오무라는 '조선문학의 회'의 역사와 잡지 발간 과정을 상세하게 기록했다.[153] 잡지 발간을 그만두지만 '조선문학의 회'는 해산하지 않고 연구에 더 많은

151 長璋吉, 「〈小辞典〉を終えて」, 『朝鮮文学－紹介と研究』 11, 1974.1, p.72.
152 梶井陟, 「日本のなかの朝鮮文学－その一」, 『朝鮮文学－紹介と研究』 12, pp.58~60.
153 大村益夫, 앞의 글, pp.73~76. 그 내용은 이미 3, 4장에서 검토했다.

힘을 쏟을 것이라는 의지도 밝혔다. 조는 김윤식의 글 일부를 소개하는 것으로 인사를 대신했다. 인용된 글에서 김윤식은 '조선문학의 회' 내부의 '세대 문제', 요컨대 "이들 세대가 순수한 전후 세대의 집단이냐, 아니면 전중戰中 혹은 전전戰前 세대의 집단이냐"를 물었다.[154]

지금까지 『조선문학』을 중심으로 3년 8개월에 걸친 '조선문학의 회'의 활동을 살펴봤다. 종간 후 '조선문학의 회'가 어떻게 활동했는지는 확인되지 않는다. 동인 중 가지이, 오무라, 조가 중단 없이 조선문학연구에 정진했다. 특히 오무라와 조는 한동안 연구서 번역에 힘을 쏟았다. 오무라는 1975년에 김윤식의 『한일문학의 관련양상』1974 일부와 『한국근대문예비평사연구』1973의 부록인 「임화연구」를 묶어 『상흔과 극복』으로 번역하고[155] 그 이듬해에는 임종국의 『친일문학론』을 번역했다. 조도 1975년에 김우종의 『한국현대소설사』를 번역했다. 원래는 번역에 맞춰 김우종이 해방 이후 부분을 개정·증보할 계획이었지만 1974년 1월 이른바 '문단간첩단' 사건으로 저자가 영어의 몸이 되면서 결국 1968년에 나온 초판을 번역해야만 했다.[156]

오무라와 조의 연구서 번역은 두 가지 점에서 의미 있는 일이었다. 우선, 백철의 『신문학사조사』와 조연현의 『한국현대문학사』 이후의 연구 성과를 본격적으로 소개했다는 점이다. 『조선문학통사』와 조연현의 문학사

154 長璋吉, 「会への批判」, 『朝鮮文学ー紹介と研究』 12, p.72.
155 金允植, 大村益夫 訳, 『傷痕と克服ー韓国の文学者と日本』, 朝日新聞社, 1975.
156 조는 김우종의 문학사를 번역한 계기에 대해 이렇게 말했다. "내가 서울에 있을 무렵 현대문학사로는 백철 씨의 『신문학사조사』와 조연현 씨의 『한국현대문학사』, 이 두 권이 유명했다. 그러나 한국문학에 대해 아는 것이 없던 나로서는 둘 다 기술이 번잡하고 읽기 힘든 저서였다. 입문용으로 좀 더 읽기 쉬운 걸 찾다가 우연히 책방에서 김우종 씨의 책을 발견했다." 長璋吉, 「訳者のあとがき」, 『韓国現代小説史』, p.443.

가 체제 대립에 따른 결락을 피할 수 없었던 것과 달리, 김우종의 문학사는 그 중간에서 균형을 맞추려는 시도로 이해되었기 때문에 동인들의 고른 지지를 받았다. 친일 문제를 직격한 임종국과 김윤식의 저서 역시 문학사의 공백을 메워 줄 성과라는 점에서 문학사 연구의 새로운 단계로 인식되었다. 한편, 연구서의 번역은 분과학문의 기초를 닦는 작업으로 이어졌다. 오무라, 조는 이미 자신들의 논문에서 김윤식, 임종국, 김우종의 연구를 인용하는 방식으로 그들의 연구 성과를 소개한 바 있다. 두 사람은 연구서를 번역하는 과정에서 서지 사항을 일일이 확인하고 역주를 다는 치밀한 작업을 거듭하면서 다음 단계로 나아가기 위한 학술적 토대를 준비했다. 또 한 번의 도약이 예고되고 있었던 것이다.

5. 나가며

전후 일본의 조선근대문학연구는 새로운 조선연구의 흐름 속에서 시작됐다. 이 글에서는 1960년대 일본조선연구소의 문학연구회 활동과 '조선문학의 모임'1963~64을 거쳐 1970년 '조선문학의 회' 결성과 동인지 발간으로 이어지는 과정을 따라가며 모임의 활동 양상과 모임에 참여한 성원들의 인식 변화 과정을 함께 살폈다. 1967년 6월의 '한설야 문제'는 문학연구회의 활동에 큰 전환점이 되었다.

'조선문학의 회'는 문학연구회의 환골탈태라고 부를 만한 것이었지만, 주체성을 강조하는 태도에는 변함이 없었다. 다시 말해 '일본인의 입장'에서 조선문학을 번역하고 연구한다는 점에서 일관된, 일치된 태도를 보였다. 그러나 그 주체성이 구체적으로 무엇을 뜻하는지는 동인들 내부에서도 생각이 여러 갈래로 나뉜다. 2장과 3장에서 보았듯이, 식민지 지배의 책임을 통감하는 당사자적 태도가 부각되기도 하고 타자를 이해하기 위한 주체의 적극적인 태도가 강조되기도 한다. 전자는 조선문학이 외국문학의 하나이지만 여느 외국문학과는 다른 것이어야 함을 역설하는데, 후자는 외국문학이라면 당연하다고 여겨지는 것들이 왜 조선문학에서는 예외적이었고 여전히 예외적인가를 따져 묻는다. 한쪽이 역사 인식과 윤리적 감각을 중요시했다면 다른 한쪽은 변화하는 현실 즉, 1945년 이후의 '탈식민지적' 상황에 민감하게 반응했다. 둘 중 어느 하나를 선택해야 하는 문제가 아니라는 점은 자명하다. 두 입장의 긴장은 오래된 문제이고 지금도 여전히 계속되고 있기 때문이다. 독자적인 주장으로 언어화되지는 못했지만 역사나 국제 관계보다 문학적인 감각을 강조하는 입장까지 더해지면 고민은 더욱 깊어질 수밖에 없다. 조선학보다는 문학 일반에 더 많은 관심을 기울인다는 점에서 앞의 두 입장과는 다른 견지에 서기 때문이다. 이런 입장에서 외국문학을 읽다 보면 외국 사정의 탐색이라는 목적을 망각한 채 문학이라는 고약한 샛길로 빠져들기 십상이다. '조선문학의 회' 안에는 이렇게 다른 생각들이 공존하고 있었다. 이 글에서는 그 생각들의 차이를 깊이 논의하지 못하고 그 일단을 드러내는 데 만족해야 했다. 이와 관련하여 생산적인 논의가 이어졌으면 한다.

| 참고문헌 |

1. 자료

『民主朝鮮』, 『朝鮮評論』, 『柿の会月報』, 『朝鮮研究月報』, 『朝鮮研究』

『朝鮮と文学』, 『朝鮮文学－紹介と研究』, 『동아일보』, 『朝日アジアレビュー』

『현대조선문학선집』(조선작가동맹출판사), 『한국단편문학전집』(백수사)

『富山大学附属図書館蔵梶井文庫目録』

『近代朝鮮文学日本語作品集－1939~1945 評論・随筆篇』(大村益夫・布袋敏博 編)

2. 단행본

과학원 언어문학연구소 편, 『조선문학통사』, 조선민주주의인민공화국 과학원출판사, 1959.

김윤식, 『한일문학의 관련양상』, 일지사, 1974.

______, 『백철연구』, 소명출판, 2008.

류도희, 『행복한 날에』, 문예출판사, 1988.

白　鐵, 『朝鮮新文学思潮史』, 首善社, 1948.

______, 『朝鮮新文学思潮史(現代編)』, 白楊堂, 1949.

______, 『新文學思潮史(增補)』, 民衆書館, 1955.

오무라 마스오, 『오무라 마스오 저작집』 1~6, 소명출판, 2016~2018.

와타나베 나오키, 『임화문학 비평－프롤레타리아문학과 식민지적 주체』, 소명출판, 2018.

趙演鉉, 『韓國現代文學史 全卷』, 人間社, 1961.

廣瀬陽一, 『金達寿伝：日本のなかの朝鮮』, クレイン, 2019.

金宇鍾, 長璋吉訳, 『韓国現代小説史』, 龍溪書舎, 1975.

金允植, 大村益夫訳, 『傷痕と克服－韓国の文学者と日本』, 朝日新聞社, 1975.

大村益夫, 『朝鮮近代文学と日本』, 緑蔭書房, 2003.

梶井陟, 『朝鮮人学校の日本人教師』, 日本朝鮮研究所, 1966.

寺尾五郎・安藤彦太郎他, 『日・朝・中三国人民連帯の歴史と理論』, 日本朝鮮研究所, 1964.6.

宋惠媛, 『「在日朝鮮人文学史」のために－声なき声のポリフォニー』, 岩波書店, 2014.

林鍾国, 大村益夫訳, 『親日文学論』, 高麗書林, 1976.

長璋吉, 『私の朝鮮語小辞典－ソウル遊学記』, 北洋社, 1973.
______, 『朝鮮・言葉・人間』, 河出書房新社, 1989.
田中明, 『ソウル実感録』, 北洋社, 1975.
______, 『常識的朝鮮論のすすめ』, 朝日新聞社, 1981.
井上秀雄・長正統・秋定嘉和編, 『セミナー日本と朝鮮の歴史』, 東出版, 1972.
井上學・樋口雄一編, 『日本朝鮮研究所初期資料(1961~69)』, 緑蔭書房, 2017.
朝鮮文学の会編訳, 『現代朝鮮文学選』 I・II, 創土社, 1973~74.
竹内好, 『竹内好全集 第16巻 日記(下)』, 筑摩書房, 1981.
樋口雄一編, 『協和会関係資料集』 II, 緑蔭書房, 1991.

3. 논문

곽형덕, 「저자 인터뷰－조선문학 연구자 오무라 마스오의 삶과 문학」, 『오무라 마스오 저작집』 4, 소명출판, 2017.
미쓰이 다카시, 「전후 일본에서의 조선사학의 개시와 사학사상(像)－1950~60년대를 중심으로」, 『한국사연구』 153, 한국사연구회, 2011.6.
__________, 「근대 조선사학사 인식에서 본 가지무라 히데키」, 강원봉・홍종욱 외, 『가지무라 히데키의 내재적 발전론을 다시 읽는다』, 아연출판부, 2014.
심원섭, 「오무라 마스오 교수를 찾아서」, 『문학과의식』, 문학과의식사, 2008.여름.
오무라 마스오・호테이 토시히로, 곽형덕 역, 「대담－한국문학에서 일본은 무엇인가」(1998), 『오무라 마스오 저작집 4』, 소명출판, 2017.
이영호, 「1970년대 일본에서의 조선문학 연구 경향 분석」, 『일본학보』 107, 한국일본학회, 2016.5.
이재봉, 「해방 직후 재일한인 문단과 일본어 창작문제－『朝鮮文藝』를 중심으로」, 『한국문학논총』 42, 한국문학회, 2006.4.
전용호, 「백철 문학사의 판본 연구」, 『민족문화연구』 41, 고려대 민족문화연구원, 2004.12.
장문석, 「1960~1970년대 일본의 한국문학 연구와 '조선문학의 회'-오무라 마스오 교수에게 질문하다」, 『한국학연구』 40, 인하대 한국학연구소, 2016.3.
______, 「조선문학을 권함－『오무라 마스오 저작집』과 한국문학의 동아시아적 재구성」, 『한국학연구』 54, 인하대 한국학연구소, 2019.8.

장미현, 「1960년대 일본조선연구소의 '식민사상' 제기와 '고도성장체제' 비판」, 역사문제연구소, 『역사문제연구』 27, 역사비평사, 2012.상반기.
장사선, 「일본에서의 한국현대문학연구－역사적 반성 및 협동연구 전망」, 『한국현대문학연구』 30, 한국현대문학회, 2010.
정종현, 「'조선학/한국학'의 국교정상화－한국학자들의 '조선학회' 연차대회 참가와 아시아재단의 지원을 중심으로」, 『상허학보』 49, 상허학회, 2017.
차승기, 「가지무라 히데키의 '미발의 계기'」, 강원봉·홍종욱 외, 『가지무라 히데키의 내재적 발전론을 다시 읽는다』, 아연출판부, 2014.
호테이 토시히로, 「해방 후 재일 한국인 문학의 형성과 전개－1945~1960년대 초를 중심으로」, 『서울대학 인문논총』 47, 서울대 인문학연구소, 2002.
홍종욱, 「일본 지식인의 근대화론 비판과 민중의 발견－다케우치 요시미와 가지무라 히데키를 중심으로」, 『사학연구』 125, 한국사학회, 2017.3.
康玹哲, 「朝鮮近代文学の史的展望」, 『朝鮮評論』 2~5, 朝鮮人文化協会, 1952.2~9.
高柳俊男, 「渡日初期の尹学準－密航·法政大学·帰国事業」, 『異文化』 5, 法政大学国際文化学部, 2004.
菅野裕臣, 「朝鮮語教授の若干の問題点」, 『朝鮮研究月報』 15, 日本朝鮮研究所, 1963.3.
吉野誠, 「朝鮮史研究における内在的発展論」, 『東海大学紀要文学部』 47, 東海大学文学部, 1987.
大村益夫, 「1920年代の朝鮮文学－プロレタリア文学と'民族主義文学'」, 『文学』 33(11), 岩波書店, 1965.11.
_______, 「第二次世界大戦下における朝鮮の文化状況」, 『社会科学討究』 43, 早稲田大学社会科学研究所, 1970.3.
_______, 「奪われし野の奪われぬ心－解放前の朝鮮近代文学」, 『文学』 38(11), 岩波書店, 1970.11.
_______, 「文学史をめぐる二、三の問題」, 『コリア評論』 25(242), コリア評論社, 1982.5.
_______, 「日本における朝鮮現代文学の研究·翻訳小史」, 『青丘学術論集』 1, 韓国文化研究振興財団, 1991.2.
_______, 「朝鮮文学研究を志して五十年」, 『植民地文化研究－資料と分析』 18, 植民地文化学会, 2019.
梶井陟, 「朝鮮近代文学の歩み」, 『朝鮮研究』 34, 日本朝鮮研究所, 1964.11.
______, 「朝鮮文学研究会の歩み(1~8)」, 『朝鮮研究』 95~106, 1970.6~71.7.

______, 「社会主義建設の人間像－解放後の北朝鮮文学」, 『文学』 38(11), 1970.11.
______, 「朝鮮文学の会(東京)」, 『新日本文学』 27(8), 新日本文学会, 1972.8
______, 「〈新日本文学〉のなかの朝鮮文学」, 『新日本文学』 31(4), 新日本文学会, 1976.4.
______, 「朝鮮文学翻訳の足跡 (11)」, 『季刊三千里』 32, 三千里社, 1982.11.
梶村秀樹, 「日本における朝鮮研究」(1969), 『梶村秀樹著作集 第2巻』, 明石書店, 1993.
_______, 「朝鮮語で語られる世界」(1975), 『梶村秀樹著作集 第1巻』, 明石書店, 1992.
_______, 「日本帝国主義の問題」(1977), 『梶村秀樹著作集 第2巻』, 明石書店, 1993.
木下降男, 「長璋吉－普段着の朝鮮語をめざして」, 舘野晳編, 『36人の日本人 韓国・朝鮮へのまなざし』, 明石書店, 2005.
朴春日, 「現代朝鮮文学の現状と課題(2)－共和国北半部の文学」, 『文学』 32(9), 岩波書店, 1964.9.
寺尾五郎, 「運動と研究における日本人の立場・朝鮮人の立場」, 『朝鮮研究月報』 13, 日本朝鮮研究所, 1963.1.
山田明(田中明), 「朝鮮文学への日本人のかかわり方」, 『文学』 38(11), 岩波書店, 1970.11.
___________, 「『朝鮮文学－紹介と研究』の発刊」, 『人間として』 5, 筑摩書房, 1971.3.
三ッ井崇, 「梶井陟－日本人にとっての朝鮮語を考える」, 舘野晳編, 『36人の日本人 韓国・朝鮮へのまなざし』, 明石書店, 2005.
尹学準, 「現代朝鮮文学の現状と課題(1)－南朝鮮の文学」, 『文学』 32(8), 岩波書店, 1964.8.
______, 「作家と現実参与－南朝鮮文学の新しい傾向」, 『朝鮮研究』 44, 1965.10.
______, 「日本人と朝鮮語－大村益夫さんと私」, 『民主文学』 23, 新日本出版社, 1967.10.
______, 「現実参与をめぐって－今日の南朝鮮文学」, 『文学』 38(11), 岩波書店, 1970.11.
______, 「梶井陟さんのこと, '朝鮮文学の会'のこと」, 『季刊 서울－東京』 12, 서울：東京編集委員会, 1988.
______, 「錦鯉たちとどじょう一匹－長璋吉の死を悼みつつ」, 『季刊 서울－東京』 13, 서울：東京編集委員会, 1989.
長璋吉, 「雑感」, 『글방』 1, 現代語学塾, 1975.8.
川村湊, 「日本人による朝鮮文学研究(五人＋一人)の始まり」, 『異文化』 5, 法政大学国際文化学部, 2004.
塚本勲, 「日本における朝鮮語教育の現状とその展望」, 『当面の朝鮮に関する資料(第二集)』, 日本朝鮮研究所, 1961.12.

板垣竜太,「日韓会談反対運動と植民地支配責任論－日本朝鮮研究所の植民地主義論を中心に」,『思想』1029, 岩波書店, 2010.1.
和田春樹,「日本朝鮮研究所を考える」, 和田春樹・高崎宗司,『検証日韓関係60年史』, 明石書店, 2005.
ナカガミヒデコ,「朝鮮文学の翻訳と私」,『樹木』1, 樹木社, 1963.2.

대만의 한국학 연구 상황과 미래 전망*

증천부(曾天富)

1. 양국의 교류와 1980년대 이전의 한국연구

대만과 한국은 지리적으로 인접한 이웃일 뿐 아니라 오랜 역사적 교류와 문화적 기반을 공유하고 있으며 무엇보다 식민과 냉전의 공통된 근, 현대 역사경험을 가지고 있는 동아시아 지역의 중요한 구성원이다. 이러한 관계로 인해 일찍부터 양국 간의 교류가 있어왔고 그에 따른 한국연구가 진행되었다. 전근대 시기는 차치하고 중국에서 집중적으로 조선에 대한 연구가 시작된 시기는 19세기 말 소위 서세동점이라는 서구열강의 동아시아 지역에 대한 제국주의 침략과 밀접한 관련성을 가진다. 역사적으로 이 시기를 동아시아 근대의 기점으로 파악하는 이유는 오랫동안 지속되던 전근대적 질서인 조공체제가 무너지고 근대적 질서인 공법체계가 시행되었기 때문일 것이다. 1800년대 후반기 서구열강과 일본의 조선침략

* 이 글은 인하대 한국학연구소 간행의『한국학연구』제61집, 333~355쪽에 같은 제목으로 수록되었던 글을 그대로 가져온 것이다.

은 지역질서에서 조선의 지위 변화를 가져오는 중대한 사건이었고 이에 대한 대응의 필요성으로 인해 청조의 조선 이해에 대한 요구가 높아졌다. 1870년부터 조선이 일본에 병합된 1910년 사이에 조선정세에 대한 관찰 기록, 여지輿地, 풍속風俗, 사략史略 등의 문장을 비롯하여 양계초梁啓超의 한일 병합에 대한 논설 등 중한관계에 대한 많은 문헌들이 생산되었고 신문과 잡지 등 근대의 공공영역이 형성되면서 조선정세와 일본의 침략에 대한 보도와 분석이 본격적으로 생산되었다. 특히 조선인의 거주지이며 국경을 마주하고 있던 간도지역에 대한 관심이 급증하였다.[1]

이러한 광범한 조선지역에 대한 이해와 연구는 신해혁명 후 성립된 초기정부인 북양정부北洋政府 시기부터 중국 자체의 내부혼란과 일본에 의한 조선의 병합으로 인해 침체기를 맞았다가 1945년 2차대전의 종결과 국공내전에서 패배한 중화민국 정부가 대만으로 철수하면서 새로운 전환기를 맞게 된다. 식민 지배의 종식으로 한국은 다시 세계사에 등장했고 1940년대부터 형성되기 시작한 세계냉전체제가 1950년 한국전쟁의 발발을 기점으로 동아시아 지역에서 공고해지는 과정에서 대만과 한국은 자유진영에 편입되어 반공맹우로서 연대했으며 이러한 교류는 탈냉전의 도래로 불리는 1990년대까지 지속되었다. 동시에 양국은 경제적으로 수출지향의 가공업 위주의 발전모델을 채택하여 경쟁관계에 놓이기도 하면서 세계정세와 동아시아 역학관계 속에서 서로를 비추는 거울로 상호를 인식해 왔다. 특히 정치적 민주화와 포스트모던 사회의 도래, 전지구적 자본주의 발전이란 동일한 변화와 함께 독립과 통일의 각기 다른 지향이 가져온

1 張存武, 「近代中韓關係史的研究」, 中央研究院近代史研究所, 『六十年來的中國近代史研究』 下冊, 1988, p.458.

각자의 도전 앞에서 때로는 협력의 필요성이 때로는 상호 이해가 더 필요한 상황을 직면하고 있다.

한국과의 관계에서 1992년의 국교단절은 세계정세의 변화와 동시에 양국이 추구하는 다른 지향을 극명하게 보여주는 사례이면서 이전의 국가 간 정치적 관계에서 민간의 문화적 관계로 교류의 패러다임이 전환된 계기였다. 또한 대만 내부의 탈중국 논의가 본격적으로 시작되면서 양국의 관계는 탈냉전과 자본주의 전지구화 추세의 대응이라는 유사점만으로 해석되지 않는 지점이 생겨나게 되었고 한류라는 한국대중문화의 압도적 영향이 이전과는 다른 교류와 관계를 형성하고 있는 것으로 보인다.

본문은 이러한 양국 관계와 교류사에 기초하여 1945년 이후 대만의 한국학 상황을 단계적으로 개술하고 각 시기의 연구초점과 추세를 살펴본 후 주요특징에 대한 해석을 기초로 앞으로의 연구를 전망해 보고자 한다. 그중 1950년대부터 1970년대까지 냉전 초기의 한국학 개황은 기존 연구[2]를 참고하여 간단하게 정리하고 이어 1980년대부터 현재까지 2000년을 기준하여 두 단계로 나누어 살펴볼 것이다.

국민정부의 대만 철수 이후 1970대까지 대만의 한국연구는 동아시아 냉전체제가 형성되고 양국이 미국을 위시한 자유진영에 편입되면서 반공의 공동보루로 연대를 형성하게 된 결과 한국에 대한 관심과 연구가 이전보다 증가하였다. 기존 연구의 통계에 따르면, 내용면에서 1950년대 초기에는 군사와 국방 관련의제가 전체의 70.59%를 차지하였고, 1950년대 후반에는 외교와 국제관계, 중한교류 의제가 전체의 40%를 점하고 있으

2 黃寬重・張袠怡, 「海峽兩岸中韓關係史研究的回顧與展望」, 中華民國韓國研究學會, 『韓國學報』 16期, 2000, pp.3~24.

며 주로 『민주평론民主評論』1949과 『자유중국自由中國』1949, 『중한문화논집中韓文化論集』1955, 『대륙잡지大陸雜誌』1950에 발표되었다고 한다. 또한 1960년대의 연구초점은 남한정국南韓政局, 통일문제統一問題 등의 한국 내정內政과 중한관계를 주요 내용으로 하는 외교와 국제관계로 앞선 시기의 『중한문화논집』, 『대륙잡지』 이외 『정치평론政治評論』1958, 『신시대新時代』1969 등의 잡지와 지역학 전문잡지인 『문제여연구問題與硏究』1956, 『동아계간東亞季刊』1969 등에 주로 실려 있고 1970년대에는 기존의 중한관계中韓關係와 한국의 국제관계 의제 이외에 특히 재정과 경제 관련의제의 비중이 높아졌다고 한다.[3] 이러한 추세를 통해 확인할 수 있는 것은 당시의 시대상황과 밀접한 관련 속에서 한국연구가 진행되었다는 것이다. 1950년대 초기에는 한국전쟁과 관련하여 군사와 국방문제에 관심이 집중되었고 이후 반공연대의 기조에서 중한관계가 논의됨에 따라 국제관계 속에서 양국의 교류와 공조에 관한 연구들이 진행되었다고 하겠다. 또한 1960년대 양국의 경제개발계획이 본격화되면서 점차 한국의 경제개발모델과 세계경제구조의 변동에 대한 대처방식 등에 대한 이해의 수요가 생겨났다고 보여 진다. 이밖에 1970년대 후반기에 이르면 한국연구가 질과 양 두 방면에서 큰 폭으로 증가하면서 연구주제도 한국의 학술사상, 문학, 역사부문으로 확대되었는데 동아시아의 냉전구조 고착화로 인해 양안兩岸과 양한兩韓정세가 상대적으로 안정됨과 동시에 1956과 1963년 정치대학과 문화대학에 한국학

3 金潤泰, 「由韓國學者角度看台灣的韓國硏究」, 中央硏究院人文社會科學硏究中心, 『亞太硏究論壇』 第三十期, 2005.12. 이 연구에 따르면 1949년 이전의 한국연구의 주요 관심사는 내정, 외교 및 국제관계였고 1950년대 초기에는 한국전쟁의 영향으로 국사와 국방이 주목받았으며 1950년대 후기에는 외교와 국제관계, 그리고 중한문화교류가 주도적 위치를 차지했다고 한다.

관련학과가 개설되면서 연구자의 육성이 가능했던 것과 관련성이 있다.[4] 이 두 대학은 지금까지 대만 내 한국어학, 한국어교육, 한국문학과 문화전반에 대한 연구자를 배출하고 있으며 한국의 여러 대학과 자매결연 등 교류관계를 유지하면서 매년 세미나를 통해 한국학계와 교류하고 있다.

냉전 초기 주목해야 할 부분은 한국학 관련 논문집의 출판인데 대표적인 것으로 『중한문화논집』[5]을 들 수 있다. 1955년 이주양李迺揚이 주편主編한 1집이 나온 후 당시 문화학원文化學院의 설립자인 장기전張其昀이 이어 5집까지 출간했다. 이 논문집은 1955년부터 1978년까지의 한국연구 관련 논문을 수집하여 냉전시기 대만의 한국학 상황을 개관할 수 있는 자료라고 하겠다. 1955년에 출간된 1, 2권에 실린 논문의 목차는 다음과 같다.

董作賓, 檀紀和中國古史年代

石璋如, 石器時代的慶州與安陽

李迺揚, 史前時代的朝鮮半島

芮逸夫, 韓國古代民族考略

梁嘉彬, 從韓國「明刀」出土看東漢以前的中韓交流

宋希尙, 漢代的水利專家－樂浪人王景

嚴耕望, 新羅留唐學生與僧徒

姚從吾, 唐客卿高麗高仙芝遠征恒羅斯與中國造紙術的西入歐洲

李光濤, 記李氏朝鮮實錄

4 1956년 국립정치대학과 1963년 중국문화대학에 동방어문학계한문조(東方語文學系韓文組)가 설립되었고 각각 2000년과 1994년에 한국어문학계(韓國語文學系)로 독립 승격했다. 두 대학에 현재 한국어문 석사과정이 개설되어 있다.

5 中華文化出版事業委員會出版, 1955.

吳相湘, 李朝實錄對於明淸史研究之貢獻

宋晞, 韓國抗日名將李舜臣

韓道誠, 俄國早期侵韓陰謀的被阻

郭廷以, 中韓文化同源擧隅

梁容若, 從文化上看中韓交流

王大任, 中韓風俗古今異同考

蔣復璁, 中韓書緣

蘇瑩輝, 中韓金石文字因緣

彭國棟, 中韓使節詩話

王益厓, 地理觀點上關係密切的中韓

宋希尙, 中韓的交通

勞榦, 中韓關係論略

李迺揚, 中韓一家

臧啓芳, 中韓對世界的共同責任

李士英, 中韓兩國需要長期合作

이 논문집의 목록을 제시한 이유는 1950년대부터 향후 20년간 대만학계의 한국연구가 이에서 크게 벗어나지 않기 때문이다. 목록에서 보듯이 선사시대를 포함한 당대唐代 이전의 고대사 연구가 6편, 당대唐代신라, 고려와의 관련연구가 2편, 조선 시기 연구가 4편, 풍속을 포함한 중한의 문화관계 연구가 9편, 당대當代의 협력 필요성을 설파한 문장이 2편이다. 이를 통해 알 수 있듯이 중국사와 관련한 한국역사연구가 가장 많은데 그 이유는 동작빈董作賓, 1895~1963, 이광도李光濤, 1897~1984, 곽정이郭廷以, 1904~1975, 송희

宋晞, 1920~2007, 양욱이梁容若, 1904 ~1997 등 중국역사, 고고학, 문헌학 등을 연구한 저명한 역사학자들이 한국사 연구에 참여한 것이 가장 크다. 1949년 국민정부와 함께 대만으로 온 이들 학자들은 중앙연구원의 창설에 직접 참여했으며 중앙연구원의 역사언어연구소 혹은 근대사연구소에서 재직하는 동안 한국관련 연구를 많이 생산했다. 이들이 양국의 전근대사 연구에 집중할 수 있었던 이유는 풍부한 사료가 뒷받침되었기 때문인데, 중한관계논저의 목록을 분류하고 정리한 황관중黃寬重과 장배이張裴怡의 논문에 의하면, 자료의 출처는 식민지 시기 조선총독부에서 타이베이제국대학으로 증정한 한국 고적과 1949년 국민정부가 대만으로 철수하면서 옮겨온 역사고적으로 『조선왕조실록』을 포함해 506부에 달하는 한국고적이 지금도 대만의 여러 도서관에 소장되어 있다고 한다.[6] 이를 기반으로 진행된 역사연구는 앞서 보았듯이 상고시기부터 조선시대에 이르기까지 상당히 광범위한데 상술한 목록의 내용 외에도 기자조선 문제, 당현종唐玄宗 시기와 동이국東夷國, 수당隋唐과 고려, 후삼한後三韓과의 관계, 요遼와 고려의 관계에서부터 명나라시기의 임진왜란 연구, 청나라 시기 조공무역과 호시互市, 연행록과 박지원 연구에 이르기까지 각 역사시기에 걸쳐 있고 1950년대 이후에도 『조선임진왜화연구朝鮮壬辰倭禍硏究』1972, 『청한종번무역淸韓宗藩貿易 – 1637~1894』1978 등의 학술서적이 꾸준히 출판되었다.

이렇게 초기 연구가 중앙연구원을 중심으로 이루어졌다면 1960년대 이후에는 각 대학의 역사학과에 소속된 연구자들이 참여하면서 고대사에서 근대사로 연구초점이 옮겨가는 추세를 보인다. 주요 연구자로 정치대

6 黃寬重 · 張裴怡, 「海峽兩岸中韓關係史硏究的回顧與展望」, 中華民國韓國硏究學會, 『韓國學報』 16期, 2000, pp.3~24.

학 역사학과의 호춘혜胡春惠1937~2016 교수를 들 수 있다. 그는 근대 양국관계에 중점을 두고 특히 중국에서의 한국독립운동과 관련한 연구서 『중국여한국임시정부지관계中國與韓國臨時政府之關係』1972, 『중국혁명여한국독립운동中國革命與韓國獨立運動』1972, 『한국독립운동재중국韓國獨立運動在中國』1976을 출간했다. 한국임시정부의 활동과 중국국민당의 관계를 통해 본 한국독립운동에 있어서의 중국의 협력이란 연구주제는 냉전시기 대만의 한국연구에서 상당히 중시되었던 것으로 보이는데 범정걸范廷傑, 소쟁蕭錚 등도 관련연구를 진행했고 한국독립운동의 사료를 모은 『중국협조한국광복운동사료中國協助韓國光復運動史料』1965도 편찬되었으며 이와 관련하여 이승만의 중국활동이나 신규식과 중국의 혁명지사와의 우의에 대한 고찰도 이루어졌다.

한국역사 이외 한중의 문화교류를 주제로 한 연구도 많은데 전체적으로 보아 중국문화가 한국에 미친 영향이란 측면에서 고찰되었다. 가령 중한 양국의 풍속 차이, 불교의 한국 전래와 주자학의 한국 전파, 한시漢詩가 한국시에 미친 영향, 한국 시어詩話의 연원에 대한 고찰 등의 연구가 진행되었고 『중한문화여문학中韓文化與文學』1958, 『중한민족여문화中韓民族與文化』1968, 『중국문화대일한월적영향中國文化對日韓越的影響』1980 등 구체적인 학술성과가 나왔다.

또한 한국전쟁 시기에 주한국 대사였던 소육린邵毓麟1909~1984의 회고록 『사한회억록使韓回憶錄』1980도 출판되면서 양국 간의 우의와 반공맹우로서의 관계가 보편적으로 주목을 받았다. 앞서 본 『중한문화논집』은 '대한민국이대통령팔질영경축하논문집大韓民國李大統領八秩榮慶祝賀論文集'임을 밝히면서 이 대통령 부부의 사진과 '중한순치中韓脣齒'라고 쓴 그의 붓글씨를 싣고 있으며 중한관계대사연표中韓關係大事年表 이외에도 중앙국립도서관이 편찬한 중국관어한국저술목록中國關於韓國著述目錄, 중국간행한국저술목록中國刊行韓國著述目錄, 대만공장고려본연합목록臺灣公藏高麗本聯合目錄 등을 부록으로 첨가해 당시 대만의 한국관련 사료와 연구논저목록을 총망라하고 있다. 또한 이 논문집에는 양국의 우호적인 관계를 제시하고 아시아와 세계의 평화를 위해 양국의 장기적이고 지속적인 협력이 필요함을 역설하는 문장이 실렸는데 그중 이주양李迺揚의 「중한일가中韓一家」[7]는 한국역사의 특징, 역대의 수도, 한국문화의 본질, 중한역사의 회고, 중한양국의 역사임무의 5개 부분으로 나누어 고대부터 당시까지의 한국의 역사를 회고하고 자연과 지리환경, 문화적 특성에서 중국과의 문화적 친연성을 강조하고 마지막으로 현재 양국이 직면하고 있는 공산주의의 위협으로부터 자유와 민주의 가치를 지키기 위해서는 협력하여 공동으로 대항해야 함을 호소하고 있다. 1950년대부터 1970년대까지는 국공내전에서 패배한 국민정부의 대만철수로 반공항아反共抗俄 주장이 당면한 국가정책으로 대두하였고 한국전쟁을 계기로 동아시아에서의 냉전체제가 강고해지면서 양국은 공산정권에 대항하는 동시에 국가재건의 임무를 완수해야 하는 동일한 처지였다. 따라서 이 시기 한국에 대한 연구는 반공이란 시대적 과제로부터 시작된 한국에 대한 이해의 필요성과 동시에 반공에 공동 대항하는 협력 대상자로서의 한국에 대한 담론 성격으로 진행되었고 그 결과 기존 사료를 기초로 한 한국역사 연구와 문화적 친연성을 강조하는 양국관계사, 그리고 당대 반공담론의 구축이란 방향으로 진행된 것이라고 하겠다.

7 董作賓 外, 『中韓文化論集』(二), 中華文化出版事業委員會出版, 1955, pp.399~422.

2. 한국학회韓國學會의 성립과 2000년까지의 한국연구

1949년 앞서 1970년대를 분기점으로 정한 이유는 이를 경계로 하여 전후 다른 추세를 보이기 때문인데, 그중 가장 큰 차이는 연구자의 세대교체가 일어났다는 점이다. 전 시기 대륙에서 건너온 역사학자들에 의한 사료 중심의 한국사 연구와 냉전과 반공의 이중 구조 속에서 반공 필요성에 의한 한국담론이 중시되었다면, 1980년대 이후 새로운 세대들이 등장했는데 이들은 1950년대 후반에 설립된 대학의 한국어문학과를 통해 배출된 인력이다. 이들은 전시기 연구자들의 주도에 힘입어 1980년 중화민국 한국연구학회(한국학회로 간칭)를 창립하고 한국 학술진흥재단의 후원 아래 매년 『한국학보』를 간행해 오고 있고(현재까지 36기期가 나와 있음) 비정기적으로 한국학국제회의 논문집을 모은 연구총서도 따로 출판하고 있다. 현재 한국학회의 구성원은 주로 정치대학과 문화대학의 한국어문학과 소속 교수를 주축으로 하고 그 외 한국관련 국내학자와 대만에서 활동하는 한국학자들이며 이들은 이사회를 구성하고 정기적인 회의를 통해 학술활동을 기획, 실천하고 있다. 설립초기인 1983년에 중앙연구원의 찬조 하에 대만, 한국, 미국과 일본 각지의 중한관계 연구자 들을 초청하여 성대한 국제회의를 개최한 이후 반세기 동안 거의 매년 빠짐없이 연구자 모임과 토론을 통해 대만 내 한국학 연구를 선도하고 있고 『한국학보』는 그 구체적인 성과물이다.

2000년 이전의 연구 성과를 1기期부터 15기까지의 목록을 통해 일별해 보면, 우선 1기1981부터 4기1984까지는 약간의 차이는 있지만 논저, 역술, 보도, 사료, 평개評介, 연강기요演講紀要, 전재轉載 등 항목을 나누어 개별 학술

논문 뿐 아니라 한국관련 자료의 번역과 소개, 국내의 관련 학술회의와 각국의 한국연구 개황을 보도하는 등 다양하게 구성되어 있다. 또한 한국학회 이외의 대만 내 한국관련 행사나 논문에 대한 소개도 싣고 있어 1980년대 초반기 대만의 한국연구 상황을 파악할 수 있다. 5기부터 13기1995까지는 따로 항목을 세분하지 않고 학술논문을 실었고 필요할 경우 사료나 관련 보도내용을 부록으로 실었다. 그리고 14기1996부터는 거의 대부분 어언문학조語言文學組, 역사문화조歷史文化組, 정치경제조政治經濟組로 분류하여 학술논문을 수록하고 한국연구의 개황이나 한국사회에 대한 전반적 관찰을 내용으로 하는 문장을 전제보고專題報告로 실었다.

『한국학보』에 실린 논문을 통해 이 시기 한국연구 개황을 살펴보면, 약 320편 중 조선시대 이전의 고대사 연구가 106편, 한말과 근대사가 35편, 정치, 경제 무역을 포함한 한국현대사와 현황이 48편, 고전문학 위주의 한국문학이 38편, 한국어 연구가 14편, 그 외 한국문화와 한중교류관계사가 11편을 차지하고 있다. 이 통계는 절대적인 숫자는 아니지만 어느 정도 이전시기와 비교해 변화된 추세는 파악할 수 있다. 우선 앞서 본 대로 1949년 이후 대만의 한국연구가 국민당정부와 함께 중국대륙에서 건너 온 역사학자에 의해 시작되었고 이들의 사료에 의거한 고대사 연구가 주류를 이루었는데 이 추세가 1980년대 이후까지도 지속되었다는 점이다.[8] 다만 전시기와 비교해 볼 때 한말과 근대사 연구가 좀 더 많아졌음을 알 수 있다. 청일전쟁시기의 중한관계, 강유위康有爲와 양계초梁啓超의 한국

---

8 가령 1980년대 黃寬重교수가 진행한 다음과 같은 연구를 들 수 있다. 「高麗與金、宋的關係」, 『南宋史研究集』, 新文豐出版公司, 1985, pp.265~305; 「高麗與金宋關係年表」, 『大陸雜誌』 74卷 1~6期, 1987; 「南宋茶商武力的發展－內亂與禦侮」, 『國史釋論』 上冊, 食貨出版社, 1987~1988, pp.147~165.

영향, 신채호의 만주관滿洲觀, 간도문제, 동학농민운동연구, 한말 의병과 유학연구, 만보산 사건 등 전시기 한국독립운동과 중국의 관계에 치우쳤던 근대사 연구가 더욱 다양하게 진행되었음을 알 수 있다.

두 번째는 한국어문학과를 통해 육성된 인재들이 대거 한국문학과 어학연구에 뛰어들었고 그 결과물이 나오기 시작했다는 점이다. 특징은 근현대문학보다 고전문학연구가 우세하고 어학관련 논문도 나오기 시작했는데 이는 근현대문학 연구에 대한 편견이 존재했던 1970, 80년대 한국학계의 연구경향과도 밀접한 관련을 가진다. 이들은 대부분 한국유학을 거쳐 교직에 종사하는 인력으로 현지 대학에서 근현대문학을 접할 기회가 적었을 것으로 추정된다. 고전문학은 한문소설, 박지원과 열하일기에 치중되어 있고 문화대학의 진녕녕陳寧寧에 의해 1920년대 김동인 소설, 1970~80년대 민족민중문학 등 한국근현대문학에 대한 소개가 이루어졌다.

세 번째는 한국현황 특히 남북한 관계와 한미관계를 중점으로 하는 정치, 한국의 대외무역과 경제정책을 고찰한 경제적 측면의 학술논저들이 많아졌다는 점이다. 중한간의 대외무역발전 비교, 남한의 토지개혁, 남한의 직업교육, 한국농촌의 변천과 인구의 유동상황, 한미관계, 한국화교정책, 김영삼 대통령의 신한국론 소개, 1990년대 중공의 남한정책, 남한의 정치민주화 경험, 중한 양국의 민족분열과 그 차이점, 1980년대 후기 남한의 아세안 정책, 한국의 북방정책과 통일문제, 한국의 섬유공업과 수출동향, 중한 경제정책 비교연구 등의 의제가 연구대상이 되었다.

그 외 유럽, 미국, 러시아 등 세계 각국의 한국연구현황을 주시하고 정리 분석하고 있으며, 강동엽, 고승제, 이성무, 윤병로, 강희웅, 정량완, 강신항, 류탁일 등 학술회의에 참여하거나 교환교수로 대만에 와 있던 한국학자들의 연구논문도 중문으로 번역해 싣고 있어, 한국학회가 외부로부터의 자극과 영향을 받으면서 대만 내 한국학의 내용과 규모, 방향에 대해 분명한 인식을 하고 있었음을 알 수 있다.

또한 이 시기 『한국학보』와 유사한 구성의 『한국연구』도 발간되었는데 주로 문화대학 구성원들이 주축이 된 중화민국 유한동학연의회留韓同學聯誼會 명의로 발행된 학술지로 1978년 창간 후 모두 12기1994가 나와 있다. 내용은 문학언어, 정치, 경제, 무역, 신문방송, 사료 등으로 분류하여 논문을 싣고 있으며 연구의 초점은 주로 당대 한국사회에 두고 있다. 참고로 11기1993는 북한전론北韓專論으로 북한의 언어, 한자교육에서부터 남한과의 차이점, 경제무역, 외국인 투자와 관련된 법률 등을 다루고 있고 조선민주주의 인민공화국 헌법을 부록으로 싣고 있다.

이들 학술지에 실린 논문 이외 이 시기 한국근현대사 연구에 필수적인 사료와 자료가 정리, 출판되었는데 한국학자 김위현金渭顯이 펴낸 『고려사중중한관계사료휘편高麗史中中韓關係史料彙編』食貨出版社, 1983, 중앙연구원 근대사연구소에서 펴낸 『국민정부여한국독립운동사료國民政府與韓國獨立運動史料』1988, 한국학자 박현규朴現圭가 정리한 『대만공장한국고서적연합서목臺灣公藏韓國古書籍聯合書目』文史哲出版社, 1991, 그리고 국사관國史館에서 펴낸 『근대중한관계사자료휘편近代中韓關係史資料彙編』1987 등이 대표적이다. 그중 12책冊으로 구성된 『근대중한관계사자료휘편近代中韓關係史資料彙編』은 중앙연구원의 장존무張存武, 1929~, 조중부趙中孚 교수와 정치대학 역사학과 호춘혜 교수가 다년간 수집, 정리한 한중관계사 자료로 전체 700여만 자에 이르는 방대한 분량인데 자료의 출처는 다음과 같다.

(1) 華字日報(1895~1940)－1358筆

(2) 中國日報－1053筆

(3) 天津大公報1(1902~1928)－1568筆

天津大公報2(1929~1934)－265筆

天津大公報3(1935~1948)－474筆

(4) 上海大公報(1937~1945)－19筆

(5) 重慶大公報(1941~1946)－185筆

(6) 民呼日報(1909)－10筆

(7) 民吁日報(1909)－38筆

(8) 民立報(1910~1913)－88筆

(9) 中華新報(1917)－13筆

(10) 上海時報1(1909~1923)－595筆

上海時報2(1924~1937)－1114筆

(11) 上海申報(1912~1924)－631筆

(12) 重慶中央日報(1945~1948)－72筆

(13) 外交報(1907~1910)－396筆

(14) 東方雜誌(1904~1977)－67筆

(15) 民報(1908)－1筆

(16) 桂林南報(1911)－8筆

(17) 民國彙報(1912)－2筆

(18) 民權報(1912)－3筆

(19) 民國日報(1919)－27筆

(20) 新潮(1919)－2筆

(21) 星期評論(1919)－3筆

(22) 建設雜誌(1919)－2筆

(23) 白山學報(1966)－8筆

(24) 姜瑋全集(下)－3筆

(25) 朴珪壽全集(上)－7筆

(26) 白山學報－6筆

(27) 明美堂集選－68筆

(28) 申箕善全集選－2筆

(29) 市南先生文集選－16筆

(30)「籌辦夷務始末」有關朝鮮資料選輯－42筆

(31) 金玉均全集選－7筆

(32) 金弘集遺稿－5筆

(33) 魚允中全集－9筆

(34)「宋教仁先生文集」資料選－11筆

(35) 素昂集－3筆

(36)「項城袁氏家集」資料選－47筆

(37) 養壽園電稿及其他－10筆

(38) 容菴弟子記－1筆

(39)「張季子九錄」資料選－17筆

(40)「日本雜事詩」及「六十年來中國與日本」節選－10筆

(41)「飲冰室文集」有關朝鮮資料選及其他－18筆

(42) 金允植全集(二)資料選－28筆

(43)「外交部檔案」及「總統府機要檔案」資料選－16筆

(44) 「小方壺齊輿地叢鈔」資料選－149筆

(45) 金澤榮全集(一)資料選－33筆

위의 내용에서 알 수 있듯이 이들 자료는 1900년대부터 1940년대 후반기까지로 집중되어 있으며 극소수의 1960~70년대 자료가 포함되어 있다. 기본적으로 한국이 식민지로 병합된 시기를 전후하여 해방직후까지의 내용을 포함하고 있다. 자료의 출처는 중국의 주요 신문과 잡지의 한국관련보도가 가장 많고, 그 외 신기선申箕善, 김택영金澤榮, 김윤식金允植, 어윤중魚允中, 김홍집金弘集, 김옥균金玉均, 조소앙趙素昂 등 한국 근대정치가의 문집, 장건張謇, 침조헌沈祖憲, 오개생吳闓生, 양실추梁實秋, 송교인宋教仁 등 중국 문인과 정치가의 문집, 원세개袁世凱의 전보電報와 원씨가집袁氏家集, 그리고 백과전서, 외교부와 총통부의 당안에 이르기까지 다양하며 시기상 1909년 안중근의 하얼빈 의거, 1919년 삼일운동이 많은 분량을 차지하며 중국내의 한국독립운동과 간도문제 등도 많이 언급되었다. 이러한 자료가 수집 정리, 출판됨에 따라 이 시기 한국근대사와 중국과의 관계 연구가 많이 생산될 수 있었다.

이 자료집의 주요 편자이면서 중한관계사연구의 대가인 장존무張存武는 서문에서 중한관계의 중요도로 볼 때 많은 연구자의 참여가 필요하여 자료집을 편찬하여 연구자에게 자료를 제공하게 되었다고 동기를 밝히면서 정리와 출판에 당시 서울대학교 김학주 교수의 소개로 한국학술진흥재단의 찬조가 있었고 1983년 8월부터 자료집을 정리하기 시작했다고 했다. 이들 자료는 극소수의 개인 소장 이외 대부분 중앙연구원에 소장되어 있던 것으로 46종 문헌에서 발췌한 것이며 신문 12종, 잡지 6종, 문집 20종,

외교당안 3종, 총서 1종, 기타 전문서적이며 그중 조선문집은 11종이고 백산학보는 모두 한국어 자료라고 한다. 장교수의 정리에 의하면 1900년대의 중한, 중일간의 간도문제에서부터 광복 후 40년 동안의 북탁론北拓論에 이르기까지 중한양국의 근현대사를 연구하는데 필수적이며 청광서淸光緖시기 조선, 중국, 일본 관계사와 청조의 외교사료는 이미 출판되어 있어 포함시키지 않았다고 한다. 동시에 이 자료집의 특색으로 ① 조장주의朝章奏議, 일기日記, 시가詩歌, 깊이에 차이가 나는 각종 신문보도가 섞여 있어 복잡하지만 그만큼 풍부하기도 하며, ② 군사, 정치, 무역보다는 문화에 초점을 맞추었고, ③ 색인 기능이 있어 연구자에게 편의를 제공하고 있다고 자평했다. 마지막으로 그는 한국이 일본에 병합되었을 때 중국정부의 성원과 독립운동에 제공한 편의, 양국이 함께 진행한 항일운동 등을 들어 양국 간의 긴밀한 관계와 협력의 필요성을 강조하고 특히 사료에 근거하기보다는 미국의 시각으로 동아시아 근대사를 보는 연구자가 많아지는 것에 우려를 표하면서 양국 학자들이 자국의 이익에 우선하는 시각에 얽매이지 말고 객관성을 확보하는데 이 자료집이 도움이 되었으면 하는 희망을 피력하고 있다.[9]

이외에도 또한 이 시기는 그간의 한국연구 저작목록을 정리한 『中韓關係硏究中文著作目錄』1987[10]도 나와 1980년대 후반기까지의 한국학 면모를 파악할 수 있다. 너무 방대한 분량이라 일일이 소개할 수는 없으나 동일하게 양국이 가공업 위주 수출주도 경제개발 정책을 채택함에 따라 전

9 「張序」, 『近代中韓關係史資料彙編』 第一冊, 國史館印行, 1987, pp.3~7.

10 이 자료집은 2000년에 중국대륙까지 포함하여 중국어로 된 한국관련연구자료집으로 출판했다. 수집한 논문은 7,409筆, 서적은 1,391筆로 모두 8,800筆에 달해 원래 자료집의 5배 규모이다.

시기에 비해 경제, 무역관련 연구가 현저하게 증가했고, 양국 간 외교적 긴장의 여파로 중한관계와 교류사에 대한 관심도 높아졌음을 알 수 있다.

3. 최근 20년간의 한국연구 동향

당대사에서 대만과 한국간의 관계를 논할 때 1992년의 국교단절을 빼놓을 수 없을 것이다. 이는 1980년대부터 형성된 세계적인 탈냉전의 기류가 반공혈맹으로 여겨졌던 두 분단국가에까지 영향을 미쳤다는 점에서 변화된 세계정세를 실감하게 하는 사건이었다. 물론 정치적 냉전의 해체와 세계무역체제의 형성이라는 두 가지 변화로만 이해하기 어려운 측면이 있지만 당시 대만 언론과 여론의 동향을 보면 상당한 충격을 받은 것으로 비춰졌다. 1970년대 초 유엔에서의 탈퇴, 중국이 천명한 '하나의 중국' 정책으로 세계 주요 국가들과의 연이은 단교사태를 겪으면서 국제적 고립감이 가중되던 시기였기 때문에 국교단절은 향후 10년간 양국의 상호 국적기 취항이 단절되는 등 상당한 여파가 있었다. 그러나 이는 동시에 중국체제의 허위성을 한 번 더 일깨우는 계기가 되었을 뿐 아니라 대만 내부의 오랜 정치민주화 운동이 1987년 계엄해제를 계기로 정치세력화하면서 중국과는 분리된 별개의 국가인 대만을 지향하게 되면서 세계를 보는 새로운 시각이 요구되었다. 한국연구 역시 중한관계사로 인식되었던 전통적인 시각에서 벗어나 대만학의 상대성과 객관성을 담보하는 성격으로 변모하였다.

또한 1990년대 후반부터 소위 한류라고 불리는 한국대중문화의 유입으로 한국에 대한 인식에 변화가 생기면서 한국어 수요도 크게 늘어나 기존의 정치대학政治大學과 문화대학文化大學 이외 남부지방에 위치한 가오슝高雄대학에 한국어 관련학과가 신설되었고 기타 여러 대학에서 한국어 과정이 속속 생겨나고 있다. 특히 한국이 1990년대 후반의 금융위기를 빠른 시일 내에 극복하고 세계경제체제에 안착했으며 이에 그치지 않고 문화수출국의 위치로 지위가 상승함에 따라 한류현상이 초래한 한국에 대한 관심의 고조, 한국어 수요증가와 함께 한국연구의 방향에 일정한 영향을 미쳤을 것으로 생각된다. 2000년 이후 현재까지의 한국연구 개황을 전시기에 이은 한국학보, 기타 관련 학술지와 개별 연구자의 동향을 통해 파악해 보면 아래와 같다.

우선 『한국학보』 소재 논문을 살펴보면 2000년부터 현재까지 모두 21권으로 200편 가량인데 간략하게 내용별로 분류하면 고대사 19편, 근현대사 17편, 정치외교 18편, 경제무역 25편, 고전문학과 현대문학 각 12편, 어학을 포함한 한국어 교육 41편, 사회현황 11편, 북한연구 7편, 한류와 문화산업 27편으로 통계되었다. 앞 시기와 비교할 때 가장 큰 변화는 고대사 연구의 비중이 대폭 하락했으며 정치외교와 경제무역, 사회현황을 포함한 당대 한국에 대한 연구가 상승했다는 점을 들 수 있다. 동시에 한류 관련 연구도 이루어졌는데 대만에서의 수용원인, 한국 드라마와 K-POP의 내용분석, 한국의 대중문화산업, 한류의 기반이 되는 한국 전통문화 분석 등 다양한 측면에서 고찰되었다. 또한 외국어로서의 한국어 교육 관련 논문도 상당히 많이 나와 한류로 인한 한국어 교육의 수요증가가 직접적인 요인으로 작용한 것으로 보인다.

그 외 양안兩岸 상황과의 비교 시각으로 보는 남북한 문제, 김정은 시대

북한사회의 변화 등도 주목했으며 WTO체제하 한국의 대외무역과 각종 FTA협정 체결을 해석하고 연구하는 논문도 생산되었다. 이 시기 한국학보에 실린 당대연구 개황을 두 차례의 특별기획 관련논문의 목록을 통해 보면 다음과 같다.

「亞洲價值與21世紀東北亞秩序」會議論文『韓國學報』17期, 2002

呂 凱, 儒家古學今用思想之研究

陳寧寧, 黃順元短篇小說研究

葉泉宏, 東亞忠義精神之比較研究－以中韓朝代轉換期爲例

鄭錫元, 儒家天道觀念與韓國古代政治

崔永鎬, 東亞細亞價值與現代韓國的民族主義

百奉鍾, 中國的世界秩序與西歐的近代國際秩序的比較－以和平與戰爭爲中心

尹龍熙, 韓半島周邊四强的利害關係變化與南北關係的展望

兩韓政治與經濟特刊『韓國學報』27期, 2015

唐彦林, 中韓關係新特點分析

張慧智, 中韓亞歐合作構想對接：機遇與挑戰

李鍾林, "一帶一路"戰略的東北亞延伸與中朝合作

金強一, 金正恩執政後朝鮮的政治路線

張少文, 中朝漁業糾紛之探析

劉德海, 廿一世紀韓國與印度的經貿互動

상술한 특별기획에서 보듯이 전시기의 역사연구에서 당대 한국사회를 이해하려는 방향으로 전환되었음을 알 수 있다. 또한 2000년대 이후 민간부문의 빈번한 교류가 시작되면서 한국, 중국대륙 연구자들이 회의에 참여하는 빈도가 큰 폭으로 늘어났고 이로 인해 이전의 중국어 일변도에서 한글논문이 반 정도를 차지하고 있다.

『한국학보』 이외 정치대학政治大學과 문화대학文化大學도 따로 논문집을 내고 있다. 정치대학의 경우 2001년부터 학과 명의로 2기의 학술지 『한국어문연구』를 출간했는데 이는 한국어 문법과 어학연구, 한국어 과정 설계에 초점을 맞춘 한국어교육 전문지이고, 2016년부터 학과 소속의 한국문화교육중심韓國文化教育中心에서 발간하는 『한국문화교육연구』현재까지 5기가 나옴는 한국어학, 한국어 교육, 문학, 역사와 문화를 망라하는 학술지를 표방하고 있는데 지금까지 나온 논문의 목록을 보면 한국어 교육, 한국영화 등 대중문화 연구, 각국의 한국학 상황에 치중되어 있다.[11] 문화대학의 경우는 2001년에 진녕녕陳寧寧교수와 정치대 정치외교학과 유덕해劉德海 교수 공저共著의 『한국연구도론韓國研究導論』을 낸 바 있는데 정치, 경제, 외교, 교육, 종교, 문예로 나누어 한국에 대한 전반적인 소개를 하고 있다. 이 두 대학 이외 2008년에 신설된 가오슝대학의 동아어문東亞語文학과 한어조韓語組와 2017년 동 대학에 설립된 한국연구중심韓國研究中心 소속 한국학자의 연구서적도 최근에 출판되었는데 목록은 아래와 같다.

河凡植主編 臺韓關係的發展：過去、現在以及未來(臺北：翰蘆, 2018年)

河凡植主編 臺韓關係：交流、合作以及政策比較(臺北：翰蘆, 2019年)

11 http://k-education.nccu.edu.tw/papers.html?page=4

李京保 韓國語 漢字語와 漢字語 教育 研究(臺北：翰蘆, 2018年)

李京保、劉素晶 初級韓國語詞彙(臺北：翰蘆, 2019年)

그 외 몇몇 개별 연구자들의 최근 20년간의 연구 성과를 개괄해 보면, 정치대학 외교학과 교수인 이명李明, 유덕해劉德海, 국제관계연구중심國際關係研究中心 연구원 채증가蔡增家등은 한국의 정치외교와 경제무역 분야에서 연구를 진행하여 상당수의 논문을 발표하였다. 가장 최근의 논문을 보면 문재인 정부의 대외무역 기조, 남한과 이란 관계에서의 미국요인, 트럼프 시대의 한반도 정세와 동북아시아에 미치는 영향, 시진핑의 한반도 정책, 북한의 미사일 위기, 최근의 남북한 회담 등으로 이들은 대만 언론에 한국정세와 남북한 관계, 한국의 경제무역에 대한 의견을 제공하고 자문하는 역할을 하고 있다. 또 다른 정치대 외교학과 교수 노업중盧業中은 동북아시아 정세와 6자회담, 한반도의 안보위기 등 주로 지역 안보 범주에서 한반도 정세를 연구하고 있다.[12] 가오슝대학의 한국학자 하범식 교수도 한국의 FTA 협상 과정, 김정은 시대의 한반도 탈핵화 가능성, 한국정계의 구조 등에 관련한 논문을 출간하는 동시에 대만의 정치상황을 한국에 소개하는 쌍방향적 연구를 진행하고 있다.[13]

한국어와 교육에 대해서는 현재 정치대학, 문화대학과 고웅대학의 한국어문 관련학과 소속 교수들의 연구를 들 수 있는데 기존의 언어학적 시

12 이들 연구자의 연구저작은 아래 웹사이트를 참고.
(李明) https://diplomacy.nccu.edu.tw/PageStaffing/Detail?fid=4843&id=1359
(劉德海) https://diplomacy.nccu.edu.tw/PageStaffing/Detail?fid=4843&id=1357
(蔡增家) https://iir.nccu.edu.tw/PageStaffing/Detail?fid=7111&id=2533
(盧業中) https://diplomacy.nccu.edu.tw/PageStaffing/Detail?fid=4843&id=1353

13 https://deal.nuk.edu.tw/p/405-1049-26176,c3166.php?Lang=zh-tw

각의 한국어학 연구에서 한국어 교육의 수요가 높아짐에 따라 점차 효율적인 한국어 교육을 위한 교과과정의 설계 등의 방면으로 연구의 방향이 이동하고 있으며 한국어 뿐 아니라 한국문학과 전통을 어떻게 한국어 교육에 활용할지에 대한 연구도 점차 많아지고 있다.[14]

한국 근현대문학의 연구는 한국국적의 정치대학 대만문학연구소 최말순 교수와 슈핑修平과기대학 김상호 교수를 들 수 있는데 전자는 식민지와 냉전시기 양국문단과 소설을 대상으로 각기 다른 역사시기 양국의 문학이 시대적 과제에 어떻게 대응했는지를 비교시각으로 고찰하면서 당대 한국소설의 현황도 지속적으로 대만학계에 소개하고 있고,[15] 후자는 양국의 현대시를 대상으로 소개와 연구를 진행하고 있다.[16] 이들 연구는 기본적으로 대만과 한국의 유사한 역사경험을 토대로 이 시기 국가문학으로 정립된 대만문학을 비추는 거울로써 한국문학이 어떻게 시대, 역사적 과제에 대응했는지를 고찰하면서 대만문학의 연구시야를 넓히고 동아시아적 시각을 확보하는데 기여하고 있다.

14 정치대학과 문화대학, 가오슝대학의 한국어문학과 웹사이트 주소는 각각 다음과 같다.
https://korean.nccu.edu.tw/PageDoc/Detail?fid=2138&id=173
https://kor.pccu.edu.tw/bin/home.php
https://deal.nuk.edu.tw/

15 https://tailit.nccu.edu.tw/PageStaffing/Detail?fid=2721&id=261

16 https://lms.hust.edu.tw/blog.php?user=kaohsiung0&f=portfolio

4. 대만의 한국연구 추세와 미래전망

본문에서 정리한 내용을 간략하게 정리하면, 1950년대 중화민국 정부가 대만으로 철수한 후부터 20년간은 사료를 중심으로 한 고대사 위주의 연구, 근대 항일독립운동과 중국과의 관련성에 한국연구의 초점이 맞추어졌고 이와 더불어 반공연대의 필요성에 역사적인 근거를 제공하는 한중관계사 연구가 이어졌다. 이러한 역사적 배경은 일찍이 1950년대 중반에 대학에서 한국어관련학과가 설립되는 기반이 되었고 후대의 대만 한국학의 기초가 마련되었다.

다음 단계인 1980년대 이후부터 2000년까지는 전시기의 한국역사학 기반 위에서 고대사보다는 근현대사 위주의 연구가 지속되는 한편 한국어문학과를 통해 양성된 전문 인력들에 의한 한국어와 한국문학에 대한 연구가 시작되었고, 양국이 동일하게 추구한 급속한 산업화와 세계경제체제에서의 비슷한 위치로 인해 경쟁자인 동시에 서로를 비추는 거울로서 이해의 필요성이 제기되었고 따라서 GATT나 WTO체제하 한국의 대응에 대한 연구가 많이 생산되었다. 특히 이 시기는 대만의 한국학 연구자들을 망라한 중화민국 한국연구학회가 성립되고 학술지 『한국학보』를 발간하면서 대만 한국학의 구심점 역할을 담당했다. 그뿐 아니라 정기적인 국제학술회의를 통해 기타 지역의 한국학 연구자들과도 교류를 이어왔고 이를 통해 세계 다른 나라의 한국학 현황도 주목해왔다.

1990년대 초 대외적으로 국교단절과 탈냉전의 기류, 대내적으로 38년간의 계엄해제와 정치민주화의 진일보한 발전 및 대만인 중심의 정당성립 등 중국체제에서 벗어나 독자적인 대만노선을 걷기 시작하면서 한국

연구 역시 역사와 문화 친연성을 강조하던 전통적인 한중관계사연구보다 동등한 국제사회의 일원으로서 특히 한국과 대만의 유사한 근현대사 역사경험에 입각한 비교와 대조연구로 기울어졌다.

뿐만 아니라 아시아 금융위기를 빠져나온 한국이 문화산업을 전면에 내세우며 한국대중문화인 한류가 대만사회에 급속히 전파되었고 지속되면서 2000년 이후 한국대중문화의 특성과 대만사회에 가져온 영향, 한국 문화산업의 추진방식과 정책 논리 등이 새롭게 한국연구의 범주에 포함되었다. 한류의 대중영향력은 한국어 교육열을 불러와 한국어문학과를 중심으로 외국어로서의 한국어 교육과 관련된 연구가 많아졌고 현재도 진행 중이다. 중국어 사용자에게 효과적인 언어교육의 방식과 콘텐츠 개발, 교과과정의 설계와 평가체계의 도입 등 한국어 수요가 늘면서 한국어 교학인력의 양성에 필요한 교육체계 역시 한국연구의 한 분야가 되었다.

이렇듯 대만의 한국학은 각 역사단계에 따라 중점을 달리하며 시대의 요구에 대응해 왔다. 특히 1990년대 이래 대만은 하나의 중국에 대립하며 독자적 노선을 걷고 있으며 한국 연구 역시 이러한 변화에 따라 그 내용과 시각에서 변모를 보이고 있다. 각 분야에서 대만학이 성립된 만큼 한국 연구도 한중관계사의 시각에서 벗어나 대만학에 객관성을 담보해 줄 수 있는 방향으로 나아가지 않을까 한다. 그러기 위해서는 한국학 인재의 육성도 필요하지만 자국에 대한 이해를 가진 인력도 요구된다고 하겠다. 또한 지금까지의 추세로 보아서 국가의 정책적 필요에 의한 연구주제의 설정보다 민간의 자발적 수요와 연관된 방향으로 진행될 것으로 보인다. 양국 간의 갈수록 빈번한 학술교류와 인적 왕래도 대만 한국학의 면모에 일정한 영향을 끼칠 것으로 보이는데 한국학자들이 직접 대만학계에서 발언하는 기회가 많아지고 있는 것이 이를 말해 준다. 앞으로도 지속될 인터넷 등 전지구적 네트워크의 영향아래 전지구화와 동시에 지역담론의 수요가 증가하는 이때 동아시아 지역의 실체적 이웃으로서 대만과 한국은 깊이 있는 상호이해와 인식이 필수적으로 요구된다 하겠다. 대만의 한국학은 상술한 기존 연구를 발판으로 삼아 앞으로도 새로운 시대적 요구에 대응해 나갈 것으로 생각된다.

| 참고문헌 |

董作賓 外,『中韓文化論集』(二), 中華文化出版事業委員會, 1955.11.

胡春惠 外,『近代中韓關係史資料彙編』第一冊－第十二冊, 國史館, 1987~90.

黃寬重,『中韓關係中文論著目錄』, 漢學研究資料及服務中心, 1987.6.

______,『中韓關係中文論著目錄』增訂本, 中央研究院東北亞區域研究, 2000.7.

黃寬重·張袠怡,「海峽兩岸中韓關係史研究的回顧與展望」, 中華民國韓國研究學會,『韓國學報』16期, 2001.

金潤泰,「由韓國學者角度看台灣的韓國研究」, 中央研究院人文社會科學研究中心,『亞太研究論壇』第三十期 2005.12.

張存武,「近代中韓關係史的研究」, 中央研究院近代史研究所,『六十年來的中國近代史研究』, 1988.